JN046057

新典社選書98

戦場を発見した作家たち

——石川達三から林芙美子へ

蒲　豊彦　著

新　典　社

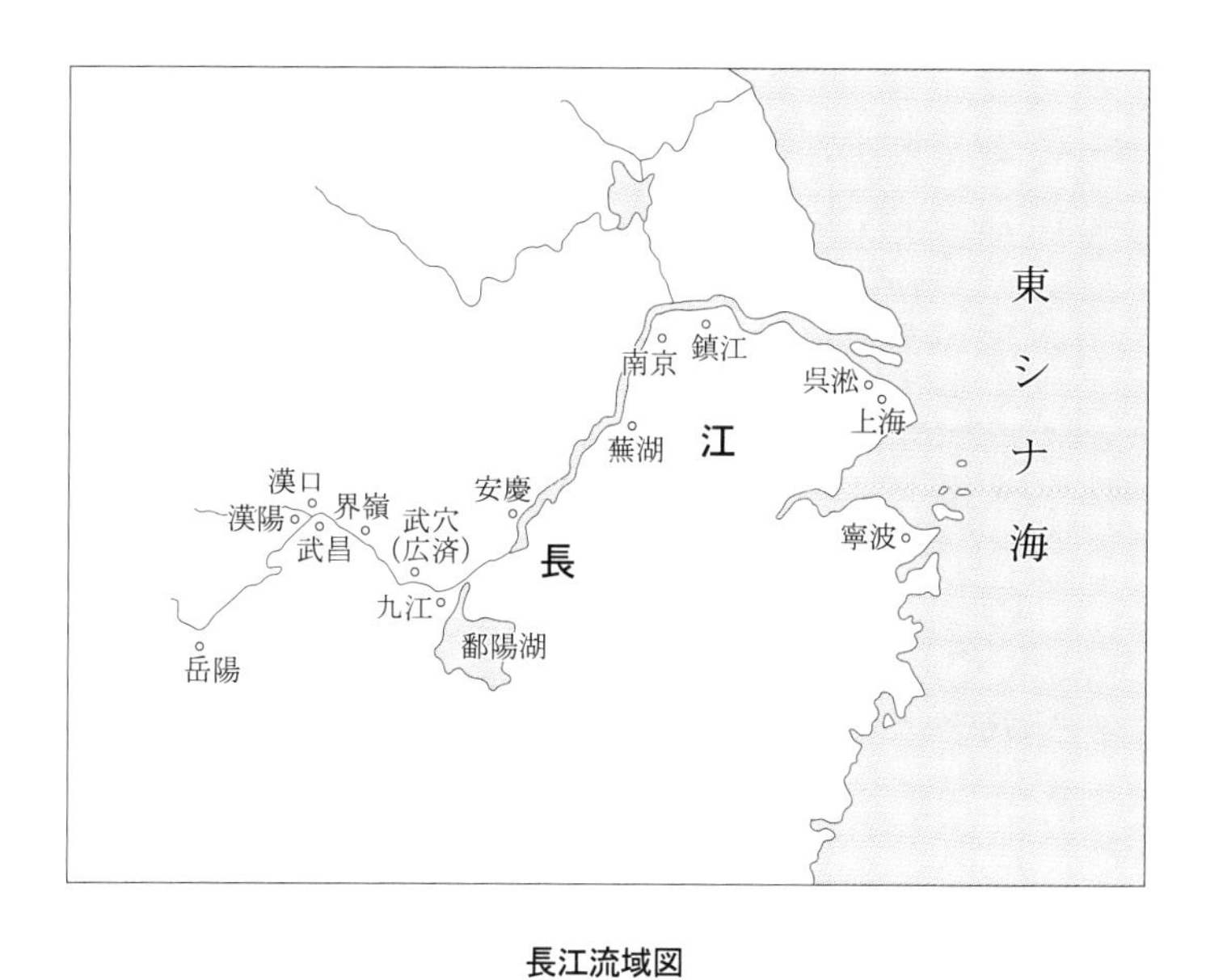

長江流域図

ケンプ・トリー『長江パトロール』(出版協同社、1988年) 所収の地図にもとづいて筆者作成。

目次

第二部　漢口攻略と総力戦

凡例

- 引用史料がカタカナ書きの場合はひらがなに改めた。
- 外国語の引用史料は日本語に訳した。
- 引用文中の〔 〕は引用者による補足、（ ）は原文のままである。
- 引用文中の傍線は引用者による。
- 引用文中の三点リーダ「……」は引用者による省略を表す。原文にもともと付されていたものは「・・・」とする。

序章

本書は、戦前の日本において人々がどのように戦争に巻き込まれ、またどのように主体的にそれに関わっていったのかを、主に戦争文学を題材として考察しようとするものである。時期としては、日中戦争が本格化する一九三七年からその長期化が明らかとなる一九三八年までを扱い、歴史的な事件としては一九三八年後半の漢口攻略戦に焦点をあてる。

近代日本は明治時代に日清、日露の二つの戦争を、昭和に入ってからは日中戦争と、それがそのまま拡大したアジア・太平洋戦争を戦ってきた。このうち明治時代を代表する戦争文学が、日露戦争を題材とした桜井忠温（ただよし）『肉弾』（一九〇六年）と水野広徳（ひろのり）『此一戦』（一九一一年）であり、昭和戦前期を代表するものが、一九三七年一二月の南京攻略前後を扱った石川達三『生きてゐる兵隊』（一九三八年）や一九三八年五月の徐州作戦を描いた火野葦平『麦と兵隊』（一九三八年）だと考えてよいだろう。

これら前後二種類の戦争文学には非常に大きな違いがある。まず前者の文体が文語的であるのにたいして、後者は現在と変わらない口語体で書かれている。明治中期の二葉亭四迷『浮雲』（一八八七年）、山田美妙『武蔵野』（一八八七年）などによって言文一致を目指す実験が始まり、二〇世紀の初頭は、まさに小説の世界で口語体が定着する時期にあたっていた。明治と昭和戦前期を代表する二種類の戦争文学の文体は、この状況を反映している。

さらに、文章のスタイルの違いに呼応するかのように、文語体の戦争文学は内容が悲憤慷慨的で、あたかも中世日本の軍記物を読むかのような印象があり、とりわけ桜井忠温『肉弾』にそれが著しい。これにたいして『生きてゐる兵隊』や『麦と兵隊』は、文章の過剰な装飾や大げさな感情表現をそぎ落としながら戦場を如実に描写しようとしている。すなわち、どのような文体でどのように戦場を描くのかという二点で、明治から昭和前期にかけて大きな転換が起こった。

他方で、明治期はもちろんのこと昭和に入ってからも、作家たちは戦争の本質を描きたいという一貫した衝動を持ち続けていたことだろう。ところが日中戦争の時代になると、ここにもうひとつ、戦争を扱う文学に社会的役割が求められるようになる。少しだけ後のことになるが、たとえば陸軍省報道部長の馬淵逸雄（いつお）が次のように述べた。

銃後の国民と第一線とは完全に海によつて隔絶されてゐる……戦争の危険と云ふことも体験する機会がなく、勇敢な兵士が戦場に於て戦ふ悲惨な状況がすぐに伝はらないから、安心して居られる利益はあるが、一方深刻なる戦場気分にはなれないで、戦時下にあると云ふ判然とした覚悟が極らぬ不利がある。子弟を戦場に送つて居る父兄はとも角、一般人には「戦場の兵士と同一の覚悟決心をせよ」といつても、ピンと来ない憾(うら)みがある。(1)

芥川賞を受賞したばかりの火野葦平を陸軍報道部に移動させ、『麦と兵隊』執筆のきっかけを作ったのがこの馬淵である。つまり軍部は、戦争を兵士のみに任せることなく、銃後の国民にも、戦争をより身近な問題として捉えるよう求めていた。一九三七年七月に日中戦争が本格化し、同じ年の一二月に首都の南京を陥落させたにもかかわらず戦争が長期化する兆しが見え(厳密には、中国の首都は南京陥落直前の一一月に重慶に移転)、一刻も早く総力戦の態勢を整える必要があった。それを象徴するのが一九三八年四月に公布され五月から施行された国家総動員法である。戦争は、すべての国民がその遂行にひとしく参加せねばならないものとなった。『麦と兵隊』の場合は、ベストセラーになることによって国民の目を戦場へ向けさせ、戦争をより身近なものとして捉えようという軍部の要請に見事に応えたといえよう。

ただし、火野葦平は戦場を自由に描写できたのではなく、いわゆる検閲の問題があった。軍に都合の悪いことを知らせてはならず、一定の部分を隠蔽しつつ、しかし戦場を国民に伝える必要があった。昭和戦前期に戦地報告や戦争文学が盛んになるのは一九三七年に日中戦争が本格化して以降のことだが、戦争を描こうとする作家はこのとき、新しいスタイルと内容とを模索しながら、戦場のある部分を隠しつつ同時に戦争の本質を描くという、綱渡りのような課題に取り組まねばならなくなる。この課題をぎりぎりまで追求しようとして発禁になってしまったのが石川達三の『生きてゐる兵隊』であり、大成功を収めたのが火野葦平の『麦と兵隊』だったといえよう。文体についていえば、当時の小説全般はすでに口語体になっており、石川や火野が対抗しなければならなかったのは、ひとつには明治的な色彩を色濃く残したままの新聞記事の書き方であった。新聞報道を含め、明治的な戦場描写から石川や火野への変化を整理することが、本書のひとつ目の課題となる。

本書が主な考察の対象とする一九三七年から一九三八年にかけての二年間は、日本が戦争を本格化させ、やがて一九四五年の敗戦を迎える決定的な転換点となった時期でもある。このなかで、日中の開戦、国家総動員法に象徴される総力戦体制の確立、そして漢口陥落後の戦争の泥沼化という大きな出来事が相次ぎ、日本は後戻りのできない長い戦争の時代へと入っていく。

　この過程で国民が次第に戦争に深く巻き込まれ、文学者の場合、一九三七年七月の日中開戦とともに新聞社や雑誌社が吉川英治、吉屋信子、尾崎士郎その他を中国へ派遣したのち、一九三八年の漢口攻略戦の際には内閣情報部が「ペン部隊」を組織し、これが政府による小説家動員の最初の事例となった。もちろん、それ以前に数多くの庶民が徴兵という形でまさに直接的に戦争のなかへ投げ込まれていた。しかしかれらは通常、記録を残さず、戦場で何を見て何を考えたのかを知ることはむずかしい。それにたいして戦場へ赴いた新聞記者、ジャーナリスト、小説家などは戦争を描くことを求められた専門家であり、多くの文章を残した。そこで、一九三七年から一九三八年にかけて日本人がどのように戦争に向き合いはじめたのかを、特に石川達三、火野葦平、林芙美子の三人の文学者および、作戦上で焦点となる漢口攻略戦（中国側の呼称は武漢会戦）を軸として考察することが、本書のふたつ目の課題となる。

　日中戦争期の日本の戦争文学研究は、これまで重要な側面を欠いたまま進められてきた。作品の背景が中国であるにもかかわらず、中国の状況にたいする研究者の興味が非常に稀薄なのである。これはつまるところ、基本的には日本近現代文学の研究者によって日本の戦争文学研究が担われてきたためだろう。しかし、ことが中国に関わるかぎり、中国側の状況にも注意を払うべきである。

その重要性を示す顕著な一例として、「宣伝」の問題を指摘することができる。当時、総力戦の一部としての国際的な宣伝戦が、戦争を遂行するうえで欠かせないものとなっていた。蒋介石の国民政府はこの点で大きな成果をあげつつあり、まもなく、とりわけアメリカの世論がしだいに中国寄りとなっていく。日本で戦争文学に宣伝の役割が求められたことの意味は、このようなより広い背景のなかで検討すべきである。本書では、研究の対象に中国という要素を積極的に組み込むと同時に、戦争をめぐる表現者を小説家だけに限定するのではなく、写真家や画家などの動向も視野に入れる。

戦争文学についてはは非常に多くの論考が発表されている。詳しくは本書の各章に譲り、ここでは、この一〇年ほどのあいだに刊行された単行本のうち、日中戦争に関わるものをいくつか簡単に紹介しておこう。

神子島健『戦場へ征く、戦場から還る——火野葦平、石川達三、榊山潤の描いた兵士たち』（二〇一二年）は主に三人の作家を対象として、戦場のみならず戦場から帰還したあとも含め、兵士をめぐる全体的な様相が文学上でどのように捉えられているのかを分析しようとした。そしてたとえば石川達三の場合は、たしかに当局に抵抗したが、それは「戦争を推進するための発言であり」(四三〇頁)、戦後も、戦争に「全力で協力したことを公言して憚らなかった石川の態度は概ね一貫している」と結論づける。[2]

これと対照的なのが呉恵升『石川達三の文学——戦前から戦後へ、「社会派作家」の軌跡』(二〇一九年)である。[3] 呉は、選集等に未収録の戦前および敗戦直後の石川の文章を数多く発掘しつつ、石川は戦時下では戦争協力者に転向し、敗戦後は民主主義者に再転向したのだと論じた。そもそも先の神子島健の議論の根底には、「加担か抵抗かという二点だけ」で戦前の日本社会を捉えるべきではないという考え方があるが(四九六頁)、呉は神子島のこの問題提起を十分に消化しきれていない印象を受ける。

松本和也『昭和一〇年代の文学場を考える——新人・太宰治・戦争文学』(二〇一五年)は、まさに戦争のただなかにあった昭和一〇年代の文学をさまざまな側面から検討する。そして、すでに昭和一〇年前後に「文学(者)の社会性」を求める議論が「文学場の内部から生みだされ」ており、たとえばそのような流れが『麦と兵隊』を出現させる背景になったとする。[4] これに続く同氏の『日中戦争開戦後の文学場——報告/芸術/戦場』(二〇一八年)では、文学の社会性と芸術性の関係をひとつの軸として、吉川英治の現地報告から日比野士朗の「呉淞クリーク」に至る日中戦争開戦後の文学が整理されている。[5] 社会性と芸術性、そのなかでもとりわけ社会的な存在意義が、日中戦争が進展するなかで文学者のみならず従軍画家にとってもきわめて重要な課題になっていくことは、本書第七章「従軍画家」で示すとおりである。

このほか、五味渕典嗣『プロパガンダの文学――日中戦争下の表現者たち』（二〇一八年）は、戦時プロパガンダの要素を一方の軸に据えて、一九三七年の日中戦争本格化から一九四一年の太平洋戦争開戦に至る時期の戦争をめぐる文学を検証する。[6] また渡辺考『戦場で書く――火野葦平と従軍作家たち』（二〇一五年）は必ずしも文学研究ではないが、中国大陸その他で火野葦平の足跡を実地にたどりながら、戦中と戦後の火野葦平を統一的に理解しようとした。[7]

以下に、本書各章の内容を要約しておこう（初出の書誌情報を注で示す）。

第一部「戦場の捉え方」では、日中戦争期の作家たちが、戦争にたいする叙述形式と書くべき内容をどのように模索したのかを論ずる。まず第一章「日中開戦初期の戦地報告」が扱うのは、日露戦争から日中戦争にかけての変化である。[8] 日清、日露戦争以降、戦争を扱う文芸や新聞報道は、講談や浪花節にも通じる美文調の文体と、武勇伝や美談によって国民を鼓舞するような内容を備えていた。それにたいして日中開戦初期には、少なからぬ文士たちが、戦争の真実はもう少し別のところにあるのではないかと感じた。ただしその作品は、近代的な小説の文体になっていたものの、内容的には戦地の点描にとどまるような報告にならざるを得なかった。

第二章「提灯行列と石川達三」で示すように、[9]石川達三は、紋切り型の新聞報道に加えて、提灯行列に浮かれる軽薄な国民にたいして違和感を持ち、戦場で実際に何が起こっているのかを兵士の心理にまで立ち入って描写しようとした。『生きてゐる兵隊』は、軽薄な空気のなかで重大な事態が進行していることを国民に知らせ、戦争への覚悟を国民に求めようとした小説である。ところが、戦争の本質を描こうとするあまり、結果として当局の忌諱に触れることになる。

石川達三や火野葦平は、ヨーロッパで第一次世界大戦ののちに現れた新たな戦争文学の影響を受けていると思われる。第三章「火野葦平の新たな戦場」で論ずるのは、[10]火野が、レマルク『西部戦線異状なし』に見られるような「記録的な形式」によって従軍兵士の日常と戦闘を克明に描いたことの意味である。すなわちかれは石川と同様に、兵士は超人的な英雄などではなく、ごく普通の人間、つまり戦場にある父や兄弟と同じであることを示した。それは残された家族に「国民の自覚」を求めることにもつながったと思われる。

第四章「レマルク、バルビュス、丘東平」では、視点を中国へ移す。[11]日本では、日中戦争が本格化して以降の戦争文学は、国策に反しないこと、さらにはそれに協力することを求められるようになる。ただし中国側の戦争文学も人々の抗戦意識を高める役割を期待されており、国家に尽くすという点では日本が特殊だったのではない。さらに、緒戦段階で中国側の抗戦文学を代表する丘東平も、石川や火野と同じくヨーロッパの戦争文学の影響を受けていた。

第二部「漢口攻略と総力戦」では、宣伝という要素が文学にも明瞭に求められるようになる段階を扱い、その背景として、まず第五章「保衛大武漢と宣伝戦」で中国の状況を整理する。[12]中国では、漢口攻略戦の前夜に抗戦意識がかつてないほど高まり、スペイン市民戦争の反ファシズム闘争を漢口が引き継ぐという認識が現れるなかで、外国人ジャーナリストも多数つめかけ、中国政府の国際宣伝が成果を収めつつあった。

漢口には、鹿地亘（わたる）や長谷川テルといった日本人さえ存在し、中国の側から反戦運動に従事していた。第六章「漢口を目指す日本人——鹿地亘と長谷川テル」では、このふたりの足跡をたどる。[13]かれらは左翼運動やエスペラントの理想のために日本出国を余儀なくされながらも、中国の、なかでも漢口で自分たちをそのまま受け入れてくれる人たちに出会い、居場所を見つける。中国は、ごく一部ではあるが日本人さえも巻き込みながら抗戦態勢を整えようとしていた。またふたりは、日本が発動したこの戦争を明確に侵略戦争と認識しており、この点にかんして思考停止に陥っていた石川や火野をはじめとする日本人作家を相対化できる位置にある。

以上の状況下にある漢口へ、いよいよ日本軍が攻撃を仕掛けた。第七章「従軍画家」では、このときペン部隊よりも先に派遣された画家たちを検討する。[14] 当時、報道の正確さや速報性において、戦争絵画はすでに写真やニュース映画に完全に取って代わられていた。ただし、とりわけ大家たちはその知名度によって国民の目を戦争に向けさせる役割を果たし、また戦争に関わった美術家は、贅沢品としての美術ではなく、大衆に向き合うという課題を背負うことになる。松本和也が指摘する「社会性と芸術性」の課題がここにも現れたのである。

さて、第八章「作られた「漢口一番乗り」」で論ずるように、[15] 漢口攻略戦をひかえて組織された「ペン部隊」では、当局からの宣伝への要求があからさまになるのだが、ペン部隊はさしたる成果もなく終わったと見なされることもある。だが林芙美子の「漢口一番乗り」は国民の目を戦争に向けさせるうえでかなりの宣伝効果があった。ただしこの「漢口一番乗り」は、戦場における一番乗り競争と「女性」という特殊性を背景として、意図的に作り出されたものだった。

それでは、林芙美子は文学的には何を達成したのかを、第九章「林芙美子の戦場」で明らかにする。[16] 漢口攻略戦での林芙美子の代表作『北岸部隊』は、内容としては必ずしも戦場を主題にしてはおらず、前線と後方、内地とのあいだで揺れ動く作者自身の心理描写に終始している。

しかし、戦場から最も遠いところに位置するはずの「女性」にとって戦場が持つ意味を描くことによって、国民と戦場とを確かにつなぐ作品となっている。

注

(1) 馬淵逸雄『報道戦線』改造社、一九四一年、一五頁。
(2) 神子島健『戦場へ征く、戦場から還る――火野葦平、石川達三、榊山潤の描いた兵士たち』新曜社、二〇一二年、四九四頁。
(3) 呉恵升『石川達三の文学――戦前から戦後へ、「社会派作家」の軌跡』アーツアンドクラフツ、二〇一九年。
(4) 松本和也『昭和一〇年代の文学場を考える――新人・太宰治・戦争文学』立教大学出版会、二〇一五年、一六九頁。
(5) 松本和也『日中戦争開戦後の文学場――報告/芸術/戦場』神奈川大学出版会、二〇一八年。
(6) 五味渕典嗣『プロパガンダの文学――日中戦争下の表現者たち』共和国、二〇一八年。
(7) 渡辺考『戦場で書く――火野葦平と従軍作家たち』NHK出版、二〇一五年。
(8) 蒲豊彦「一九三八年の漢口(八)日中開戦初期の戦地報告」『言語文化論叢』第一一巻、二〇一七年九月。
(9) 蒲豊彦「一九三八年の漢口(六)提灯行列と石川達三」『言語文化論叢』第八巻、二〇一四年九月。
(10)　蒲豊彦「一九三八年の漢口（四）火野葦平と石川達三」『言語文化論叢』第五巻、二〇一一年八月。
(11)　蒲豊彦「一九三八年の漢口（五）丘東平とラマルク、バルビュス」『言語文化論叢』第七巻、二〇一三年九月。
(12)　蒲豊彦「一九三八年の漢口――ペン部隊と宣伝戦」『言語文化論叢』第四巻、二〇一〇年八月。
(13)　蒲豊彦「一九三八年の漢口（七）プロレタリア作家・鹿地亘」『言語文化論叢』第一〇巻、二〇一六年九月／「一九三八年の漢口（一、二）林芙美子と長谷川テル」『言語文化論叢』第二、三巻、二〇〇八年九月、二〇〇九年八月。
(14)　蒲豊彦「一九三八年の漢口（九）従軍画家」『言語文化論叢』第一三巻、二〇一九年九月。
(15)　蒲豊彦「一九三八年の漢口（一、二）林芙美子と長谷川テル」『言語文化論叢』第二、三巻、二〇〇八年九月、二〇〇九年八月。
(16)　同論考。

第一部　戦争の捉え方

第一章　日中開戦初期の戦地報告

はじめに

一九三七年七月七日、北京郊外の盧溝橋で日中の軍事衝突が起こった。『東京朝日新聞』の場合、それを伝えたのは七月九日付け夕刊である。当時の夕刊は翌日の日付で発行されていたため、実際は八日の夕刊ということになる。見出しは「北平郊外で日支両軍衝突　不法射撃に我軍反撃　廿九軍を武装解除　疾風の如く龍王廟占拠」だった。この「北支事変」にたいして朝日新聞社は、一三日までに「記者班」「写真班」「航空班」など総勢四三人の派遣を決定し[1]、さらに八名[2]、五名[3]と増派していく。このように新聞社、通信社が大量の人員を戦争報道に投入しただけでなく、八月からは新聞社から派遣された吉川英治をはじめ、『主婦之友』『中央公論』『日本評論』『文藝春秋』『改造』なども吉屋信子、林房雄、尾崎士郎、榊山潤、岸田国士、三好達治等々を上海や華北に送った。こうして新聞、雑誌ともに事変関係の記事があふれることになる。

このうち文士たちの現地報告については、研究がかなり蓄積されている。たとえば都築久義はそれらを以下のように分類している。

a．林房雄の「上海戦線」や榊山潤の「砲火の上海を行く」のように、戦地の情景を生々しく興奮して伝えたもの。

b．尾崎士郎の「悲風千里」のように、戦跡を巡って感慨にふけり、日本軍に占領された中国民衆にむしろ同情的な紀行文。

c．岸田国士の「北支物情」のように、中国と中国人を理解しようとしたルポルタージュ。(4)

ただし、国民一般は、文士のこのような報告によって戦地の様子を理解したのではなく、やはりラジオや新聞、ニュース映画などが基本的な情報源だったと考えてよいだろう。このうちラジオやニュース映画については現在では内容を確認できるものが限られるため、当時の報道の内実を知ることのできる基本史料は新聞ということになる。

ところが、「生きてゐる兵隊」（『中央公論』一九三八年三月号）を発表することになる石川達三は、中国へ取材に出発する前に次のように感じていたという。

当時国民一般の緊張味が欠けて居るのが非常に残念で、日々報道する新聞等でさへも都合の良い事件は書き、真実を報道して居ないので、国民が暢気な気分で居る事が自分は不満でした。……殊に南京陥落の際は提灯行列をやり御祭り騒をして居たので、憤慨に堪えませんでした。[5]

また戦後になっても当時を回想してこのように述べている。

醜態を晒したのは新聞社の在り方であった。……正確な報道の義務も正当な批判の責任も、また言論自由の原則をも、すべてかなぐり捨てて政府軍部の求めるがままに、醜い走狗となり果てた。……

私の憤りは先ずここから来たものだった。「皇軍は至るところで神の如く」「占領地の住民は手製の日章旗を振って日本軍を迎え……云々」という記事が、どの新聞にも一様に掲載されていた。私はその虚偽の報道に耐えがたいいら立たしさを感じていた。
……新聞の虚偽の報道に腹を立てて、戦争のむき出しのなまの姿を日本の民衆に伝えたいという意欲をもっていた。(6)

石川達三が、とりわけ新聞報道に反感を持っていたことがわかる。さらに火野葦平も新聞報道の「戦場に於ける、血湧き肉躍る壮烈な武勇伝や、忠勇鬼神を哭かしむる美談」に言及し、そのような「立派なもの」にたいして、自分の本は「地味で平板で退屈な従軍日記」にすぎないと謙遜する。(7)ここに、自分の方法への自負、裏返して言えば新聞報道への批判が入っているのは間違いないだろう。また、「どうしても一つの拠点となるものを新聞は狙つてゐる」、「次には大きな地点がニュース価値となる」とも言う。(8)こうした武勇談や美談、拠点中心のニュースにたいして、火野は兵士の日常を徹底的に記録するルポルタージュ的な方法をとったのだった。

昭和戦前期の戦争文学上、火野葦平の『麦と兵隊』が画期的な意味を持ったことは言うまでもない。また石川達三『生きてゐる兵隊』は、発売直前に発禁とされたため一般の目に触れるのは戦後のことになるが、あたかも日本軍の非人間性を暴き出しているかのようなその特異な内容によって、やはり戦争文学のなかに大きな位置を占める。一方で、当時の新聞記事がどのようなものだったのかは容易に想像がつくが、これまで戦争文学との関係で新聞報道が検証されることはなかった。しかし、これらふたりの著者がいずれも当時の新聞報道に批判的だったとすれば、やはり報道の中身を詳しく確認しておく必要があるだろう。そうしてはじめて、火野や石川の戦争文学の意味がいっそう明らかとなる。

以下、本章では、一九三七年後半を中心に新聞の戦場報道の実態を例示した後、講談や浪花節の流行をも視野に入れながら、戦場報道の様式の源流を日清、日露戦争期に探る。そして、日中戦争開戦期において、インテリとしての文士たちは講談、浪花節、新聞報道などの武勇伝や美談の倫理や文体を取り入れることができず、新たな形式を模索しなければならなかったことを論ずる。

1　新聞報道

戦争にかんする当時の新聞報道は、戦況の推移を簡潔に説明するものと、そのなかのエピソードを個別にやや詳しく紹介するものとに大別できる。前者は新聞の一面に、後者は二面以降に載ることが多い。このうち報告文学やルポルタージュにより近いのは後者だが、それはさらに、記者自身の戦場での体験、部隊長や兵士の経験談、その経験談にもとづいて記者が独自に再構成したもの、などに分かれる。ただし、いずれにせよこれら報告文学的なものは、内容的にはまさに火野葦平の言う「戦場に於ける、血湧き肉躍る壮烈な武勇伝や、忠勇鬼神を哭かしむる美談」に尽きるといってよい。

その武勇伝や美談がなかでも頻繁に出現するのが、戦場報道の要というべき白兵戦の描写である。『東京朝日新聞』から少し紹介してみよう。以下にあげるのは、日比野士朗『呉淞クリーク』（一九三九年）の舞台ともなった、一九三七年九月上旬に上海近くで起こった戦闘の様子である。

突撃の喇叭は鳴り続ける、杉村大尉は腹部に銃弾を、丸岡少尉は頭部に砲弾の破片を、鹿谷准尉は胸部に銃弾を浴び相次いで倒れた、星空の下、戦友の屍を越えて突撃する、山なす敵兵の死体をふみにぢつて猛進する、次いで我が前線は敵陣内に突貫する物凄い白兵戦となつた、剣と剣の渡り合いだ、三尺の秋水は星の光に閃いて敵兵を斬り伏せ薙ぎ倒し鉾先揃へた我が銃剣は向ふ敵を突きまくり逃げ惑ふ敵を刺し倒し、中にも吉田美善上等兵は敵兵数名と銃剣で渡り合ひ敵の剣先に右胸部を突かれ五分ばかりの傷を負うたが間髪を入

れず敵の胸部を見事に刺し貫いて大地に突き伏せた、……。(9)

七月七日に華北で本格化した日中戦争は、八月一三日には華中の上海に飛び火した。いわゆる第二次上海事変である。その上海戦の一部を描写したのがこの記事なのだが、現在形と過去形をおりまぜて臨場感をもたせ、また「三尺の秋水は……逃げ惑ふ敵を刺し倒し」の部分などは一種の美文調になっている。上海戦の一場面をもうひとつあげてみよう。

記者と肩を並べて進撃してゐた○○部隊田中一等兵の頭上に轟然たる爆音が起つたと見る間に左眼を射ち抜かれ両手をあげて銃を捧げた瞬間一声高く「万歳」と絶叫して斃れた、眼前に耳を聾する轟音が起つた、おお小癪な敵の敷設した地雷の爆発だ、倒れる兵士、流れる血潮、絶叫する万歳の声、続く部隊、続く部隊！　血が敵陣の土に流れ戦友の屍を乗り越える猛撃が繰返されて夜はいつか明け放れた、……。(10)

これもまた、特に「倒れる兵士、流れる血潮、絶叫する万歳の声、続く部隊、続く部隊」の部分などは、名詞句を連続させて緊迫感を出している。

……就中貴志金吾部隊長の鬼神も泣かす奮戦物凄く隊の最先頭に立ち群る敵の真只中に白刃をひらめかせて躍り込み当るを幸ひ薙ぎ倒し阿修羅の如き奮闘に敵陣は忽ち動揺したが遂に敵の集中する銃弾十数発を受けて「天皇陛下万歳！」を絶叫して壮烈な戦死を遂げたものである、部隊長の戦死に憤激した兵は……。(11)

やはり上海戦である。これはさきの記事とは違って記者自身が目撃したのではないようだが、あたかも自分が見たかのような描写をつらね、特に冒頭の部分は、描写が陳腐ではあるもののの文章に一定の緊張感がある。

このような美文調ともいえる描写方法は、白兵戦や突撃の場面だけでなく、戦闘前の光景や状況にたいしても使われることがある。次のものは、北京北方の南口鎮付近の情景である。

十日夜来第一線部隊は壮烈な前哨戦の火蓋を切つて落した、北支に名高い名所、北門の嶮を包む銃音砲声は月細き星明りのうちに砌し、十一日に入るや俄然四辺の戦雲は急迫を告げた、空は白雲流れ快晴、北支北端の夏は灼熱に燃えてゐる、〇〇部隊の我が兵士は幾多の転戦の疲れもすつかり回復して又新たなる士気勃々支那軍陣地を木ツ葉微塵に粉砕すべく意気軒昂である、かくて南口に本拠を置く敵軍主力との正面衝突は迫つた、……。[12]

日本軍はここで、中国国民党の中央軍と戦闘を交えることになった。以上は数例を紹介したにすぎないが、新聞報道のうち、やや詳しく戦場を描く記事はおおむねこうした内容であり、また典型的にはこのような文体になっている。

ほかには、戦場の小さなエピソードのようなものがしばしば見受けられる。たとえば山西省の大同近くで開かれた陣中座談会で、ある一等兵が次のような思い出を語った。戦闘で隊長が胸に被弾して戦死した。戦友がその隊長を抱きかかえて家の蔭に入れようとしたとき、敵弾がその戦友の頭を打ち抜いた。すると、一度は前のめりになったものの、隊長の軍刀を引き抜き、「この軍刀で敵をせめて一人なりとも斬つて元の鞘に納めてくれ」と言って息絶えた。一等兵はその刀で敵を五人ほど斬り、もとの鞘に納めて隊長の郷里に送った。[13] また愛知県の朝広健市上等兵は戦死した兄の遺骨を背囊に入れて行軍しているという。[14]

日本軍が占領したあとの町の様子を伝える、次のような記事もある。

二十六日は日本軍入城後初の日曜日で河北平野は紺碧の秋晴れに恵まれ、保定城内の支那民家からは子供が日の丸の旗を振つて我が兵士に絡はりつき幾日前の修羅場とは打つて変つた和やかな空気に包まれ皇軍将士に対する感謝の声に満ち満ちて居る。(15)

天津西南方に位置する保定は華北における軍事上の要衝となる町だが、九月二四日に日本軍が占領したばかりだった。これはさきに触れた石川達三の言う、「占領地の住民は手製の日章旗を振って日本軍を迎え」云々という記事の一例になるだろう。

石川達三が激しい反感を抱き、火野葦平が「立派なもの」とひとくくりにした新聞報道は、おおむね以上のようなものだった。

2　日清、日露戦争期の武勇伝、美談

文芸評論家の板垣直子は、太平洋戦争開始以前の「支那事変」時の文学状況を整理するなかで、戦争文学について、「日本では日露戦争の生んだ「肉弾」や「此一戦」以来、戦争文学はいつも壮烈さと忠勇に浄化されてゐる」と述べる。(16)戦争文学だけでなく、新聞紙上でさかんに報道された前記の「武勇伝」や「美談」も、ひとつには日露戦争時のベストセラーだったとさ

れるこれら桜井忠温『肉弾』（一九〇六年）や水野広徳『此一戦』（一九一一年）を引き継いでいると思われる。

桜井忠温『肉弾』から一例をあげてみよう。

『突き込め！　突き込め！　ウワア！』と跳り込んだ時の柳川大尉（賢）の勇しかりし武者振りかな。光弾の光に透かせば、半面は唐紅の血潮に染み、右手に軍刀を閃かせて、又たもや『突き込め！』と大音声に叫んで進んだが、此大尉の壮烈なる声は最早再び聞へ無かつた。打ち込み打ち込む白刃は暗に閃いて、乱るる葦の如くなりしが、……。[17]

かなり芝居がかっているものの、さきに見た新聞の武勇伝と同質のものだろう。水野広徳『此一戦』は戦局の推移をかなり丁寧に説明しようとしており、より冷静さが感じられるが、それでも海戦の壮烈な場面をたとえば以下のように描く。

大檣（たいしょう）は半ばより折れ、後部煙突は粉砕し、舷側の弾孔は蜂窩の如く、其の大なるは直径実に二十呎に達し、海水は決河の勢いを以て艦内に奔入し、艦首は著しく沈下して艦隊左舷に傾斜し、甲板は砕けて燃えて一面の火床となり、砲門並びに弾孔より吐き出す猛火は恰も紅蓮（ぐれん）の火舌の如し、伏屍累々、肉血飛散し、光景誠に凄惨を極めて居る、而も彼尚ほ発砲を停止せず、艦尾に残れる二三の砲門よりは、紫電の砲火頻に閃くを見た。(18)

そして、こうした闘いに臨む将兵の気持ちは、次のようなものだった。

男児一たび戦場に臨めば、水漬（みづ）く屍、草結す屍は、素より覚悟の上にして、念頭自己なく又妻子もない、併し斯の如きは弾丸縦横に飛び交ひ、剣戟前後に相交る際に於ける観念にして、中宵露営の夢覚めて虫声唧々（しょくしょく）枕頭に響くとき、三更直（ちょく）に立つて、半月皎々檣頭に懸るとき、征士の涙は一層熱く、血は一層紅である。(19)

それでは、日露戦争時の戦場報道はどのようになっていたのか。やはり『東京朝日新聞』を例にとると、一九三七年当時のものと同じく、戦況を簡潔に紹介する記事と、個々のエピソードを紹介するものとに分かれる。鴨緑江の戦闘で戦死したある連隊旗手の最後は、以下のように描かれる。

大声疾呼、右に剣を振るひ左に旗を捧げ死屍を越えて前進す、恰もよし此時我兵流れを乱して渡渉し敵前の一高丘を占領す、氏次いで丘下に達し直に攀て旗を頂頭に樹つ、一陣の風来つて旭旗翩々、夕陽御紋章の菊花に映じて赫燿たる事金鵄の弓弭に止まれるに似たり、一軍の士気興奮して喊声天を動かす、敵畏縮して遂に潰走せり、而して氏の身辺に落下する弾丸凡そ十数余、神色自若、猶旗を持して直立す、今や氏遼陽の役に殪る、将士皆嘆じていふ、好士官を失へりと。[20]

以上の武勇伝を見るとき、すぐに連想されるのは浪花節、あるいは講談のたぐいだろう。もともと大衆芸能のひとつだった浪花節は、日清、日露戦争のころを境に大流行しはじめたとされるが、[21]それだけでなく、日清、日露戦争期の戦争報道を考えるとき欠かせないものである。浪花節の世界で当時最大のスターだったのが桃中軒雲右衛門（一八七三〜一九一六）であり、かれが得意としたのは赤穂義士伝だった。これにたいして、桃中軒雲右衛門の登場と浪花節の流行を準備したとされるのが美当一調（一八四七〜一九二八）であり、その得意とする演題は日清戦争、北清事変（義和団事件）、日露戦争などに取材した戦争談だった。つねに新聞をよく読むような社会階層でもまたインテリでもない一般の庶民は、ひとつにはこうした大衆芸能を通して戦争の詳細を知ったのだった。

熊本生まれの美当一調は、もともと軍談師として九州で「忠臣蔵」や「荒木又右衛門」などの伝統的な演目を語っていたが、日清戦争が始まると、関係する各師団の所在地を訪ね、戦闘に参加した将校に直接取材をして「日清戦争談」を作り上げて語ったとされる。[22]これに続く義和団事件物、日露戦争物も非常な人気を博し、東京、大阪をはじめとする日本各地はもとより、のちには韓国、中国東北部、ハワイなどでも講演を行う。

戦争に取材して講談に仕立てたのは美当一調だけではなかった。講談師たちは同じく広島や佐世保に赴いて師団に取材をするほか、日清戦争の際には森林黒猿や松林伯鶴をはじめとして何人もの講談師が戦地にまで出向き、日露戦争のときは従軍記者の資格を取ろうと運動した。[23]そうした戦争談は、各地の会場で上演されるほかに、たとえば『読売新聞』の場合、松林伯知の講談を次のように長期にわたって連載した。

「改良講談　平壌包囲攻撃」一八九五年九月一日から九六年二月二日まで全一〇一回
「征清実録　大海戦　黄海戦記」一八九五年一二月一日から九六年七月一一日まで全一五

三回「征清実話第一軍戦記　牙山の初陣」一八九七年九月一二日から一二月二一日まで全八一回

日清戦争終結直後の一八九五年七月に、『東京朝日新聞』の社説が戦争と講談との関係に触れたことがあった。日清戦争では日本の国民が「愛国敵愾の念に富むこと」を十分に示したと述べ、「下流の人心」が何によってそのような心を涵養されたのかをさらに考えてみるとき、最も注目すべきは「俗間に行はるゝ講談」であり、「生活の為に役々たる労働者に絶えず愛国敵愾の情、倫理義勇の教を注入せんこと講談の若さは先づ研究に価する方法といふべし」と記したのである。[24] さらに大阪朝日新聞社編『人物画伝』は美当一調の項目に次のような説明を挿入している。

……折しも世は日清戦争の真ツ只中、彼は軍事教育日清戦争講談といふ、生々した新講談を始め出し、国民の士気を鼓舞して無上の人気を博し、爾後彼れの名声は其の実力と共に旭日の如く、遂に乞食芸として士人の間に歯（よわい）せられざりし浪花節をして、畏くも皇太子殿下の御耳に達せしむるの栄を得たのである。[25]

幕末から明治初期の風俗にかんして多くの記録を残した塚原渋柿園によれば、大隈重信も、日清、日露の戦争で日本軍が大勝利を収めたのは兵士が「尽忠報国、義勇奉公の勇士揃いであったから」だが、兵士に「この敵愾心」を吹き込んだのは講釈師や祭文語りなのだと演説したと述べる。[26]

当時の人々にとって戦争講談は、内容的には、「愛国敵愾の情、倫理義勇の教を注入」し、「国民の士気を鼓舞」するようなものだった。『人物画伝』が「軍事教育日清戦争講談」というように、軍の側もこうした戦争講談に注目し、各地の部隊が講談師を招き、美当一調が義和団事件の取材のために広島の第五師団を訪れたときなどは、聯隊命令によって将校を集会所に集めて材料を提供させるなど、積極的に協力した。[27]

ただし、現在残されている美当一調の講談本を見ると、以下のように、その文章はあまり戦場の迫力を感じさせるものではない。

……ソコで味方も必死となつて、前後左右に向つて之を撃退せんとしたが敵は此の時諸方から爆薬を以て、無二無三に投げかけたから、其処にも爆発、此処にも爆発、之を避けんすれど、之を避くるの地が無い、枝吉少佐はモー斯うなつては仕方が無いから、格闘々々と云ふて、自から真ツ先きに剣を揮つて、此の敵中に斬込んとされたが、之と同時に枝吉少佐は、爆発の為めに身は寸断せられて、遂に名誉の戦死を遂げられました、山崎副官は此体を見るより悲憤の涙を揮つて「サー枝吉少佐の復仇だ」といひつゝ、……。[28]

一本調子でだらだらと状況を説明するような印象である。この点については当時でも次のような批判があった。「イヤ徹頭徹尾、何々大尉、何々少尉、大隊長、中隊長、少隊長から軍曹、一等卒二等卒に至るまでの姓名の行列、その間に、大砲と小銃の音を挟むといふだけで、つまり日露戦争記の棒読みを聞いて居るやうで、何等の感興も起らない」[29]。このような調子で語られるものがなぜ庶民の喝采を博したのか不思議だが、美当一調以外にも、たとえば松林伯知「改良講談　平壌包囲攻撃」も同様である。一例をあげてみよう。

甲『来た来た・・・ソラ来た

乙『黙つて居れ黙つて居れ・・・来た来た

荘司少尉『サア着け剣・・・気を着けー

と云ひながら警戒を加へてお進みに相成ると果して黍畑の畔で敵の一群に衝突かりました荘司少尉の一隊は直ぐにポンポンとお射撃ちに相成間もなく少尉の突ツ込めーの号令でヤーッと御突込みに相成りますと云ふと……。(30)

やはり妙に間延びした文章となっている。ただし、実は少なくとも美当一調自身は、最初から意識的にこのような文体で語り、「中流以上」の人々から非難されるのを予想していた。義和団事件を扱った講談速記録の前書で、はっきりと次のように記しているのである。「教育の余り無い人、或は無教育の婦女子青年、或は幼年の人に聞かせるには、成べく分り易いことを主としなければ、講談の速記を、普く世上に広めると云ふことは出来ませぬ。〔改行〕そこで私の講談は、……皆至つて俗に流れて居ります。それで此の速記を、中流以上の方が見られると、実に是れは劣等の講談口調だ、実に見るに足らないと云ふ様な、御冷評を受くるかも知れませぬが、……」云々。(31)

ここで比較の対象として桃中軒雲右衛門を取りあげてみよう。かれの場合は主に赤穂義士伝を語っているのだが、戦争談としてはシベリア出兵を扱ったものが残っている。以下はその一部である。

大砲「ズドン　機関銃「バラバラバラ　大砲「ドンドーン　鉄砲「ビューウ、直射弾、トベリ弾、機関銃、しのつく如くあびせかかれば敵味方、傷き、倒れ、屍の上に屍は倒る、血潮の上に血は流る。

曹長「やられた、残念じゃ」

残念じやろう衛藤曹長、胸板ブスーツと射ぬかれて、屛風倒にハツタリ、倒る、下に屍体あり。

曹長「アアここにも屍体がある、ムウ阿部一等卒か、阿部、阿部、アア阿部もヤラレタカ」[32]。

美当一調や松林伯知にくらべれば、かなり締まりのある文体となっている。そして、講談全般は明治三〇年代から衰えはじめるとともに、庶民の好みは美当一調の「戦争談」から雲右衛門の「義士銘々伝」に移っていったとされる[33]。

一調や雲右衛門の文体の違いの問題は本書の範囲を超えるため、詳しく検討することはできないが、日清、日露戦争までに、庶民を対象とするあまり文体的には緊迫感に欠ける場合があるものの、「愛国敵愾の情、倫理義勇の教を注入」し、「国民の士気を鼓舞」するような内容の講談や浪花節が現れていたことは確認できよう。安田宗生『国家と大衆芸能』および兵藤裕己『〈声〉の国民国家』によれば、こうした講談や浪花節は、いずれも国民をナショナリズムのなかに絡め取り、国民国家を形成するうえで大きな役割を果たしたという。[34]

このような点からすれば、日中戦争開戦期の新聞の武勇伝や美談は、日清、日露戦争期の桜井忠温『肉弾』、水野広徳『此一戦』、新聞報道、講談、浪花節などの流れを受け継ぎ、「国民の士気を鼓舞」するような内容と、それにふさわしい美文調の文体を備えた報道形式だったと考えられる。逆にいえば、日中戦争期の新聞報道は武勇伝や美談に代わる報道内容を見つけ出すことができず、また戦争を伝えるための新たな文体を作り出すこともできていなかった。

3　文士の戦地報告

小説家、評論家として戦前の戦争文学に自ら深く関わった杉山平助は、中国との関係悪化のなかで急速にナショナリズムの波に飲み込まれていく民衆の姿を、次のように捉えていた。

「本来賑かなもの好きな民衆はこれまでメーデーの行進にさへ、ただ何となく喝采をおくつてゐたが、この時クルリと背中をめぐらして、満洲問題の成行に熱狂した。驚破こそ、帝国主義的侵略戦争といふやうな紋切型の批難や、インテリゲンチャの冷静傍観なとはその民衆の熱狂の声に消されてその圧力を失つて行つた」。杉山はさらに、日中開戦から太平洋戦争開戦までの満四年六ヵ月を振り返ってこのように記す。「特にインテリゲンチャにとつて、逆吊りにされるやうな季節であつた。……此等のインテリゲンチャは、いつの間にか、日本にとつて如何なる異邦人になつてしまつてゐたことであらう。久しい間、日本の文学者にとつて文学的教養とは外国文学教養を意味した……、まことに彼らにとっては、西欧こそ心の故郷であり、……」[35]。とりわけ日中開戦の砲声が鳴るや、ふと気がついて見ると国民はすでにナショナリズムに絡め取られてしまっており、自分たちだけが取り残されていた、ということだろう。いわば一挙に勝負がついてしまったのであり、戦争にかんして文士にできることは、もはや何ほども残されていなかった。

萩原朔太郎は、谷川徹三と一緒に一九三八年正月の明治神宮に参拝したとき、「大衆と僕等インテリ階級との距離懸隔に驚いたが、……彼等は学校で教はつた国民道徳の指導精神を、子供の正直さで忠実に信奉して居り、国家の非常時を真剣に憂へてゐる」と観察したうえで、「ただ僕等文学者とインテリ階級だけが、この無邪気さを失ふやうに、誤つた文化教養によつて傷つけられた」と、インテリ階級が大衆から遊離してしまっていることを率直に語っている。(36)ここに名前の現れる谷川徹三は哲学者であり、そのころ法政大学教授だったが、やはり同じような危機感を口にしている。「新文化の先頭に立つものとして科学でも文学でも技術でも、あらゆる方面に、西欧の後を追つかけたのが日本のインテリゲンチャである。……日本のインテリゲンチャの寄生的知性の中にその文化的無地盤性はあるのである。……インテリゲンチャはかつてあまりにその点の反省と顧慮とをもたなかつた。それによつて彼等は裏切られたのである」。そして次のように続ける。

政治家は民衆をよく知つてゐる。だから政治家は常にインテリを無視して来た。歴代の大臣たちは大多数が浪花節の愛好者である。彼等の或ものはかつて内務大臣のとき浪花節によつて国民精神の涵養をはかつた。インテリはそれを顰蹙した。……その大臣の大臣であつた時からすでに二十年に近い歳月がたつてゐる。しかし今日なほラヂオの放送演芸の最も主要なものは浪花節であり、聴取者が圧倒的多数をもつて実際希望するものも浪花節である。……知識人の寄生的知性はたしかに知識人と民衆との間に溝を作つた。(37)

このような知識人にとって講談や浪花節はもちろんのこと、それと親和性を持つ新聞報道の武勇伝、美談などは、その内容においても文体においても、にわかには受け入れることのできないものだったに違いない。

さきに触れたように板垣直子は、日露戦争以来「戦争文学はいつも壮烈さと忠勇に浄化されてゐる」と述べるが、厳密に言えばもちろん日本にも反戦文学の系譜に連なるものがあった。日露戦争時に故郷を思いながらむなしく病死する兵隊を描く田山花袋『一兵卒』（一九〇八年）や、シベリア出兵のなかで全滅するある中隊を扱った黒島伝治『渦巻ける烏の群』（一九二八年）そのほか、けっして少なくない。しかし、政府による相次ぐ左翼文化人弾圧のなかで、このような文学はもはや不可能となる。文士たちは、戦場に関わろうとするかぎり、自身の存在意義を示すことのできる新しい内容と文体とを模索しなければならなかったはずである。『中央公論』から派遣されて八月二九日に上海へ入った林房雄は、自分が瞬間的に戦争嫌悪に捉われたことについてではあるが、「講談のやうに勇しい戦況報告のみが国民精神の糧になるとは限りません」と述べる。(38) ここに期せずして「講談」が現れているのは、当時の戦場報告が講談を思わせるものであったことの傍証となるとともに、林房雄がそれとは違うものを求めていたことも示していよう。

日中戦争開戦期において文士たちが講談や浪花節をどの程度意識していたかは別にしても、当時の報道に違和感を感じていた例は、本章冒頭で紹介した石川達三や火野葦平のほかにもあげることができる。小林秀雄は、「僕は事変のニュース映画を見乍(なが)ら、かうして眺めてゐる自分には絶対に解らない或るものがあそこに在る、といふ考へに常に悩まされる」と言い[39]、一〇月に文藝春秋社から華北へ派遣された岸田国士も、「私が痛切に感じたことは、新聞の報道が如何に統制されてゐても、その統制され方によつては、銃後の国民は却て報道の裏を知りたがるものだといふことである。〔改行〕……宛(あたか)も秘すべき裏があるかの如き印象を与へる一面的な誇張粉飾は、将来、報道者も慎まなければならぬと思ふ」と記す[40]。

さらに太宰治は、本当の戦場を知らない人々の書き散らす戦争文学が、小説執筆を試みる兵士たちに逆に悪い影響を与えているとさえ指摘する。以下の一文は、原稿を商業雑誌に紹介するよう求めて戦地から送られてくる小説への感想である。

私は、それを真剣に読む。よくないのである。その紙に書かれてある戦地風景は、私が陋屋の机に頬杖ついて空想する風景を一歩も出てゐない。新しい感動の発見が、その原稿の、どこにも無い。「感激を覚えた。」とは、書いてあるが、その感激は、ありきたりの悪い文学に教へこまれ、こんなところで、こんな工合に感激すれば、いかにも小説らしくなる、「まとまる」と、いい加減に心得て、浅薄に感激してゐる性質のものばかりなのである。[41]

そして太宰も、自分たちには想像もつかないものが戦場に存在するはずだと考える。

……私は、兵隊さんの書いたいくつかの小説を読んで、いけないと思つた。その原稿に対しての、私の期待が大きすぎるのかも知れないが、私は戦線に、私たち丙種のものには、それこそ逆立ちしたつて思ひつかない全然新しい感動と思索が在るのではないかと思ふてゐるのだ。茫洋として大きなもの。神を眼のまえに見るほどの永遠の戦慄と感動。私は、それを知らせてもらひたいのだ。大げさな身振りでなくともよい。身振りは、小さいほどよい。[42]

ここで「丙種」と言っているのは太宰自身の徴兵検査のことだが、これは太宰に特徴的な自嘲的表現であり、ほんとうに「丙種」だけに限られる考え方とは思っていなかっただろう。

それでは、文士たちは実際にどのようなことを試みたのか。本章冒頭で紹介した都築久義の分類にしたがって代表的なものを少し見ておきたい。戦地の情景を生々しく伝えるとされる林房雄の「上海戦線」は、戦地とはいっても白兵戦が行われる戦場ではなく、まだ一般の住民が暮らしている街で、かなり近い距離に落ちてくる迫撃砲、鼓膜を刺す炸裂音、砲声、銃声、飛行機の爆音、機関銃の市街戦の音などを通して、上海の緊迫感を描写する。そして重要なのは、そのような状況のなかで日本人居留民も暮らしているということであり、「〔日本人居留地の〕虹口地区そのものが戦線なのです、戦場なのです。戦線の遥か後方だなどと思つて来たのが間違ひでした」と記す。[43]居留民の様子については、新聞にまったく現れないわけではない。しかし、その緊張した状況を砲声や銃声との関係で報告している点に、林房雄「上海戦線」の特色があるだろう。

戦跡を巡って感慨にふけり、中国民衆に同情的な紀行文を書いたとされる尾崎士郎については、少し別の側面も見ておこう。八月末に『中央公論』から華北へ派遣された尾崎は、その報告のうちの一篇「南口の兵士」で、大阪の小料理屋の主人だった猪ノ瀬平吉二等兵を描く。部隊とともに列車で移動中に、作者が乗り合わせた男である。猪ノ瀬は服装もだらしなく、ポケットにはいろいろな食べ物を詰め込み、実際的なことに向いていないらしくて満足にできる仕事はひとつもなかったが、その純良さから中隊の人気者になっていた。ところが一週間ほどして激戦が終わったばかりの南口を訪れてみると、そこに猪ノ瀬の墓があり、「わいでもやるときはやるぞ！」と言っていたかれの言葉が思い出されるのだった。[44]

猪ノ瀬がどのような経緯で戦死したのかが、別の小編「今日好日」で描かれる。猪ノ瀬の部隊に、中国人将兵六名が投降してきた。そして、どうせ殺されるのだから、せめて最後に水を飲ませてくれと言う。この戦線は確かに水が無く、日本兵は高粱の茎をかじったり、スイカ三〇〇個が前線に運ばれたりしていた。[45]このとき水を飲ませるようにと呼ばれたのが猪ノ瀬二等兵だった。ところがそのあと捕虜の首を斬り損ねてしまう。その後の敵陣地攻撃で、敵味方の乱射のなかをひとりまっしぐらに進んでいく兵士があった。猪ノ瀬である。敵兵二、三人を突き伏せ、そして倒れた。敵の首を斬り損ねた恨みを、この壮挙で晴らそうとしたのだった。[46]

この物語に尾崎の脚色がどの程度入っているのかはわからない。だが、このような兵士、もしくはこのような心情は、本当に存在したとしても不思議ではない。南口付近の戦闘前の光景についてはさきにも紹介したが、戦闘場面の記事では、例によって激戦の模様だけが伝えられた。[47]その戦闘にあって、尾崎は、感情を持った生身の兵士が確かにそこに存在していたことを、叙情的な文章のなかに表現したのである。尾崎士郎はまた、失踪した小説家を主人公とする別の短編のなかに、戦場から戻らない夫を待ちながら赤ん坊を抱えて港にしょんぼりと立つ若い女性の姿を描き込んでいる。(48) これも当時の新聞をどれほど細かく見ても現れてこない情景だろう。

しかし、猪ノ瀬にしても夫を待つ女性にしても、当時の抜き差しならない大状況からみれば、そのなかの小さなエピソードにとどまるという感は否めない。岸田国士については具体例を省略するが、そこに描かれるのは、尾崎士郎と同じく戦地の小景である。このような点から見るとき、尾崎ら緒戦期の戦地報告に続いて現れた第二段階の戦争小説ともいうべき石川達三『生きてゐる兵隊』や火野葦平『麦と兵隊』が、新聞報道、講談、浪花節的な倫理と武勇談、美談、文体等を回避しつつ、どのように新しく戦場そのものを描こうとしたのかが、より明瞭になってくるだろう。このふたりは明らかに、簡潔な文章で戦場の本質に迫ろうとしている。

小結

日清、日露戦争以降、戦争を扱う文芸や報道は、内容と形式の両面で、かなり定型化したものを作り上げてきた。それは武勇伝や美談によって国民を鼓舞するような内容であり、しばしば美文調となった。しかし、講談や浪花節にも通じるこのような様式は、主に西洋の文化によって自己形成を行ってきた近代日本のインテリには、大きな違和感を抱かせるものだった。かつて『肉弾』や『此一戦』がためらいもなく武勇伝や美文調を取り入れることができたのは、著者の桜井忠温（一八七九〜一九六五）と水野広徳（一八七五〜一九四五）がいずれももともと軍人だったためだろう。

日清、日露に続く本格的な戦争となった「支那事変」では、少なからぬ文人たちが定型化された戦争報道に違和感を抱き、戦争の真実はもう少し別のところにあるのではないかと感じた。だが、日中戦争に伴っていち早く派遣された林房雄、尾崎士郎、岸田国士をはじめとする小説家は、すぐには新たな様式を作り出すことができず、基本的には戦地の点描にとどまるような報告にならざるを得なかった。

ただし、そのような報告が近代的な小説の文体で書かれていることは特筆してよいだろう。尾崎士郎、岸田国士その他の文士の文体は、『肉弾』や『此一戦』とはまったく異なり、戦闘を伝える新聞記事の文体とも異なる。これは田山花袋『一兵卒』や黒島伝治『渦巻ける烏の群』などの、どちらかといえば厭戦的、反戦的な作品のなかで使用された文体だった。日中戦争の緒戦期にあって、文学者たちは、必ずしも反戦的ではない作品のなかに通常の小説の文体を取り入れたのであり、戦争文学はこの点で大きな一歩を踏み出した。

なお、本章ではとりわけ石川達三の新聞報道批判を糸口として、当時の記事の特徴を例示した。ところが、日本軍が南京を占領した一九三七年一二月ごろから、新聞紙上で武勇伝、美談がにわかに少なくなるように感じられる。これに続く大きな戦闘は、いうまでもなく一九三八年八月から一〇月にかけての漢口攻略戦だが、ここでも同様である。つまり、一九三七年末以降、報道のありかたに一定の変化が生じた可能性がある。ただし、それが何であったのかは、いまのところ明らかにし得ない。

注

(1)「北支事変本社報道陣」『東京朝日新聞』一九三七年七月一三日朝刊。
(2)「事変報道陣」『東京朝日新聞』一九三七年七月一五日朝刊。
(3)「事変現地へ更に五名」『東京朝日新聞』一九三七年七月三〇日朝刊。
(4) 都築久義『戦時下の文学』和泉書院、一九八五年、六頁。
(5)『第一審公判調書』三〇五〜三〇六丁。「生きてゐる兵隊」が新聞紙法違反に問われて、一九三八年八月に起訴されたときのものである。以下、調書および聴取書は、原文のカタカナをひらがなに変えて引用する。
(6) 石川達三『経験的小説論』文藝春秋、一九七〇年、三一〜三三頁。
(7) 火野葦平『麦と兵隊』改造社、一九三八年、六頁「前書」。
(8) 同書、一八六、一八七頁。

(9)「濁流を泳いで進撃　星空の下に一大剣戟戦　英霊に咽泣く秋風」『東京朝日新聞』一九三七年九月一一日朝刊。
(10)「弾丸雨下・地雷火爆発　決死白襷隊一番乗り　大敵を倒し目的貫徹」『東京朝日新聞』一九三七年八月二四日朝刊。
(11)「陛下万歳！　を絶叫　貴志部隊長斬り死」『東京朝日新聞』一九三七年八月一七日朝刊。
(12)「烈々・皇軍の意気高し　鎧袖一触、敵を既に呑む」『東京朝日新聞』一九三七年八月一二日朝刊。
(13)「隊長遺愛の軍刀で　敵兵を滅多斬り　語り尽せぬ武勇伝」『東京朝日新聞』一九三七年九月二〇日朝刊。
(14)「兄の遺骨を背負ひ　「二人分働くぞ」と進軍」『東京朝日新聞』一九三七年九月二五日朝刊。
(15)「紺碧の秋晴れに　日の丸はためく　保定は平和郷に一変」『東京朝日新聞』一九三七年九月二七日号外。
(16)板垣直子『事変下の文学』第一書房、一九四一年、二三頁。
(17)桜井忠温『肉弾』英文新誌社、一九〇六年、二一七頁。
(18)水野広徳『此一戦』博文館、一九一一年、一二九頁。
(19)同書、一四八頁。
(20)「赤誠美譚」『東京朝日新聞』一九〇四年九月二〇日朝刊。読点を補った。
(21)兵藤裕己『〈声〉の国民国家——浪花節が創る日本近代』講談社、二〇〇九年に詳しい。

(22) 以下、美当については安田宗生『国家と大衆芸能――軍事講談師美當一調の軌跡』三弥井書店、二〇〇八年による。
(23) 前掲、安田宗生『国家と大衆芸能』八五、九九、一〇三頁。
(24) 「社説　皇軍の戦捷と軍談講釈」『東京朝日新聞』一八九五年七月二日朝刊。
(25) 大阪朝日新聞社編『人物画伝』有楽社、一九〇七年、八〇頁。
(26) 塚原渋柿園『幕末の江戸風俗』岩波書店、二〇一八年、一六四頁。
(27) 前掲、安田宗生『国家と大衆芸能』八八、九九頁。
(28) 美当一調講演『日露戦争談　新講談音曲入』第九編、此村欽英堂、一九一〇年、一七八頁。
(29) 高島米峯『広長舌』丙午出版社、一九一〇年、三五三頁。高島米峰（一八七五～一九四九）は廃娼運動や幸徳秋水の平民社にも関係した仏教運動家である。
(30) 松林伯知「改良講談　平壌包囲攻撃　第一〇八回」『読売新聞』一八九六年一月二八日。
(31) 美当一調講演『北清事変実況談』第一編、集英堂、一九〇三年、前書。また倉田喜弘『明治大正の民衆娯楽』岩波書店、一九八〇年、一三一～一三五頁。
(32) 原著者田所成恭、脚色者河原杏子、口演者桃中軒雲右衛門『嗚呼田中支隊』宮崎書店、一九二〇年、二五頁。
(33) 前掲、安田宗生『国家と大衆芸能』一三頁。
(34) 講談と浪花節とは厳密には同じものではないが、とりわけ美当一調の場合、基本的には講談であっても三味線も使用しており、浪花節との境はあいまいだったようである。

(35) 杉山平助『文芸五十年史』鱒書房、一九四二年、四一二〜四一三頁、四三六頁。
(36) 萩原朔太郎「鎗騎兵　大衆の無邪気さ」『東京朝日新聞』一九三八年二月二日朝刊。
(37) 谷川徹三「現代日本の文化的状況」『文芸年鑑　一九三九年版』第一書房、一九三九年、五四〜五五頁。初出は『中央公論』一九三七年七月。
(38) 林房雄「上海戦線」『中央公論』第五九九号、一九三七年一〇月、四五三頁。
(39) 小林秀雄「戦争について」『改造』一九三七年一一月号、二一八頁。
(40) 岸田国士『北支物情』白水社、一九三八年、一九〜二〇頁。
(41) 太宰治「鷗」『皮膚と心』竹村書房、一九四〇年、二〇七頁。この原稿が田中英光のものであることとその前後の事情については、前掲、松本和也『昭和一〇年代の文学場を考える』第一九章を参照のこと。
(42) 同書、二〇八頁。
(43) 前掲、林房雄「上海戦線」四四九頁。
(44) 尾崎士郎『八達嶺』春陽堂、一九三八年。
(45) 「南口総攻撃の従軍記」『東京朝日新聞』一九三七年八月一四日朝刊。
(46) 尾崎士郎「今日好日」前掲、『八達嶺』。
(47) 「烈々・皇軍の意気高し　鎧袖一触、敵を既に吞む」『東京朝日新聞』一九三七年八月一二日朝刊。
(48) 尾崎士郎「帰らぬ男」前掲、『八達嶺』一八一〜一八三頁。

第二章　提灯行列と石川達三

はじめに

日中戦争の緒戦期に現れた点描的な戦地描写を越えて戦争の本質に一挙に迫ろうとした野心作が、南京攻略戦に取材した石川達三『生きてゐる兵隊』（一九三八年）だったと思われる。ただし、『生きてゐる兵隊』は執筆の意図がわかりにくい小説である。現在、先入観を持たずにごく普通に読めば、日本兵による残虐な場面が特に印象に残り、あたかも日本軍の非人間性を告発しているかのようである。しかし、日本軍、ひいてはあの戦争を正面から批判するために書かれた小説であったとすれば、当時の時代背景を考えたとき、そのような小説はそもそも発表できるはずがない。

たとえ、「石川達三は比較的早い時期に戦争文学を書いたため、まだ軍のタブーを具体的に知らなかったのである。……戦争文学の六ヶ条のタブーも、おそらく『生きてゐる兵隊』の出現によって定着した」としても[1]、印刷前に出版元の中央公論社が大幅に伏せ字にしたことからも明らかなように、原稿そのままでは公表できないと判断される作品だった。石川自身も、中国から戻って中央公論社の社長に視察報告をした際、「成るべく伏字のない様なものを書くことを約束」していた[2]。つまり、タブーの範囲がはっきりしていなかったということはあろうが、出版側も十分に注意していたのである。

さらに、筆禍事件後の警視庁での取り調べのなかで石川は、戦争の真の姿を伝えることによって、「国民の精神総動員に一片の力を添へることにならうことを信じて居た」と述べ[3]、公判でも、そうすることによって「新らしい軍への信頼を築かせる考へ」だったと陳述した[4]。日本兵の残虐さをことさら強調するかのような小説が、なぜ精神総動員の一助となり、軍への信頼につながるのか。さらに、敗戦直後に伏せ字を補ったうえであらためて出版された『生きてゐる兵隊』（一九四五年一二月）には、序にかわる「誌」が石川自身によって付けられたが、そこに、「戦場に於ける人間の在り方、兵隊の人間として生きて在る姿に対し、この作品を透して一層の理解と愛情とを感じて貰ふことが出来れば幸いである」とある[5]。「理解」はともかく、あのように残虐な兵隊たちに「愛情」を感じてほしいというのはどういうことか、やはり理解に苦しむ。

評論家や研究者による『生きてゐる兵隊』への評価は、現在に至るまで否定論と肯定論との間で分裂したままになっている。[6] たとえば代表的な否定論が、この作品は日本軍の残虐さを容認してしまうところまで進んでおり、戦争の侵略的本質をむしろ覆い隠すものであるとするのにたいして、戦場における「人間崩壊の苦悩の過程」をはじめて「克明に描き」込み、「戦争の本質そのものにまで想到させるリアリティをもっている」と肯定的に評価する議論もある。[7] このように分裂している原因の一端は上述のような執筆意図のわかりにくさ、もしくは意図と描写内容（あるいは読者に与える印象）の齟齬に起因していると思われる。

こうした研究状況にたいして浅田隆は、「石川の意図にかかわる側面のみによって作品を塗り込めてしまう」ことの危険性を指摘する。[8] だが、石川達三は明確な目的意識をもって作品を作り上げる作家であり、やはりその意図をできるかぎり正確に理解しておくべきだろう。狭い意味での執筆意図は、石川が繰り返し述べており、はっきりしている。戦争の真実の姿を国民に知らせることである。なぜそれが必要なのかといえば、理由はおおよそふたつあり、前章で紹介したように、ひとつは新聞等が事実を伝えていないこと、もうひとつは、国民が何も知らずに浮かれ騒いでいることにあった。中国での取材から戻った石川は、二月一日から執筆に取りかかり、ちょうど一一日間で三百三十数枚の『生きてゐる兵隊』を書き上げ、「私にとっては人力の限りを尽したようなものだった。眼のさめているあいだは机を離れなかった」と言う[9]。石川をこのように駆り立てたのは、中国で実感した戦争のすさまじさと、銃後の国民のお祭り騒ぎの落差、そしてその落差を埋める責任を果たしていない新聞等へ重ねての憤りではなかったかと、ひとまず推測することができる。新聞報道が石川の批判するようなものであったことは、前章で示したとおりである。他方で、そのころ提灯行列に象徴されるお祭り騒ぎが盛んに行われていたこともよく知られているが、『生きてゐる兵隊』をこのお祭り騒ぎのなかに位置づけてみようとする研究は見当たらない[10]。

以下、本章では、石川の「憤り」（問題意識）がどのようなものであったのかを概観したうえで、提灯行列をはじめとする祝勝（捷）行事および、『生きてゐる兵隊』の描く戦場の状況を整理し、最終節では、それらを通して石川の「憤り」の背景を考察する。

1　石川の方法論

石川はどのように小説を書くのか、その方法をまず確認しておこう。主な史料として、石川が自らの経験をまじえながら他の作家や作品を論じた『経験的小説論』（一九七〇年）を用いる。

石川によれば、自身の小説執筆には次のような強い目的意識があるという。

私は芸術作品を作りあげようという気持ちよりも、何の為に書くのか、何を書くのか、誰の為に書くのか……という意識の方が強かった（八頁）。

それは、「論理的には、作品自体が目的ではなくて、作品は手段に過ぎないのだ……という結果となり、文学に於ける邪道だという非難を聞かせられたこともあった」（同頁）。また、以下のようにも述べる。

私は小説を書く前に、何を目的に書くかということを考えずにいられない。何のために書くのか。何が言いたいのか。書くことの社会的な意義がはっきりしなくては、作品に着手できない。これは私の癖である。作家としては邪道であるかも知れない。目的がはっきりし、書くことの意義を強く感じたときに、私の意欲は燃えあがる（三七頁）。

ただし世の中には、このような強い目的意識とは無縁の、「題名さえも漠然としたものを置」

き、「冒頭の部分がきまっているだけで、物語の発展も結末もきまらないままに連載をはじめる。書き進むにつれて筋を考えて行く。結末は作者も知らない」ような作家もいる。こうした執筆の仕方にたいして石川は、そのようなことで「良心的な芸術作品ができるであろうか」と疑問を呈し、「作者の計画とは、作者の意図を託し思想を託したものである。書き出しの部分を考えついたばかりで執筆を始めるというような態度は、私には出来なかった」と言う（五二〜五三頁）。

宮本百合子が『生きてゐる兵隊』について、「自身の内面的モティーヴなしに意図の上でだけ作品の世界を支配してゆく創作態度が目立つてゐる」というのは[11]、上記のような目的意識があからさまに出過ぎてしまったことを批判しているのではないかと思われる。ところが石川は、発禁事件の取り調べのなかで、「目的を以て書かれることには異論があり、直接に斯る目的を以て創作することは邪道であるとも言はれる」と、『経験的小説論』と同じことを述べたうえで、「然し私は斯る目的に依って敢いて（ママ）書いた。小説として拙劣であっても良いと思った」とさえ言う[12]。つまり、あえて文学性を犠牲にしてまでも執筆の意図を優先したのだった。『生きてゐる兵隊』は、宮本百合子に指摘されるまでもなく石川自身がその点をよく自覚しているような、目的意識が特に強い小説だったと考えてよいだろう。

それでは、石川は何をきっかけとして、個々の小説に結実するそれぞれの目的意識を抱くのだろうか。『経験的小説論』には、「憤り」「怒り」「抗議」「批判」「復讐」といった言葉がしばしば現れる。石川達三（一九〇五～八五）は、早稲田大学在学中に『大阪朝日新聞』の懸賞小説に当選したのち、『蒼氓（そうぼう）』（一九三五年）で第一回芥川賞を受賞した。この『蒼氓』が小説家としての本格的なデビュー作となる。ブラジルへの農民の集団移民を題材とした本作は、「政府の移民政策に一種の抗議をするような性格をもっていた」、そして、「権力に対する庶民的な抵抗という姿勢は、ほとんど私の作家としての全生涯を通じて変わらなかった」と言う。[13]

さらに一九三七年に発表された『日蔭の村』は、多摩川上流の小河内ダム建設に伴う住民移転問題を扱ったものだが、立ち退きを迫られている農民の側に立っており、「東京市に対する抗議のかたちを取らざるを得なかった」。[14]また『経験的小説論』では取り上げられていないが、敗戦直前の一九四五年七月一四日から二八日まで『毎日新聞』に連載した「成瀬南平の行状」では、「日本の報道宣伝」が「飾られた言葉をもって、内容を誤魔化す」のを通弊としていると、主人公の台詞を借りて批判する。[15]そしてこの連載によってふたたび警視庁の取り調べを受け、連載の中断を余儀なくされた。[16]

石川は戦争末期の文学的状況を振り返るなかで、『日蔭の村』や『生きてゐる兵隊』が検閲者や編集者によってさんざんに削除され、さらに筆禍事件に巻き込まれるに至って、「作家としての或る種の決意のようなものを育てられた」と言う。その「決意とは、国家権力に対する作品による批判と糾弾という風な意欲であったかも知れない。私は作家としての出発以来野党的であり、いささか反抗的であったが、十年の試練を経て一層その傾向が強められたようであった」[17]。さらに敗戦後の東京裁判では、アメリカの検事団が『生きてゐる兵隊』を南京虐殺事件の証拠資料に使おうとして石川を検事取調べ室へ連れていき、「協力しなければ逮捕する」と迫ったが、石川は逆に日本軍を弁護した。「敵側が裁くことに公正な裁判などは有り得ないと思っていた」ためである[18]。軍部や日本政府にかわって新たに日本の権力者となった占領軍にたいする抵抗の姿勢を、ここに読みとることができるだろう。

しかし、石川の問題意識を知るうえでさらに重要なのは、国家権力もしくはそれに類似する公権力のほかに、「憤り」を向ける重要な対象がほかにもあったことである。それは、日本の社会の、そのときどきの風潮である。戦後まもなく執筆された『望みなきに非ず』（一九四七年）は、敗戦後の元海軍大佐を主人公にすえ、職業軍人をすべて「戦争犯罪人」、「民衆の敵」と見なす当時の風潮に異を唱えた。「彼等の大部分は命がけで、戦いに勝つために、国家を防衛するために戦争したに違いない」のであって、「再び民衆の仲間として迎え入れるべき」であり、この小説は、「敗戦直後の日本の社会の姿に対する私の悲しみや憤りの産物」なのだと言う。[19]傷痍軍人を扱った『風雪』（一九四八年）は、「この無節操な社会に復讐」しようとする彼らの、「世間に対する憤り」を「代弁」するものだった。[20]横浜事件をモデルにしたともされる『風にそよぐ葦』（前編、一九五〇年／後編、五一年）は、戦時中の国家権力の横暴と、戦後の占領軍による抑圧、そして「左翼勢力の津波のようなはげしい侵略」にたいする、石川の「絶望的な怒り」、「当時の社会に対する私の心からの抗議」であった。[21]以上は、石川達三が社会派作家と呼ばれる所以でもある。石川はこの種の小説だけを書いていたわけではないが、社会的な目的意識が非常に強い作家だったことは明らかだろう。

　ここであらためて『生きてゐる兵隊』の執筆動機を整理してみると、真実を伝えない新聞にたいする批判と、お祭り騒ぎに浮かれる国民にたいする憤慨の二点にかんする第一審公判中の石川の陳述は、先に紹介したとおりである。ただし、これらにもう少し先行するきっかけのあったことが、すでに知られている。日中戦争が本格化した直後の一九三七年八月に、大学以来の友人であった八木久雄が応召した。そして戦地から、「つかまえてきた捕虜を小隊長が斬った」などと書いた郵便を送ってよこした。石川はそれらの便りによって「本当に生々しい戦場を感じ」、「戦争の実態をどうしても見て置かなくてはならないという気持をそそられた」。それが、その年末に「南京まで出かけて行った最初のきっかけであった」と記す。[22]

国民と新聞報道について石川は戦後も、力点の置き方は異なるが前述の批判と執筆意図をそのまま繰り返している。敗戦直後の『生きてゐる兵隊』「誌」に、「あるがままの戦争の姿を知らせることによつて、勝利に傲つた銃後の人々に大きな反省を求めようといふつもりであつた」という一文が見え、[23]本書第一章でも引用したように、『経験的小説論』（一九七〇年）では次のようにも述べる。

醜態を晒したのは新聞社の在り方であった。……正確な報道の義務も正当な批判の責任も、また言論自由の原則をも、すべてかなぐり捨てて政府軍部の求めるがままに、醜い走狗となり果てた。……

私の憤りは先ずここから来たものだった。「皇軍は至るところで神の如く」「占領地の住民は手製の日章旗を振って日本軍を迎え……云々」という記事が、どの新聞にも一様に掲載されていた。私はその虚偽の報道に耐えがたいいら立たしさを感じていた。

……新聞の虚偽の報道に腹を立てて、戦争のむき出しのなまの姿を日本の民衆に伝えたいという意欲をもっていた。[24]

こうして石川は、戦争の取材のため一九三七年一二月末に上海へ出発した。社会的な目的意識の強い作家である石川がその際に抱いていた思いは、真実を伝えない新聞報道と浮かれた国民にたいする憤りだったとしてよいだろう。この二者のうち新聞報道についてはすでに前章で示した。そこで次に、「お祭り騒ぎ」とはどのようなものだったのか、またそれと戦場の現実とのあいだにどのような落差があったのかを、次節以下で検討する。

2　一九三七年の提灯行列

近代日本の祝賀行事として、日清戦争時や日露戦争時の祝勝大会、そしてそれに伴う提灯行列などがよく知られているが、戦争に限らず一般の祝賀行事でも、戦前にあってはしばしば提灯行列が催された。厳密に言えば、昼間には旗行列があり、夜になってあらためて行うものが提灯行列だが、日中戦争が本格化した一九三七年の場合、『朝日新聞』の記事データベースを検索すると旗行列関連の記事三九件にたいして、提灯行列は六〇件に達する。提灯行列のほうが話題性もしくは象徴性が高かったことがうかがえる。この数字はあくまでも記事の件数であり、本来は行事ごとの開催日数や参加人数を比較すべきだが、この両数字は新聞に記載されないことも多く、使うことができない。次善の策として、記事の件数のみでもおおよその傾向を推しはかることはできるだろう。石川達三が南京陥落の際に憤慨したような提灯行列こそが、祝勝行事の典型であった。

ただし提灯行列は、よく知られているわりに、その実態の解明はほとんど進んでいない。日露戦争以前の状況を分析した岸本亜季によれば、提灯行列、カンテラ行列、松明（たいまつ）行列などの行列は、西洋のトーチライト・プロセッションを模倣して、まず学生や学校のなかで始まり、少なくとも一八八九（明治二二）年までさかのぼるという。明治三〇年代後半になると学校関係者以外の人々が参入しはじめるものの、一般的とは言いがたかった。ところが日露戦争（一九〇四～〇五）に際しては、「猫も杓子も」というほどに全国的に流行する。なぜ突然そのようになったのかは今後の課題であるとする。(25)

さて、一九三〇年代から四〇年代にかけての提灯行列関係の新聞記事を、やはり『朝日新聞』のデータベースで検索してみると、その件数の推移は次のグラフ1のようになる。

一九三七年に突出した部分ができている。日中戦争が本格化したのが同年であったことは言うまでもない。戦争の本格化という時代のなかで提灯行列が激発し、四〇年代に入ってからはそれどころではなくなる、という様子を読みとることができる。急速に終息していく直前の一九四〇年にもう一度高まりが現れているのは、紀元二千六百年記念の祝賀行事が大々的に催されたことによる。ちなみに一九三六年の提灯行列は、主に天皇の北海道訪問と日独協定によるものだった。

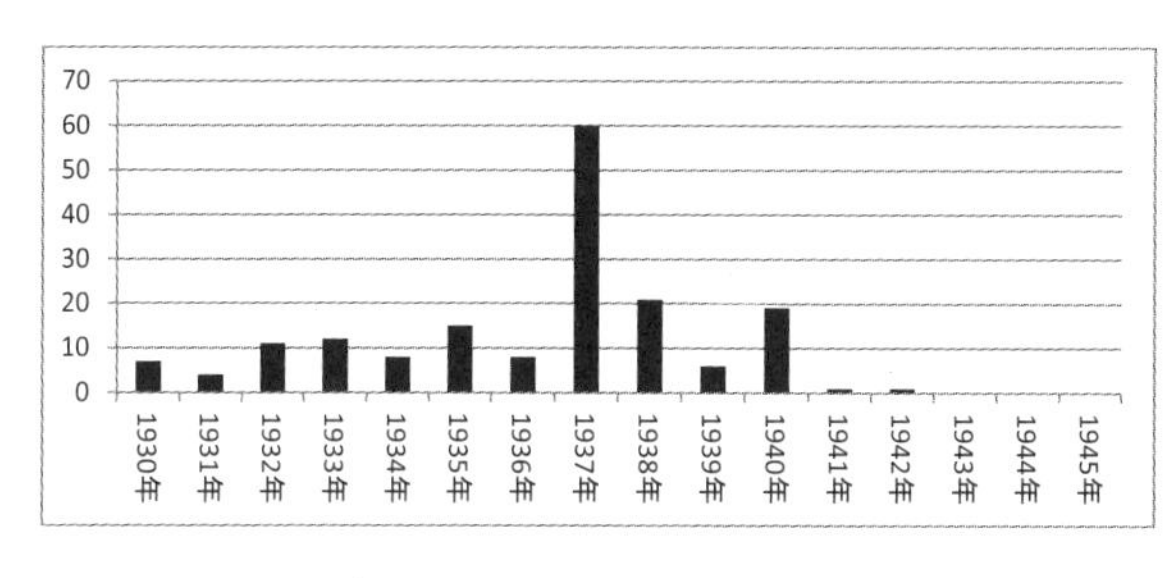

グラフ1　提灯行列関係記事数

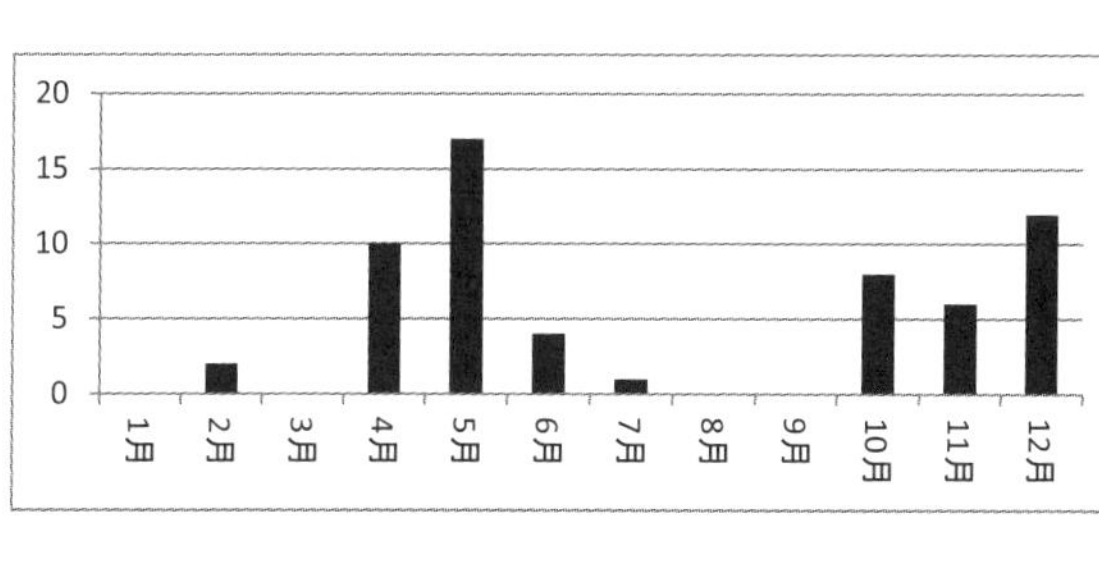

グラフ2　提灯行列関係記事数（1937年）

一九三七年度を月別に整理したのが、グラフ2である。五月前後と年の終わりごろの二ヵ所が山になり、くっきりと分かれている。戦争本格化の発端となった盧溝橋事件が発生したのは七月七日であり、五月前後の部分は日中戦争とは関係ない。これは、飛行機の神風号が東京・ロンドン間の飛行で世界記録を打ちたてたことによる。このときの状況をまず整理してみよう。(26)

航空機の世界では、ライト兄弟が

一九〇三年にはじめて動力飛行に成功したのち、リンドバーグによる大西洋単独無着陸横断飛行をはじめ、世界的なさまざまな挑戦が企てられるようになっていった。一九三七年ごろの世界の航空界の話題は、フランス航空省が懸賞金をかけたパリ・東京間の一〇〇時間内飛行だったとされる。まずフランス人のジャッピーが東京へ向かったが、福岡まで来たところで山の中腹に激突した。同じくフランスのドレは仏印のハノイで不時着し、次のチュニスとリベルもハノイ近くで失敗。続く飛行家たちも時間内に到着することはできなかった。このようなとき朝日新聞社が、一九三七年五月一二日にロンドンで行われる予定のジョージ六世の戴冠式にあわせて、東京・ロンドン間の飛行を計画した。折から開発中だった九七式司令部偵察機の試作機を軍の承諾のもとで発注して「神風」と命名し、飯沼正明操縦士と塚越賢爾機関士が乗組員に選ばれた。どちらも朝日新聞社の社員である。

神風号は四月六日に立川飛行場を出発し、台北、ハノイ、カルカッタ、カラチ、バクダッド、アテネ、ローマ、パリなどを経由してロンドンへ向かった。出発の翌七日には、東京では朝日新聞社の電光ニュースに人々が群がり、京都の大丸百貨店ではカルカッタ到着のニュースを受けて男女店員八〇〇人による祝賀提灯行列を催した。(27) ロンドン到着が予想される九日の当日は、芝桜田小学校生徒二〇名が校長に引率されて航空神社で成功を祈願し、大日本飛行少年団では団員数百人による提灯行列もしくは旗行列を計画しているという。[28] 神風号は、四月九日午後（日本時間で一〇日〇時三〇分）にロンドンへ到着した。飛行時間は給油や休憩等を入れて九四時間一七分五六秒だった。

到着のニュースが入った一〇日には、東京の大森区で、地元町会、青年団、国防婦人会ら約五〇〇名の提灯行列が大太鼓を「ドドン」と打ち鳴らしながら塚越機関士の自宅を取り囲んだ。計画では翌一一日（日曜）にさらに、帝国飛行協会の主催で全関東吹奏楽団連盟、東京都連合少年団の青少年計一七〇〇名が靖国神社から宮城前広場へ行進し、そこで連合少年団員三千余名および小学校児童一万余名と合流し、二重橋前で祝賀式を行うという。[29] まもなく、神風の模型や置物、子どもの玩具は言うにおよばず、神風ネクタイ、神風ブローチ、神風指輪、さらには神風帯留め、神風半襟、神風浴衣、神風せんべい、神風まんじゅう、神風そばまで現れ、日本橋の某デパートでは二一日から全店で「神風大売り出し」を計画した。[30] こうした祝賀風景が東京や大阪、京都に限らず、日本各地で見られた。

祝賀の行事が最も盛り上がったのは、神風号が羽田の飛行場に帰着した五月二一日午後以降の数日間である。二一日はあいにくの雨天だったが、飛行場では一般人のほかに、佐藤外相、児玉逓信相、米内海相、海軍航空本部長、航空局長、荒木貞夫大将、田中舘愛橘（たなかだてあいきつ）博士、片岡鉄兵夫妻、川端龍子画伯ほか、数多くの「名士」が出迎えた。[31]夕方、飯沼、塚越両乗員を乗せた自動車が銀座の朝日新聞東京本社に到着するころには、雨も上がって青空が現れた。銀座通には、わずかに車一台が通れるだけの余地を残して人の「トンネル」ができ、本社の各階からは、紅白染め分けの提灯、日の丸、社旗の小旗が揺れるなか、色とりどりの紙吹雪が舞い、五色のテープが流れ、「神風声援歌、万歳の嵐、歓呼の滝」のなかを「両勇士」が二階のバルコニーに姿を見せた。このときの騒ぎは、「銀座八丁開かれて以来の熱狂新記録」だったという。[32]ちょうど日本を訪問していたヘレン・ケラーからも祝辞が寄せられた。[33]

翌二二日の夜は、各町会連合会、郷軍日比谷分会員二〇〇〇名が、日比谷公園から朝日新聞本社までブラスバンドを先頭に提灯行列を挙行した。塚越機関士の自宅がある大森区でも町内会が約二〇〇〇名の提灯行列を行った。[34]さらに二三日には日比谷音楽堂で、各界代表六〇〇人と市民五〇〇〇人を集めて大規模な「神風亜欧連絡完成祝賀会」が開かれた。[35]二四日には飯沼、塚越が大阪に凱旋し、「大飛行完成報告自動車行進」が三時間にわたって続き、夜には各団体の提灯行列、バンド隊が次々と朝日新聞大阪本社前に押しよせる。飯沼、塚越は引き続き伊勢神宮参拝のために午後一〇時一分大阪発の「特別〝神風〟電車」に乗り込んだが、観衆が殺到して電車の窓ガラスを割ってしまう一幕もあった。[36]二六日午後には大阪中之島の中央公会堂で

「第二回神風凱旋報告会」に参加したのち、京都の平安神宮に参拝し、神宮前広場で学童五〇〇〇人の歓迎大会、夜には神苑での園遊会に臨んだ。夜に入ると、数千人の提灯行列が大阪朝日新聞京都支局前に押しよせた。[37] 神風号をめぐる祝賀行事は、このころを最後にようやく終息したようである。

3　日中戦争と提灯行列

一九三七年六月以降は、第一次近衛内閣組閣や小橋新東京市長の誕生を祝ってそれぞれの地元町民が提灯行列など開催した後、一〇月に入ると、いよいよ中国での戦況にかんするものが現れる。

ここで当時の戦況の推移を確認しておくと、まず七月七日に北京（当時は北平）郊外の盧溝橋で日中両軍の衝突事件があり、これをきっかけとして同月二八日には日本軍が華北方面で総攻撃を開始する。このあとの日本軍の行動は素早かった。天津（七月三一日）と北京（八月四日）というふたつの重要都市を次々に占領し、八月一三日には上海戦が始まる。華北では引き続き張家口（八月二七日）、保定（九月二四日）、石家荘（一〇月一〇日）を占領し、西方の山西省内にも軍を進めた。しかし、南の上海方面では中国軍が激しく抵抗し、戦線は膠着したままとなる。

戦況打破の契機となったのは、一〇月二六日の大場鎮占領だった。軍当局の発表によれば、「大場鎮は上海の西北凡そ四キロに位する人口三、四万の都市で軍事上最重要地点として上海北門の要害」で、中国側も上海防衛の最重要拠点をここに置いており、大場鎮およびその付近の陣地線を突破したことは「実に上海作戦の一大紀元を画するもの」であるという。(38)

大場鎮入城の報を受け、提灯行列がふたたび盛り上がることになる。東京では、二七日午後一時から全市の小学校、女子中等学校、女子青年学校の生徒八〇万の旗行列を、二八日午後六時からは、男子中等学校、青年団、防護団、青年学校、各町会代表の一万二〇〇〇名で提灯行列を挙行する予定だという。(39) 当日夜は、日本大学学生一万二〇〇〇名を先頭に、株式、米穀両取引所有志約八〇〇〇人も加わった五万人が、「皇軍万歳」「暴支撃滅」などと大書した提灯を掲げて参謀本部、首相官邸、海軍省などへ押しよせた。

また宮城前広場では、天皇の意を受けた宮内省当直職員が市民の奉祝に応え、歓呼に合わせてふたつ、三つ提灯を揺らすと、提灯行列からも「天皇陛下万歳」「皇軍万歳」の声が上がる。(40) この「戦勝祝賀提灯行列」は「市当局」が音頭を取り、「日露戦争以来初めて見る熱狂的現象だろう」と伝えられた。行列のなかには「坊やも少女も、更に赤ちゃんをおんぶした若い奥さん」も混じり、「宮城前の外苑は文字通り灯の海」で、「天地をゆるがす万歳の声」がひっきりなしにこだました。そして陸軍省、参謀本部では杉山陸相以下が、海軍省では原田、森両大佐が正面玄関に軍艦旗を立てて答礼した。「軍艦旗を立てて群衆を迎えたのはこれがはじめて」だという。(41)

「二十七日以来続報される皇軍の快勝に帝都は歓びに沸り市内を火の波に捲き込む提灯行列は夜毎に続き」、三〇日には東京実業組合連合会の六万人が、上野の不忍池畔から宮城前広場を経て海軍省まで提灯行列を挙行する。アコーディオン一〇〇人の合奏に六万人が合唱し、飛行機、タンク、鉄兜などの「飾り万灯」も混ざるなかを、魚河岸や日本橋町会からも人が合流し、行列は七万にふくれあがった。(42)この三〇日夜の提灯行列では、感激のあまり「己の旧悪を恥ぢ入り」、警視庁に駆け込んで自首するお調子者さえ現れた。この男は約束手形を偽造して二万円ほどを詐取していたのだが、この夜、蕎麦屋にいたところ、表を通る提灯行列を見かけて宮城前の広場まで付いていき、そこでの群衆の「万歳」の連呼に感激が極まったのだという。(43)

さらに一一月三日には東京鰹節問屋商業組合が組合員五〇〇人の提灯行列を行ったが、(44)この時の参加人数の少なさからもうかがえるように、大場鎮占領を機に始まった祝勝提灯行列はこのころいったん収まった。

ところが、三日後の一一月六日に日独伊防共協定が調印されると、ドイツ、イタリア両大使館に近い麹町、芝両区の青年団、国防婦人会、愛国学生連盟の提灯行列約二五〇〇名が小雨のなかを、調印祝賀の晩餐会場である外相官邸に殺到した。(45) 続く七日夜には「東京市の大提灯行列」が行われ、日比谷公園広場に集合した市職員、市立中等学校、青年学校生徒、防護団員ら一万二千余名が、外務省、ドイツ大使館、イタリア大使館などを巡った。(46)

一一日には、満州国の張景恵国務総理の歓迎晩餐会が開かれ、「東京市並びに日満実業協会、日満中央協会からなる三〇〇〇名」が「万歳」を唱えながら提灯行列を行った。(47) 日独防共協定の一周年にあたる二五日には、「防共協定祝賀記念会主催、国民精神総動員中央聯盟、東京市後援」の国民大会が約六万人を集めて後楽園スタジアムで開催され、閉会後は二万人の提灯行列がドイツ、イタリア両大使館へ向かう予定だという。銀座の要所要所にはすでに日独伊の三国旗が風になびき、百貨店、劇場、カフェーなども飾りつけを終え、二五日当日にはドイツ国旗だけでも二〇万本が捌けるだろうという。(48)

防共協定関連の祝賀騒ぎが一段落を告げたのもつかのま、一二月六日には、「皇軍　高橋門へ殺到！　南京城へ僅かに一里　陥落いよいよ本日中」という見出しの号外が出た。(49) そのとき新橋演舞場では、折から「大菩薩峠」が上演されていたが、幕が下りて座員が舞台に立ち号外を読みあげると、「観衆はワッと総立ちとなつて万歳の嵐」となり、品川区の某楽器店では、朝日新聞の号外を貼り出して大型スピーカーで「勝った勝った」という「祝捷音頭」[50]のレコードをかけたところ、「店頭の群衆は寒さも忘れて忽ち大合唱」となった。そこへ一杯機嫌のチンドン屋が現れ、商売道具の太鼓を取り出して囃子を始める。銀座の松屋では「祝大勝」をはやばやと表通りに飾り、麻布十番で南京豆を売っていた男は、機転をきかせて「南京負けた、南京負けた」と連呼すると、たちまち人気を呼んで黒山の人だかりとなり、「食いつぶしてやれ」と、思わぬ繁盛になった。東京市では、次のような計画を立てた。「陥落の翌日午後一時から小学生と女学生八〇万人を動員してそれぞれ各区で旗行列を行ひ」、「夜は午後六時に男子中等学校、青年団、青年学校、防護団、在郷軍人会等各種団体二万人」が浜町、神宮外苑その他に集合し、「宮城前まで提灯行列を行ひ更に陸海軍省、参謀本部前で万歳を三唱して解散」[51]。そして、祝賀行列に備えて、旗四〇万本と提灯一万五〇〇〇個が各中小学校へ配布された[52]。

4　南京陥落

一〇日夜、「南京城門に日章旗！　皇軍怒濤の如く突入」という号外が現れると[53]、赤坂の某ダンスホールでは、「折から踊ってゐた約三〇〇のお客やダンサー連は期せずして一斉に万歳を高唱」し、ダンサーたちは一一時から「祝南京陥落愛国婦人会赤坂分会」と大書した旗を先頭に、手に手に提灯を持ち、小雨のなかを自動車で海軍省と陸軍省を訪問した。銀座では、軌道に入って号外を買う人たちで電車が立ち往生し、明治座の舞台では中村吉右衛門の音頭で観衆が万歳を三唱し、新宿第一劇場でも観衆が団員四七名に唱和した。[54]

翌一一日には、銀座、新宿、浅草などの盛り場は「祝南京陥落」「祝大勝」「皇軍万歳」などと染めた大旗で飾りたてられ、「その下にドッと押し出した人々の軽い足どりはお正月気分」であった。学校や工場からは提灯行列が繰り出し、靖国神社は夜に入っても市民の群れが引きもきらず、その合間合間を、提灯行列が万歳を唱えて通り過ぎていった。[55] また宮城前では、朝八時半から東京蚕糸学校生徒約六〇〇名、東京外語生約九〇〇名、一一時には学習院生徒約六〇〇名が万歳を唱えた。三宅坂の陸相官邸では各地からの祝電が朝から殺到したほかに、日清戦争時の伍長だったと名乗る老魚屋が、六貫目もある□（文字判読不能）と二貫目以上の真鯛をもって円タクで乗りつけた。陸軍省へは菰冠りが景気よく運び込まれ、「正門前はお祝客の自動車が氾濫するといふ事変以来の祝賀風景」だという。[56] 一二日夜もまた、丸ビル商店街の男女店員約六〇〇名、神田三崎町その他の各町会員約一二〇〇名が、ブラスバンドを先頭にして宮城前広場へつめかけた。[57]

一二月一三日に南京が完全に占領されると、東京市では、翌一四日の行事予定を次のように計画した。まず市長、市議会長などが明治神宮、靖国神社などに参拝し、午後二時には臨時市会を開いて祝賀決議を行い、その前の一二時四〇分には五万六〇〇〇の小学生、女学生、女子青年団員の旗行列が神宮外苑その他に集合したのち、それぞれ宮城前まで行進して万歳三唱。さらに大本営陸軍部、海軍部を経て日比谷公園広場で解散。午後六時からは一万五〇〇〇の男子中等学校、青年学校、青年団、在郷軍人、防護団員がおなじコースで提灯行列を行う。一方、東京府でも午前に女学生の旗行列、午後に中学生の武装行進を行うという。[58]一四日当日には、市役所関係団体三万、銀行団体三万なども加わり、さらに「老若男女一家打ち連れての町会団体に至るまで無慮四十万」が、それぞれに趣向をこらした高張提灯、大万灯、吹奏楽団、喇叭鼓隊を先頭に、「万歳」を連呼し、カールツァイス商会東京支店のドイツ人六〇人も、ナチスの卍模様入りの提灯で行進に加わった。全市の街々では商店もビルもすべて点灯した。[59]

一五日には、午前九時に芝、日比谷などの公園に集合した全市百二十余校の女学生が宮城前、参謀本部、陸軍省、海軍省などを巡り、午後一〇時半からは都下百余校の男子中等学校生徒一〇万がゲートル姿に身を固め、そのうち半数は銃を執って武装行進を行った。他方、東大生二〇〇〇、府下男女中等学校生徒一〇万をはじめ各種団体が二重橋前広場で旗行列を行ったが、そのなかに照宮、順宮をはじめとする皇族も加わっていることを聞いた天皇が、宮内省の職員を特に遣わして、「民草の赤誠に応へしめられた」。なお、あまりの混雑から、午後一時半ごろ参謀本部前では生徒が折り重なって転倒し、一五名が負傷し、うち一名が危篤となった。[60]

旗行列、提灯行列は東京だけでなく、日本全国で行われたことは言うまでもない。さらに、騒ぎは祝賀行事だけにとどまらなかった。株式相場は一二月一日以来、南京陥落を見越して好況を呈しはじめていたが、日本軍が南京の一里手前まで進軍したニュースが一二月六日に伝わると、株式が一斉に暴騰を始め、[61]「南京陥落相場を出現し全く熱狂的に戦勝気分を呈し」た。暴騰筆頭の長期日産株は満州進出の期待がかかるものだったが、九月の安値約六二円から、一挙に約八九円となった。このため兜町の株取引所所員たちも祝賀提灯行列を計画し、提灯七〇〇〇個、ロウソク一万本を用意した。[62]

一七日にはついに南京への入城式が行われる。ところが先にも触れたように、これ以降の祝賀行事についてはなぜか新聞記事がまったくなくなり、詳細を知ることができない。

以上を通覧すると、とりわけ東京市が学校生徒や各種団体をしばしば大規模に動員していることがわかるが、一般市民が積極的にそれに呼応し、陸相をはじめとする政府要人も答礼という形でそこに加わった。天皇も同様である。ここであらためて先に示した経年グラフおよび四月、五月の神風号をめぐる騒ぎに立ち返ってみれば、一九三七年は、こうした官民一体となった祝賀行事が空前の盛り上がりを見せた年であった。前節で、日中戦争とは無関係な神風号にたいする祝賀行事を長々と紹介したのは、その雰囲気がそのまま七月以降の提灯行列に接続しているように見えるからである。つまり、国民は浮かれたお祭り気分のなかで一九三七年という重大な転換点を過ごし、後戻りのできないところへ進もうとしていた。それは、日米開戦を経て、やがて国家の破滅へと向かう道である。南京を占領した翌一九三八年一月一六日には、近衛文麿首相が「爾後、国民政府を対手とせず」という声明を出し、これによって中国との外交関係も断絶することになる。あまりにも浮ついた空気のなかで、きわめて重大な決断が積み重ねられていったといえよう。

5　石川の描く戦場

当局が、国民の浮かれぶりに不安を抱かなかったわけではない。軍中央部では一二月一〇日までに、「南京の陥落で徒らに祝賀気分に流れることなく」云々という通牒を出し[63]、それを受けて東京府の国民精神総動員実行部でも府下の各市区町村長宛に、「事変に対する認識を新たにし更に緊張味を加ふると共に……銃後の護りを完からしむる様可然御配慮相成度」と通達した。[64] また文部省では、南京陥落の公報を待って、木戸文相が全省員に「この際更に緊褌一番せよ」と訓示するとともに、専門学校以上の全国各学校にこの主旨を徹底させる予定だという。[65] 南京入城式以降に提灯行列関係の記事が見出せなくなるのは、これらの通達に関係しているのかもしれない。

しかし結局、占領時には前節で見たとおりの事態となった。提灯行列にたいする石川達三の「憤慨」は先に引用したが、実際に中国での取材を終えた感想としては、「現地を視察して最も痛切に感じたことは戦争と云ふものが如何にすさまじく大規模なるかと云ふことであった。日本内に於ける非常時と云ふ意味が始めてはっきりと認識される気持であった」[66]。また、「私は新聞の戦争記事、ニュース映画等にて戦争と云ふものは之丈ではないと考いて居た。……実際の戦場を見るに及んで一般人の戦争認識と云ふものが如何にお目出度いものなるかを感じた。つまり戦争は楽々と勝て居る様に思ひ、占領地区は平穏無事の楽土になつて居ると思つて居るが、そんな安易なものではないと痛感した」と述べる。[67] 提灯行列で浮かれている国民にたいする批判である。

それでは、石川が感じた戦争の「すさまじさ」とは何か。石川には「遺書」と題された短文がある。一九四五年六月つまり敗戦の二ヵ月前に『毎日新聞』のために用意しながら、結局は公表されなかった一文だが、そのなかで「戦争とは何か、戦争とはどのようなものか」と問いかけ、次のように説明した。

> 戦争は武器が発達すればするほど惨憺たるものになる。五体四散し肺肝泥にまみれ、傷つき、腐敗し、魚鳥の餌食となる。それが戦場における人間の姿である筈だ。[68]

そして例によって、真実を伝えない報道を批判する。ここに例示された「戦争」は、第一次世界大戦を題材としたレマルク『西部戦線異状なし』やバルビュス『砲火』に典型的に現れているものだが、そのような意味での激しい戦闘場面は、実は『生きてゐる兵隊』にはわずかしか見られない。ほとんど唯一のその例外が、小説の終盤近くに位置する、南京入城を間近にひかえた紫金山攻撃の場面だろう。

少なくとも『生きてゐる兵隊』では、石川が「日本の民衆に伝えたい」という「戦争のむき出しのなまの姿」[69]は別の形で提示されていると考えるべきであり、それは、これまで研究者が繰り返し注目してきた住民や非戦闘員の殺害場面以外にはないだろう。そして、そうした経験を通して兵士がどのように戦争の現実を受け入れていくのかが、この小説全体を貫く主題となっている。これもまた先行研究が指摘するとおりである。

ただし従来の研究では、『生きてゐる兵隊』が小説としてどのような構成になっているのかが、十分に確認されてこなかったようである。その点をまず整理してみよう。本作品は全部で二五個ほどの場面、もしくはエピソードからなり、それらは順に大きく四つの部分に分けることができる。第一段は第四章まで、すなわち北島中隊長が戦死する直前までである。ここでは、自分の家に火をつけた青年を笠原伍長が斬殺し、中橋通訳が老婆を突き飛ばして水牛を奪い、ピストルを持っていた若い女を裸にして近藤一等兵が短剣で刺殺するなどの事件および、それに際して兵隊がどのような反応を示し、何を考えたのかを描写する。

そして最後に、主要な登場人物四人がそれぞれ次のような性格を持っていると整理される。もと新聞社の校正係だった平尾一等兵は「錯乱しがちなロマンティシズム」、医科大学卒の近藤一等兵は「戸惑ひしたインテリゼンス」、学校の先生をしていた倉田少尉は「繊細な感情」、農家の次男であった笠原伍長は「どれほどの激戦にもどれくらゐの殺戮にも堂々としてゆるがない心の安定」である。そして、この戦場では、笠原のような「心の安定」を得なければならないことが示唆される。[70] こうして第一段では、戦場で兵士に突きつけられる重い課題が提示される。

第二段は、第七章まで、すなわち北島中隊長の戦死から南京総攻撃の直前までである。ここでは、母親の死体にしがみついて泣く女の刺殺、死んだ母親の横で泣く赤ん坊の描写、砂糖を盗んだ疑いによる青年の刺殺、日本軍の少尉を射殺した一一、二歳の少女の殺害などをはさみながら、平尾と倉田の心理上の変化が描かれる。特に大きな転機を経験したのは倉田だった。倉田はそれまで「生命の危機」のなかで「本能的な恐怖」を感じ、「焦立たしい不安」のなかにあったのだが、「中隊長の戦死を眼の前に見たときからその恐怖はもはやひとつ桁のはづれたものとなつた。……すると彼は心の軽さを感じこの生活の中に明るさを感じはじめた。……彼はもはやどのやうな惨澹たる殺戮にも参加し得る性格を育てはじめたのである。それは即ち笠原伍長に近づくことであつた」（六七頁）。

この第二段の終わり近くには、兵隊の変化だけでなく、もう一種類の重要な画期が記されている。そのひとつのきっかけとなったのは、先にもあげた、一一、二歳の少女が日本軍の少尉を射殺した事件だった。この少尉は、部隊の警備状況を巡視して帰る途中だった。ある露地の曲がり角で、ぼんやりと立っている少女の前を通りすぎる。「そして三歩とあるかない中に彼は後から拳銃の射撃をうけて鋪道の上にうつ伏せに倒れ、即死した」（九九頁）。少女は家のなかに逃げ込んだが、かけつけた兵隊によってすぐに射殺された。「よし！　さういふ料簡ならかまふことはない、支那人といふ支那人はみな殺しにしてくれる。遠慮してるとこつちが馬鹿を見る。やれ！」と兵士たちはいきりたった。「戦闘員と非戦闘員との区別がはっきりしないことがかういふ惨事を避け難いものにしたのである」（一〇〇頁）。

近藤一等兵が刺殺した若い女性も、住民なのかスパイなのか区別がつけがたかった。また中国兵は追いつめられると軍服を脱ぎすてて庶民のなかにまぎれ込み、住民をすべて疑ってかからねばならない状況になっていた。「……女子供にも油断してはならぬ。抵抗する者は庶民と雖も射殺して宜し」、少女の事件の直後、軍の首脳部からこういう指令が伝達された（一〇一頁）。さらにもうひとつ、南京への追撃戦に入ると、「どの部隊でも捕虜の始末に困る」という問題が深刻化した。そこで、「捕虜は捕へたらその場で殺せ」という、「特に命令といふわけではなかつたが、大体さういふ方針が上部から示された」（一〇二頁）。こうして南京総攻撃の直前までに、倉田少尉や平尾一等兵が殺戮に向けた心の安定を得るとともに、軍自体も「桁」をはずして戦う体制が整った。

第三段は、南京まで一日の行程に迫った一二月八日から、南京の占領が終わって日本人商人が入り込み、慰安所も開かれる第九章までである。この一段で最も印象深いのは、死体をめぐるエピソードだろう。紫金山の「山頂の霜をおく寒さ」のなかで、兵隊たちは「斃れた戦友と並んでその死体を守りながら」、「一枚の外套をぬいで二人でかけて寝る」。「自分と死体との間に何の差別もなかつた」。だがそれは味方の死体に限らなかった。「石だらけの地上に寝て見ると頭が痛いので、支那兵の死体をかかへて来てその腹を枕にした」（一一九頁）。農家出身の笠原伍長に至っては、「敵の死体を三つ積み重ね、他の一つを枕の位置に据ゑてから倉田少尉に言つた」。「中隊長殿、ここでお休みになると風が来んでええです。こいつ、死んで間もないからまだ温いです」。それを聞いた倉田少尉も、ありがとうと笑って答えるだけで、「もはや彼の感傷はあとかたもなくなつてゐた」（一二五頁）。

この第三段の終わりあたりで、作者はふたたび倉田、近藤、笠原、平尾などの心理状態を類型的に分類してみせる。たとえば倉田は、「こころの広がりを感じ安定を感じ」、「一つはめをはづした心の状態を身につけることができた」（一三三頁）。こうして、南京攻略戦のなかで確固たる兵士ができあがっていた。

しかし、すべての兵がその後も「安定」を維持できたわけではない。最後の第四段では近藤一等兵の「錯乱」がテーマとなる。南京占領後、すぐに年末、正月となり、兵隊たちに二〇日間の休養が与えられた。このとき近藤と平尾は、郵便物受領の命令を受けて上海へ赴く。日本人町の「虹口一帯はほとんど盛り場の観があつた」。そこでは「朱塗りの膳で酒を添へた飯を食ふことが出来た。給仕の女は日本の娘である」。「酒場では贅沢な支那料理を肴にして香りの高いウイスキイを飲むことが出来た」。こうして近藤は、「永いあひだ軽蔑することに馴れてゐた生命といふものに再び価値を見出して来た」。「映画の間にロシヤ女の猥雑な踊りを見物し」、「酒場の女は彼の膝に腰をかけ彼の首に手を廻して歌つた」。虹口一帯では「生命が尊敬されていた。近藤は、「どれほど大きな生命の嵐の中を自分が通過して来たかをしみじみと考へ」、「眼がくらむやうな恐怖の戦慄が背筋を走るのを感じた」（一四五～一四八頁）。

まもなく南京に戻った近藤は、平尾や笠原と連れだって芸者を買いに行く。しかし、寒くて薄暗いその部屋のなかで、自分が殺した「スパイの女の真白い肉体」や、平尾が殺した、「母親の死体につかまつて泣いてた」女の幻影になやまされ、「俺あまた女を殺したくなつて来た」という。「また人を殺すことによつて元の静かな状態に返れると思ふ」のであった（一六四～一六七頁）。こうして若い芸者に向けて発砲してしまう。

戦闘は永遠に続くものではない。それが一段落すれば、「生命が尊敬」される普通の生活が始まる。一一、二歳の少女を当然のこととして殺し、敵兵の死体を平然と枕にできるような、戦場での「心の安定」をようやく手に入れながら、普通の生活に一歩足を踏み入れれば、その「安定」が激しくゆさぶられる。これは、ひとり近藤一等兵だけの問題ではなかったはずだ。

兵隊たちは、このような世界で戦っていたのである。(71)

6　軽薄な国民と荒涼たる戦場

『生きてゐる兵隊』の描写に日付が入りはじめるのは、一九三七年一一月一一日からである。大連を出航した倉田少尉らの部隊がこの日、長江に入った。ここで東京の様子を振り返ってみると、この年は、五月前後に飛行機の神風号によって提灯行列が盛り上がったのち、一〇月二六日の大場鎮占領をきっかけとしてふたたび祝賀行事が活発となり、一一月六日の日独伊防共協定調印がそれを引きつぐ。このような提灯行列のさなか、中国の戦場では、「スパイの女」や「母親の死体につかまつて泣いていた」女を刺殺しながら、兵隊たちが「心の安定」を得はじめていた。

そして一二月六日には、皇軍が南京城のわずか一里に迫ったというニュースによって、新橋演舞場では「観衆はワッと総立ちとなつて万歳の嵐」となり、品川区の某楽器店では祝捷音頭のレコードに合わせて「店頭の群衆は寒さも忘れて忽ち大合唱」となった。東京市では、陥落の日に備えて学生八〇万人を動員した旗行列や、二万人を動員した提灯行列を計画する。ところが中国の戦場では、少女が日本軍の少尉を殺し、その少女もまた日本兵に殺された事件は、

「十二月四日正午ごろ」のことであった。皇軍が一里に迫ったというニュースのわずか二日前である。さらに一〇日夜には、日本軍が南京城に突入したことを知らせる号外が現れ、翌一一日の銀座、新宿、浅草などの盛り場は、「ドッと押し出した人々の軽い足どりはお正月気分」であった。そして一二日夜もまた、ブラスバンドを先頭にした提灯行列が宮城前広場へつめかける。一方、霜の降る寒さの紫金山山頂で、笠原伍長が中国兵の死体を積みかさね、「死んで間もないからまだ温いです」と倉田少尉に勧めたのが、まさにこの夜のことである。

もちろん石川達三は、何月何日に東京で何があったかなど、いちいち記憶してはいなかっただろう。しかし、倉田たち兵隊が「すさまじく大規模な」戦場のなかで、深刻な生命の危機と心の葛藤とをくぐり抜けつつあったころ、東京の市民がどのような状態だったかは、明確に意識していたに違いない。内地の浮かれ具合についてもう少し史料を補っておくと、永井荷風は八月二四日に、「余この頃東京住民の生活を見るに、彼等は其生活について相応に満足と喜悦とを覚ゆるものの如く、軍国政治に対しても更に不安を抱かず、戦争についても更に恐怖せず、寧(むしろ)これを喜べるが如き状況なり」と記し[72]、林房雄は一〇月に発表した「上海戦線」でこのように述べている。「「内地の様子はどうです」と居留民は口を揃へて訊ねます。「少し景気がよすぎはしませんか。浮れすぎてはゐませんか、現地で軍人と居留民がどんなに苦しんでゐるかを知らず、支那人組しやすしと己惚れてゐるのではありませんか」。[73]

日中の双方で違う立場に身を置く市民と兵隊という二種類の日本人の、この埋めがたい落差こそが、三百三十数枚の『生きてゐる兵隊』をわずか一一日間で「人力の限りを尽し」て石川に書き上げさせた、最も根本的な要因だろう。石川が、「戦争と謂ふものの真実を国民に知らせる事が真に国民をして非常時を認識せしめ此の時局に対し確乎たる態度を採らしむる為めに本当に必要だと信じて居りました」と言うのも、[74] 戦場で戦う兵隊の「人間として生きて在る姿」に「一層の理解と愛情とを感じて」欲しい、と言うのも、[75] もはやそれほど理解不可能ではない。

火野葦平もまた『麦と兵隊』のなかで、「最近内地の消息が伝へられ、銃後国民の緊張振りは事変勃発直後に比して甚しく弛緩して居るといふやうなことをよく聞いた。……今、この荒涼たる戦場の中を走る感懐としては、再び、軽薄な国民に対する憤りが胸の底から湧き上つて来るのを禁じ得なかつた」と記す。[76] ふたりはまったく同じ気持ちを抱いたものと思われる。

最後に、石川達三は日本軍の残虐な行為を是認しているのか、つまり『生きてゐる兵隊』は戦争協力の文学であるのか否かという、研究者のあいだで繰り返されてきた問題について若干の検討を加え、本章を締めくくることにしたい。

『生きてゐる兵隊』の最大の特徴は、なんといっても民間人の殺害を繰り返し詳細に描いたことにある。近代以降の日本軍による住民殺害の歴史については別に検討する必要があるが、それが大規模になり戦後に大きな禍根を残すのは、やはり一九三七年七月の日中戦争本格化以降のことだろう。周知のように、上海および南京を占領した直後の一九三八年一月八日には、大本営陸軍部幕僚長載仁（ことひと）親王の名前で外地の全部隊にたいして軍紀風紀粛正にかんする厳重な訓示が出された(77)。軍紀の極端な乱れをこの訓示からかえって読み取ることができる。

日本軍全体のこのような動向のなかで、結論から言えば、石川は残虐行為を明らかに追認している。『生きてゐる兵隊』のなかで、それぞれの残虐行為や不法行為にいちいち言い訳が書き添えられていることのほかに、検察での取り調べや公判でも同様のことを繰り返し、さらに戦後に至っても、東京裁判にあたった米国側の検事団にたいし、「虐殺事件にも或る必然性があり、その半分の責任は支那軍にもある」と、日本軍を弁護した。具体的にはたとえば、戦闘員と非戦闘員の区別がつかなかったことのほかに、「捕虜を養うだけの物資が無かった」ことさえあげている(78)。

ここには、そのような無理な戦争を仕掛けたこと自体にたいする洞察が、完全に欠落している。一一、二歳の少女が日本軍の少尉を射殺したことが現地の日本軍にどのような意味を持つかは理解しても、何が少女にそこまでさせたのかについては、まったく顧慮の外にあったようだ。石川は前述のように、「戦闘員と非戦闘員との区別がはっきりしないことがかういふ惨事を避け難いものにしたのである」と説明するが[79]、兵士と住民とを区別することができない戦争へと、日本が自ら突入していったのである。ただし、そこで行われた大規模な住民殺害こそ、日中戦争のいまひとつの大きな特徴であり、石川はそれを的確に捉えた。

戦争全体について石川は、現地を視察して最も痛切に感じたことは「戦争と言ふものが如何にスケールの大きな凄まじいものであるかと言うこと」であり、その「戦争の凄さを書いて伝へ渡い趣旨」だったと言う[80]。『生きてゐる兵隊』と『第一審公判調書』に拠るかぎり、その「凄まじさ」を描くために石川の選んだ題材が紫金山の戦闘と、そして非戦闘員の殺害であった、と考えざるを得ない。そのようなことを描けば、「日本軍人に対する信頼を傷付ける結果にならぬか」と問う判事に、石川は大胆にもこう陳述した。「それを傷付け様と思つたのです。大体国民が出征兵を神の如くに考へて居るのが間違ひで、もつと本当の人間の姿を見、……」（三一三丁）。また、「戦争と云ふ特別の場合は夫位のことは已むを得ぬこととして是認せらるべきではないかと思つたのです」と言う（三一四丁）。

以上を総合すれば石川は、民間人の殺害をいかんともしがたい必要悪と捉えたうえで、兵士はそのような「凄まじいもの」に自分を同化させなければならず、それが戦争であり、その覚悟が必要である、と述べていることになる。近藤一等兵が変化していく過程について、「インテリの国民としての蘇生を象徴した積もりであつた」というのは、そのような意味だろう。[81]石川自身は戦後、「「聖戦」という言葉を信じてはいなかったが、「侵略戦争」という言葉にも疑いをもっていた。誰がそれを確信することができたろう！」とも述べている。[82]

さらに、『生きてゐる兵隊』がひとつの完結した小説として成り立つためには、おそらく、むしろ戦争の本質の問題に踏み込んではならなかった。そうした小説が発表できるかどうかの問題はおくとして、登場人物に戦争自体への疑問を抱かせることは可能である。しかしその場合、作者は登場人物をどのように動かすことができるだろうか。倉田や平尾などの一兵卒が戦争という大状況を変えていく筋書きは、荒唐無稽である。やはり結局は、戦場との間で折り合いをつける過程を描くことになるだろう。

そもそも石川は、「私が一番知りたかったのは戦略、戦術などということではなくて、戦場に於ける個人の姿だった。戦争という極限状態のなかで、人間というものがどうなっているか。……それを知らなくては戦争も戦場も解るわけはない」と言う。[83]個人の力ではどうしようもない「極限状態」という枠組みを崩してしまえば、そのなかでもがく「個人の姿」も、おのずから焦点の定まらないものになってしまう。まさに白石嘉彦が、「個人の力ではいかんともしがたい大状況の中でなんとか生きる道をさぐる人間群像を描く、というのが「蒼氓」(『星座』'35年4月)、「日陰の村」(『新潮』'37年9月) 以来の石川達三のモチーフであった」というとおりである。[84]

残虐行為の描写については、あえてそのようなものを強調せず、また軽々しく是認もしないような書き方が可能だったかもしれない。戦争の激しさを挿入する必要があれば、石川自身も言うような、「五体四散し肺肝泥にまみれ、傷つき、腐敗し、魚鳥の餌食となる」状況を描いてもよかった。[85] しかし、中国の戦線にあっては、レマルク『西部戦線異状なし』やバルビュス『砲火』に見られるような描写は、適切ではなかっただろう。近代的な火力によって敵を一挙に粉砕、もしくは塹壕に足止めしてしまうような装備を、中国軍は持たなかった。日本軍がそれを経験するのは、硫黄島や沖縄での米軍との戦いにおいてである。

住民にたいする残虐行為こそが、石川が中国での取材で聞き取った、まさに戦争そのものなのだろう。『西部戦線異状なし』や『砲火』に現れる圧倒的な砲撃に相当するものが、南京攻略戦の場合、住民の虐殺だったと思われる。ただし戦場の真実と、そこに生きる兵隊を描こうとするあまり、石川は残虐行為を繰り返し挿入し刑事事件にまで発展してしまった。自分が何を書くべきかについてきわめて明確な目的意識を持つ石川達三に誤算があったとすれば、まさにこの点である。

小結

石川達三『生きてゐる兵隊』は、そもそも反戦を意図して書かれたのではなく、むしろ逆に、戦争への覚悟を国民に求めようとした小説である。したがって、「反戦文学」ではないとか、「侵略戦争の本質」を書いていないなどといきなり批評するのは、まったくの見当違いだろう。また、戦後のわれわれに向けて書かれてひそかに保管された小説でもなく、提灯行列に浮かれ、「遠くの祭りの囃しを聞くように戦争をたのしんでいた」[86]当時の国民に向けて執筆された小説である。現在では、日中戦争自体は過去のものとなり、それが侵略戦争であったことも明らかになっている。したがってわれわれが戦争当時の物事を考えるとき、多くの場合、それらが戦争に協力するものであったのか否かという問題意識を離れることができない。これが今日の状況である。しかし石川達三を捉えていた課題はまったく別のところにあった。それは、軽薄な空気のなかで重大な事態が進行していることにたいする危機意識であり、それを国民に知らせようとしたのである。

そして、戦場の真実を国民に伝えようとするあまり、安永武人の言うように、「戦争の本質そのものにまで想到させるリアリティ」を備えるに至った。つまり、ひとたび戦争になれば、その戦場に放りこまれた住民と兵隊に何が起こるのか、少なくとも日中戦争では実際に何が起こっているのかを、兵士の心理にまで立ち入って描写した。『生きてゐる兵隊』は、戦争に協力することを目的としながらも、この点で時代を超えた普遍性を獲得していると評価することができよう。また本章で試みたように、抜き差しならない戦争に足を踏み入れていく日本の、その当時の国民の空気が、本作品と提灯行列の対比を通してあらためて明らかとなる。

注

(1) 平野謙「解説」『戦争文学全集』第二巻、毎日新聞社、一九七二年、四二三、四二五頁。
(2) 『警視庁警部清水文二　聴取書』八五丁。
(3) 同書、八七丁。
(4) 前掲、『第一審公判調書』三一四丁。
(5) 石川達三『生きてゐる兵隊』河出書房、一九四五年、三頁。以下、『生きてゐる兵隊』は一九四五年版を使用する。
(6) 浅田隆「石川達三『生きてゐる兵隊』考――評価の妥当性にふれて」『奈良大学紀要』第九号、一九八〇年一二月、二一七〜二二八頁。

(7) 安永武人『戦時下の作家と作品』未来社、一九八三年、五六、六五頁。
(8) 前掲、浅田隆「石川達三『生きてゐる兵隊』考」二八頁。
(9) 前掲、石川達三『経験的小説論』三五頁。
(10) 例外的に、前掲、神子島健『戦場へ征く、戦場から還る』（もとになった博士論文は二〇一一年）は、「緒戦の戦勝報道に浮かれる銃後の人々に対し、戦場の厳しい現実を突きつけて気を引き締めさせようと意気込んで書かれたのが『生きてゐる兵隊』だった」とするが（「結論」四九三頁）、これは、石川が公判で語った言葉（一六八頁）を書き換えているにすぎず、「浮かれる銃後の人々」と『生きてゐる兵隊』との関係が具体的に分析されているわけではない。
(11) 宮本百合子「昭和の十四年間」近藤忠義編『日本文学入門』日本評論社、一九四〇年、三四三頁。
(12) 前掲、『警視庁警部清水文二　聴取書』八七」。
(13) 前掲、石川達三『経験的小説論』一一頁。
(14) 同書、二九頁。
(15) 石川達三『不信と不安の季節に』文藝春秋、一九七七年、五六頁。
(16) 前掲、安永武人『戦時下の作家と作品』七〇頁。
(17) 前掲、石川達三『経験的小説論』六五～六六頁。
(18) 同書、三九頁。
(19) 同書、七二～七三頁。

(20) 同書、九一～九二頁。
(21) 同書、一二六頁。
(22) 石川達三『心に残る人々』文藝春秋、一九六八年、七三～七四頁。
(23) 前掲、石川達三『生きてゐる兵隊』一頁。
(24) 前掲、石川達三『経験的小説論』三一～三三頁。
(25) 岸本亜季「日露戦争以前の提灯行列――日露戦争下の社会の再考に向けて」『早稲田大学大学院文学研究科紀要』第五六輯、第四分冊、二〇一一年二月。
(26) 中正夫『航空日本翼の勝利』偕成社、一九四二年／星山一男『新聞航空史』私家版、一九六四年、その他による。
(27) 「猛鷲〝神風〟に熱讃爆発」『東京朝日新聞』一九三七年四月八日朝刊。
(28) 「飛んだぞ〝神風〟　愈々ゴール・インに街に熱讃の祝賀譜　小学生、最後の祈願」『東京朝日新聞』一九三七年四月一〇日夕刊。
(29) 「〝神風号〟の制覇に渦巻く歓呼　勇士の家・塚越家、灯の海で包まる　昨夜・町民の提灯行列」『東京朝日新聞』一九三七年四月一一日朝刊。
(30) 「〝神風かへる！〟に躍る帝都」『東京朝日新聞』一九三七年五月二一日朝刊。
(31) 「提灯行列の準備　飛行少年団で」『東京朝日新聞』一九三七年五月二一日夕刊。
(32) 「帝都に〝熱狂新記録〟を樹立　数万の群衆に応へて両英雄・露台に唯感涙　本社前、豪華な凱旋絵巻」『東京朝日新聞』一九三七年五月二三日朝刊。

(33)「ケラー女史が祝辞」『東京朝日新聞』一九三七年五月二三日朝刊。
(34)「第二夜の賑はひ　二千名の提灯行列　両鳥人に歓呼　昨夜も灯の海を現出」『東京朝日新聞』一九三七年五月二三日朝刊。
(35)「多彩豪華な歓迎プロ　大阪感激の渦」『東京朝日新聞』一九三七年五月二四日朝刊。
(36)「大阪市街大行進　夜は祝賀会　提灯行列に全都沸く」『東京朝日新聞』一九三七年五月二五日朝刊。
(37)「〝神風〟凱旋報告会　きのふ大阪中央公会堂」『東京朝日新聞』一九三七年五月二七日朝刊。
(38)「上海作戦に一大紀元　大場鎮占領の意義」『東京朝日新聞』一九三七年一〇月二七日朝刊。
(39)「けふ大旗行列　八十万勝利の謳歌」『東京朝日新聞』一九三七年一〇月二七日朝刊。
(40)「聖上・捷報に御満足　提灯行列に応へしめらる　奉祝の市民愈々感激」『東京朝日新聞』一九三七年一〇月二八日朝刊。
(41)「感涙にぼける〝灯の海〟　陸相も最前線で万歳に答礼」『東京朝日新聞』一九三七年一〇月二九日朝刊。
(42)「豪華・六万人の大提灯行列」『東京朝日新聞』一九三七年一〇月三一日朝刊。
(43)「感激の余り自首　提灯行列の列中から」『東京朝日新聞』一九三七年一一月二日夕刊。
(44)「戦捷を祝ふ　提灯行列　昨夜も大賑ひ」『東京朝日新聞』一九三七年一一月四日朝刊。
(45)「今ぞ世界貫く〝防共壕〟　羅馬・伯林にも響けと「万歳」　雨を衝き祝賀行列一番乗」『東京朝日新聞』一九三七年一一月七日朝刊。

(46)「映えよ聖火・轟け万歳　冷雨を衝いて喜びの大行進」『東京朝日新聞』一九三七年一一月八日朝刊。
(47)「張総理歓迎宴　同時に提灯行列」『東京朝日新聞』一九三七年一一月一二日朝刊。
(48)「日独握手あす輝く一周年」『東京朝日新聞』一九三七年一一月二五日夕刊。
(49)『東京朝日新聞』一九三七年一二月六日号外。
(50)作詞・若杉雄三郎、作曲・佐々木俊一、一九三七年一一月ビクター発売。
(51)「帝都は笑顔に陥落！　早いぞゴール一歩前　躍る歓喜の序曲　街に早くも万歳の嵐」『東京朝日新聞』一九三七年一二月七日朝刊。
(52)「あす祝賀行列　旗四十万本と提灯一万五千　各中小学校へ配布」『東京朝日新聞』一九三七年一二月八日夕刊。
(53)『東京朝日新聞』一九三七年一二月一〇日号外。
(54)「号外に飛つく群衆　占めたツ・握手だ　劇中にも劇的万歳」『東京朝日新聞』一九三七年一二月一一日朝刊。
(55)「満都を蔽ふ祝勝の光芒」『東京朝日新聞』一九三七年一二月一二日朝刊。
(56)「波よ嵐よ日の丸と万歳」『東京朝日新聞』一九三七年一二月一二日夕刊。
(57)「此の喜び如何にして表現せん」『東京朝日新聞』一九三七年一二月一三日朝刊。
(58)「けふぞ・全市歓びの渦　”日の丸“に提灯に　昼夜の大行進　府・市の賑かな催し」『東京朝日新聞』一九三七年一二月一四日朝刊。

(59)「帝都は酔ふ焔の乾杯」『東京朝日新聞』一九三七年一二月一五日朝刊。
(60)「民草の祝捷行進に　聖上いと御満足　畏し行進に応へしめ給う」『東京朝日新聞』一九三七年一二月一六日夕刊。
(61)「株式一斉に暴騰　南京陥落切迫を反映」『東京朝日新聞』一九三七年一二月七日朝刊。
(62)「夢みる〝南京成金〟兜町に戦勝景気沸騰」『東京朝日新聞』一九三七年一二月八日夕刊。
(63)「遺族の慰問こそ第一　戦捷に酔ふ勿れ　陸軍から全国へ飛檄」『東京朝日新聞』一九三七年一二月一一日夕刊。
(64)「緊張を弛めるな　府も市民の自戒を促す」『東京朝日新聞』一九三七年一二月一一日朝刊。
(65)「兜の緒を締めよ　文部省でも呼びかく」『東京朝日新聞』一九三七年一二月一二日夕刊。
(66)前掲、『警視庁警部清水文二　聴取書』八二〜八三丁／前掲、『第一審公判調書』三〇八丁。
(67)前掲、『警視庁警部清水文二　聴取書』八六〜八七丁。
(68)前掲、石川達三『不信と不安の季節に』一五頁。
(69)前掲、石川達三『経験的小説論』三三頁。
(70)前掲、石川達三『生きてゐる兵隊』六〇〜六一頁。
(71)この第四段は、いわゆる戦場トラウマをテーマにしていると言ってよいだろう。当時、こうした現象が一般に認知されていたとは考えられず、この問題をいち早く戦争小説に描き込んだ石川の取材力は注目に値する。日本兵の戦場トラウマにかんしては、中村江里『戦争とトラウマ――不可視化された日本兵の戦争神経症』吉川弘文館、二〇一八年その他がある。

(72)永井荷風『断腸亭日乗』第四巻、岩波書店、一九八〇年、二〇〇頁。
(73)前掲、林房雄「上海戦線」四四五頁。
(74)前掲、『第一審公判調書』三〇六丁。
(75)前掲、石川達三『生きてゐる兵隊』三頁。
(76)前掲、火野葦平『麦と兵隊』一八～一九頁。
(77)防衛庁防衛研修所戦史室『支那事変陸軍作戦〈一〉』(戦史叢書)朝雲新聞社、一九七五年、四八二頁。
(78)前掲、石川達三『経験的小説論』三八頁。
(79)前掲、石川達三『生きてゐる兵隊』一〇〇頁。
(80)前掲、『第一審公判調書』三〇八、三一一丁。
(81)前掲、『警視庁警部清水文二　聴取書』九〇丁。
(82)石川達三「時代の認識と反省」『石川達三作品集』第二五巻、新潮社、一九七四年、五一頁。
(83)前掲、石川達三『経験的小説論』三四頁。
(84)白石嘉彦『石川達三の戦争小説』翰林書房、二〇〇三年、一六頁。
(85)前掲、石川達三『不信と不安の季節に』一五頁。
(86)石川達三「遺書」前掲、石川達三『不信と不安の季節に』一五頁。

第三章　火野葦平の新たな戦場

はじめに

一九三八年は、後戻りのできない戦争の泥沼のなかに日本が足を踏み入れてしまっただけでなく、近代日本の戦争文学がひとつの転換点を迎えた年だった。その指標として、石川達三「生きてゐる兵隊」(『中央公論』三月号)の発禁と、それに伴う起訴(八月)、火野葦平「麦と兵隊」(『改造』八月号)の発表と、その単行本(九月)のベストセラー化、さらに菊池寛、林芙美子ら、いわゆる「ペン部隊」の出発(九月)などをあげることができる。『麦と兵隊』の成功によって、戦場が大きな注目を浴びつつ、『生きてゐる兵隊』の発禁と「ペン部隊」の結成によって、戦争への文学者の関わり方に、太平洋戦争期へと連なる一定の枠が設定されていく。一九三八年は、ひとまずそのような年と考えることができよう。

『生きてゐる兵隊』を執筆した石川達三は、戦後、国家権力にたいする抵抗作家と見なされることがあった。これにたいして戦争文学研究の第一人者である高崎隆治は、『生きてゐる兵隊』をむしろ戦争肯定の作品であると説き、それ以前のプロレタリア文学運動のなかで生まれた黒島伝治『渦巻ける烏の群』（一九二八年）や立野信之『軍隊病』（一九二九年）のような明確な反侵略、反軍国主義の意識を継承するものでもないとする。そして、公判中も戦後も石川が一貫して語っている、「戦争の実態を国民に知らせたかった」というのは、自己正当化のための「偽証」であると断ずる。(1)その根拠は、新聞等の報道が戦争の実態を伝えていないと主張するのであれば、その前提として、石川自身があらかじめ多少とも戦争の「真実」を知っていなければならないが、『生きてゐる兵隊』執筆のために南京に赴く以前の石川は、上海戦、南京戦のそうした「真実」を知り得なかったはずである、というものである。

しかし、高崎隆治はここできわめて重要な点を見落としている。たとえ中国大陸の戦場の「真実」を知らなくても、新聞等によって連日報道される日本軍の戦果や兵士の武勇伝が戦争の重要な側面を伝えていないであろうことは、当時でも容易に想像がついたと考えられるのである。新聞報道とは別のところに戦争の本当の姿があるのではないかという疑念を、石川や火野のほかに小林秀雄、岸田国士、太宰治なども感じていたことは、本書第一章で紹介したとおりである。それでは何を媒介にしてそれが可能なのかといえば、具体的なひとつの例として、第一次世界大戦のなかで生まれたヨーロッパの戦争文学をあげることができる。たとえばレマルク『西部戦線異状なし』（一九二九年）は、各国語に訳されて世界的なベストセラーになった作品だが、ここに描かれている戦争は、華々しい一大決戦によって勝敗が決まり、そのなかで個々の兵士がめざましい働きをする、といった類いの物語ではない。そこに描かれるのは、膠着した塹壕戦のなかに放り出され、すさまじい砲撃と機関銃の銃弾におびえながら泥のなかを這いずり回る兵士の姿である。それが、新しい戦争文学によって発見された第一次世界大戦の「真実」であった。『西部戦線異状なし』は一九二九年にすぐ日本語訳が刊行され、日本でも一大ベストセラーとなっている。

少なくとも火野葦平の場合は、ヨーロッパのこうした戦争文学をはっきりと意識している。火野は、一九三九年一一月に母校の早稲田大学で行った講演で、「本当の意味の戦争文学というものは、今までまだ日本には出てゐない」と述べ、『西部戦線異状なし』『一九〇二年級』『ルーマニア日記』などを比較の対象としてあげた[2]。

実は、石川達三や火野葦平をヨーロッパの戦争文学の影響のなかに明確に位置づけて理解しようとする試みが、戦前のかなり早い時期に現れていた。文芸評論家の板垣直子（一八九六～

一九七七）による戦争文学論である。[3] 戦後は、千葉宣一が独自の立場から火野葦平にかんして同様の主張を行った。[4] ところが、このような視点は現在の火野葦平研究には受け継がれていないようである。むしろ逆に、当時の日本は『西部戦線異状なし』を産むような土壌ではなかったと、その影響関係が非常にあっさりと片付けられ、[5] また河田和子は火野のスタイルについて、板垣直子や千葉宣一にまったく言及しないまま、日本の「プロレタリア文化運動期のルポルタージュの手法」を継承したものだとする。[6] 火野は一時期労働運動に関わっており、そうした影響がないとはいえない。しかし、火野と同種の手法（後述）がヨーロッパの戦争文学のなかですでに用いられており、その翻訳本が日本でベストセラーになり、火野自身がそれを高く評価している以上、やはりヨーロッパからの影響を第一に考えるべきだろう。

以下、本章では、板垣直子の提起した問題を再確認したのち、ヨーロッパの新しい戦争文学が第一次世界大戦という新しい形態の戦争のなかから生まれたことと、日本でも一九三八年には戦争がひとつの転換期を迎え、そのなかで火野、石川の作品が、そのような時代背景を確かに反映し、かつその状況の変化に積極的に関わろうとしていたことを示す。

1　板垣直子の戦争文学論

板垣は、「戦争といふ現実、ことに「近代戦」の中におかれてよけいに発露してくる人間の真実な姿」を、「厳粛なリアリズム」を通して「芸術的に形成」した文学が、欧州大戦のなかから出現してきたという。そして、そのような戦争文学のうち、レマルク『西部戦線異状なし』、デュアメル『殉難者の生活』、バルビュス『砲火』、レンの著作、カロッサ『ルーマニア従軍日記』などが日本語に訳されていたことを紹介する。こうして、「欧洲大戦の文学の刺激を充分に受けてゐた」日本の社会が、「頻りに真当の戦争小説を翹望し」、「丁度それに答へるものの如く」、石川達三『生きてゐる兵隊』と、そしてとりわけ火野葦平『麦と兵隊』が現れたとする。(7)

それでは、日本の社会をもはや満足させることができなくなっていた「真当」ではない戦争小説とは何か。火野以前に大きな人気を博したものとして、板垣は日露戦争を舞台とした桜井忠温『肉弾』（一九〇六年）と水野広徳『此一戦』（一九一一年）をやはりあげる。これらは誇張された「壮烈さ」、「義勇奉公」、「大和魂」といった要素を特徴とし、その後の戦争文学の書き方を規定していくことになった。本書第一章で紹介したとおり、それはまるで中世の軍記物語を読むかのような文体と内容から成り立っていた。これにたいして板垣は、ヨーロッパの戦争文学のすぐれた作品がいずれも「記録的な形式」を備え、まさにそれが火野の特徴であると指摘した上で、「火野葦平の作品が、日本の日露戦争から生れた『肉弾』や『此一戦』の伝統をもつてゐないで、ヨーロッパの戦争ものと類似した記録的な形式をもつてゐることは決して偶然でない」とする。[8] 板垣は戦後の著作でも、『麦と兵隊』はこのために「明瞭で引き締まった文体」となり、「戦争の迫力がでていて、読者にふかい感銘を与えた」と述べる。[9] 板垣は、火野の戦場叙述の方法がいったいどこから出て来たのかという、非常に重要な問題を提起しているといえよう。

　同じく板垣によれば、第一次世界大戦の戦争文学として最初に日本に入り、また日本で一番普及したのは『西部戦線異状なし』だった。[10] 一八歳で第一次世界大戦に従軍したドイツ人のレマルク（一八九八〜一九七〇）は、大戦後の一九二七年に『西部戦線異状なし』を執筆し、新聞に掲載されたのち、一九二九年一月に単行本が世に出る。そしてはやくも同年一〇月には日本語版が、秦豊吉の訳で中央公論社から出版された。[11] 中央公論社はそれまで『中央公論』と『婦人公論』のふたつの雑誌のみを発行していたが、同年一月に不況対策のために出版部を新設したばかりだった。その最初の出版物がこの翻訳である。すぐさま非常な人気を博し、普及版もあわせて二〇万部が売れ、これによって中央公論社の経営の基礎が強固になったという。[12]
『西部戦線異状なし』はすぐに舞台にもかけられ、新築地劇団と劇団築地小劇場が競演した。[13]新築地劇団は一一月二七日から三〇日まで、[14]劇団築地小劇場では一一月二二日から一二月一日まで上演したのち、[15]さらに再演された。こうして、「満都インテリ層を西部戦線一色に塗りつぶした観があった。……いずれも連日満員をつづけ、さながら感動と興奮のるつぼであった」[16]だけでなく、この公演は、日本新劇史始まって以来、経済的に大成功を収めたものだったとされる。[17]さらに、一九三〇年一〇月には、アメリカのユニバーサル社による映画が日本でも公開された。

2　『西部戦線異状なし』

『西部戦線異状なし』には、とりたてて筋というほどのものはない。当時の兵士は、一定期間前線に出たのち後方に下がることを繰り返す勤務形態だったが、この小説でも前線と後方の様子が順に繰り返し描かれ、そこに一時休暇による帰郷や野戦病院の情景が加わる。しかし、一緒に出征した級友たちは次第に戦死し、そしてついに主人公も最期を遂げるが、その日は前線にわたって静かで、司令部は「西部戦線異状なし、報告すべき件なし」と報告した。兵士が死ぬのみで、ほかには何も進展しないこの構成そのものが、膠着状態のなかで消耗戦に陥っていた西部戦線（後述）を象徴しているといえよう。

戦場描写のなかでとりわけ緊張感のある部分を、すこし紹介しておきたい。主人公が身を隠していた砲弾穴に、敵兵がひとり、誤ってすべり落ちてきた。夢中で刺して瀕死の重傷を負わせるが、いつまでも喘鳴が聞こえる。ついに、そばへにじりよって手当を試みるものの、やがて死んでしまう。するとその男の妻のことが思われ、さらに物入袋からは、小さな娘の写った写真が出てくる。軍隊手帳に記された名前は、「ジェラアル、デュヴル、印刷業」だった。ほかでもない印刷屋のジェラアルを殺したのだった。主人公はこの男とその家族のためにのみ生きることを誓う。こうして、自分に刺されて徐々に死んでいく男と砲弾穴のなかで過ごした時間が、一五ページにわたって細かく描写される。その一部を以下にあげてみる。

……少しづつじりじりと寄って行つた。その間の三メエトルこそ、堪らない厭な距離であつた。長い長い恐るべき三メエトルであつた。遂に僕はその男の傍へ届いた。

するとその男は、眼をぱつちり開いた。僕の近付いてくるのが耳に入つたらしい。恐ろしい驚きの表情で、僕をじつと見詰めた。躰はじつと動かずにゐる。けれどもその目の中には、身の毛のよだつやうな呪ひの色が見えた。[18]

日本で『西部戦線異状なし』が大評判を呼んだ一九二九年は、小林多喜二『蟹工船』と徳永直『太陽のない街』が発表された年でもあり、プロレタリア文学の最盛期ともいうべき時期にあたっていた。『西部戦線異状なし』の出版に際しても、「軍部から横槍が出たが、内務省でも警視庁でも幹部職員はみな愛読者で、よくかばってくれた」という。[19] 前年の一九二八年には、戦前の日本で唯一の反戦創作集とされる日本左翼文芸家総聯合編『戦争に対する戦争』（南宋書院）が出版されたばかりだった。時代のそのような雰囲気が、『西部戦線異状なし』を受け入れる素地をなしていたのだろう。

それに加え、手法の新鮮さが当時から指摘されていた。たとえば『肉弾』の著者である桜井忠温は、「この書は戦争ホヤホヤの記録といつて差支ないもので、戦争から一〇年も経つた今日よくもこれだけのものが書けたものだと思ふと、日本物の戦記の平板さがしみじみ思はされる」と述べ、[20] また「ルマルクの戦争観は現代の人間がたれしも抱いてゐる、又当然抱かねばならぬ戦争観であり、それをルマルクはすべて実感に根ざしたスリルと詩情とを報道文学体に大衆化することに成功したところに特色がある……」とも評された。[21] 板垣直子のいう「厳粛なリアリズム」による「記録的な形式」の効果である。

西部戦線をフランス側から描き、『西部戦線異状なし』と並んで高い評価を受けたバルビュス『砲火』[22]や、ルーマニア戦線を日記体でつづったカロッサ『ルーマニア日記』なども、[23]「記録的な形式」の作品である。ただし板垣は、ヨーロッパのこうした戦争文学が火野文学に与えた影響については、いわば印象を述べているにすぎず、積極的には何も論証していない。戦後の千葉宣一も同様である。しかし本章冒頭で紹介したように、火野葦平は一九三九年一一月の講演で『西部戦線異状なし』や『ルーマニア日記』に触れ、同年一二月に『改造』に掲載された座談会でも『西部戦線異状なし』に言及している。[24]『麦と兵隊』以前に火野がヨーロッパの戦争文学を読み、大きな影響を受けていたことは確実だろう。

石川達三の場合は、火野のような直接的な言及をまだ見つけることができていないが、『生きてゐる兵隊』に、非常に興味深い描写が存在する。従軍僧が異常な方法で惨敗兵を殺害する場面である。

　部落の残敵掃蕩の部隊と一緒に古里村に入つて来た片山玄澄は左の手首に数珠を巻き右手には工兵の持つショベルを握つてゐた。……

「貴様！」とだみ声で叫ぶなり従軍僧はショベルをもつて横なぐりに叩きつけた。刃もつけてないのにショベルはざくりと頭の中に半分ばかりも喰ひこみ血しぶきをあげてぶつ倒れた。

「貴様！・・・貴様！」

次々と叩き殺して行く彼の手首では数珠がからからと乾いた音をたててゐた。(25)

一方、『西部戦線異状なし』にも、次のような描写が見られる。

突撃の場合でも、此頃は大概手擲弾と軍鋤だけで前進するのが流行になつた。先を鋭くした軍鋤は、手頃で、しかも何にでも利用の出来る武器だ。……

一人の若い仏蘭西人が、……片手にはまだピストルを持つてゐる。ピストルを射つ気なのか、降参する積りなのか、分からない・・・と思ってゐる内に、忽ち軍鋤がその顔を真二つに×いてしまつた。(26)

「軍鋤」は「ショベル」のことである。片山従軍僧については、南京で調査をしたときシャベルで中国兵をたたき殺して歩く僧侶が実際にいたと石川達三が述べているものの[27]、描かれる情景があまりにも似ているため、『西部戦線異状なし』のこの部分が石川達三の印象に残り、それを『生きてゐる兵隊』で使ってしまった可能性を考えてみてもよいだろう。

3　新しい戦場

第一次世界大戦を背景とするヨーロッパの戦争文学は、戦争そのものと、そして戦争観が大きく変化するなかで現れた文学だったことが、繰り返し指摘されている。一九一四年六月二八日、サラエボ事件をきっかけとしてオーストリアがセルビアに宣戦布告すると、三国同盟や三国協商によって利害の交錯していたドイツ、ロシア、フランス、イギリスなどが次々と参戦し、第一次世界大戦が始まった。このなかで、戦争のありかたを考えるうえで特に注目すべきは、ドイツがフランス、イギリスと対峙した西部戦線と、ロシアと対峙した東部戦線、とりわけ前者である。

ロシアの戦争動員には時間がかかるとみたドイツは、まず西部戦線に力を注ぐ方針を定め、北方を大きく迂回しながらパリとともにフランス軍の主力を包囲する作戦に出た。しかし九月、パリ東方のマルヌの会戦で英仏連合軍の反撃に遭い、作戦は頓挫する。その後、両陣営はたがいに相手の側面に回り込もうとして、ついにスイス国境から英仏海峡まで続く、長大な戦線を発生させてしまう。さらに、両陣営とも自然発生的に塹壕を築きはじめ、戦闘が膠着状態に陥ることになった。こうして、第一次世界大戦を特徴づける塹壕戦および、それに伴う消耗戦が始まる。それは、たがいに大砲と機関銃に押さえつけられて泥の塹壕に身を隠し、突撃ではなく、むしろ防御しながら相手の消耗を待つような戦場だった。それでも、放物線を描いて飛び込む砲弾には、運を天に任せるしかない。バルビュス『砲火』から引用してみよう。

観兵式じみた突撃や、赤い吹流しのようにひろがった、眼に見える戦闘や、またはわめきちらしながらあばれまわる肉弾戦なんかよりも、戦争って奴は、おそろしい、この世のこととも思われない疲労であり、腹までつかる水であり、泥であり、汚物であり、眼もあてられない汚なさだ。戦争とは、かびのはえた顔、ぼろぼろになった肉、貪欲な大地のうえにただよう、もはや死骸とも思われないような死骸だ。(28)

バルビュスはすぐ続けて、戦争とは「銀のようにきらきら光る銃剣や、牡鶏が太陽に向ってときをつくるような、あのラッパの響きではないのだ」と記す。ここで、戦争の勇壮なイメージがはっきりと否定されている。それは、個人の英雄的な戦いぶりが意味を失っていることを告げるものでもあった。ひとりで塹壕から身を乗り出せばすぐさま機関銃の掃射をあび、それで終わりなのである。

社会史家のジョン・エリスは、戦闘をめぐるヨーロッパ人の意識が第一次世界大戦をはさんで大きな変化を遂げたことを、機関銃という兵器を通して興味深く考察している。機関銃は一八六〇年代には軍に導入され、少なくとも一九世紀末までには十分に実戦に耐えるものになっていた。ところが、第一次世界大戦までヨーロッパの戦場に投入されることはなかった。「十九世紀の士官たちは、あくまでも人間が主役で、個人の勇気や一人一人の努力が勝負を決するという古い信念に固執し」、「誉れ高い突撃こそが戦い」であると考えていたからである。[29]

かつて戦闘の主役は貴族階級だった。国民国家の成立とともに、そこに平民が参入してくる。しかしイギリスの場合、一九一二年に至っても少将以上は二四パーセントが貴族出身、四〇パーセントが郷士階級出身、ドイツでは一九一三年でも、大佐以上では、士官の五三パーセントを上流階級が占め、フランスでも同じような傾向にあった（七五〜七六頁）。こうした人々が重きをなす戦場でどのような戦闘が行われるのかは、おおよそ見当がつく。しかし第一次世界大戦の四年間に、戦場のありかたと戦争の観念が大きく変わり、そのなかから新しい戦争文学が現れたのである。
　それでは、日本の場合はどのような状況だったのだろうか。世界的に見て、第一次世界大戦以前にあって戦争のあり方に大きな影響を与えたのは日露戦争であり、欧米の列強はその陸戦から、重機関銃、重砲、有刺鉄条網の有効性を認識したとされる。ところが日本は、日露戦争を経て、こうした火力主義とは逆の「白兵主義」に向かい、歩兵による銃剣突撃至上主義が古来からの「日本式戦法」として確立されてしまう。時代に逆行するかのようなこの軍事思想が生まれた決定的な要因は、日本の工業力の未熟さにあった。砲弾、小銃弾などの生産が追いつかず、日露戦争で火力主義を貫徹することができなかったのである。さらにここから、「蓋輓(ばん)近(きん)の物質的進歩著大なるものあるか故に妄りに其威力を軽視すへからすと雖、勝敗の主因は依然として精神的要素に存すること古来渝(かわ)る所なけれはなり」として、精神主義が強調されるに至る。[30]そして、とりわけ陸軍を規定したこの軍事思想は、太平洋戦争に入っても変わることがなかった。[31]
　こうした白兵主義、精神主義こそが、日本の戦争報道がいつまでたっても前近代的な英雄主義から抜け出すことのできなかった、最も大きな要因だろう。英雄主義の顕著なものが軍神あるいはその類似的兵士である。日露戦争時の広瀬少佐や橘少佐から始まって、一九三二年の上海事変では爆弾三勇士が登場し、一九四二年三月には、前年の真珠湾攻撃にまつわる九軍神が大きく取りあげられる。さらに翌四三年には、アッツ島の玉砕をめぐって山崎部隊が軍神化された。[32]

アッツ島では二千数百名の日本側守備隊にたいして、その一〇倍ほどのアメリカ軍が上陸し、兵力の差は歴然としていた。しかし勝敗を決したのは、なんといっても艦砲射撃、航空機からの爆撃、地上の砲撃等の火力の差である。追い詰められた日本軍は、五月二九日、最後の突撃を敢行して「玉砕」する。これにたいしてある陸軍少将が、「その精神の底知れぬ深さはただわが日本の神々のみぞ知り得るところである。……形の上の勝敗、事の成否は問ふところでない、そこには終始一貫せる攻撃精神あるのみ」と述べたという。[33]ここでは、勝敗ではなく、白兵主義と精神主義そのものが目的化され、戦争が神懸かったものになってしまっている。日本軍はほどなく、サイパンや硫黄島、沖縄で、米軍の圧倒的な火力をさらに思い知らされることになる。

4　中国大陸と『麦と兵隊』

ここで、昭和初期に戻ってみよう。日露戦争ののち、日本が本格的に戦火を交えるようになるのは、軍部が長く敵国として想定していたロシア（ソ連）やアメリカではなく、中国だった。このことは日本軍にとって幸いした。当時の中国は、工業生産力が大きく立ち後れ、大量の兵士をすみやかに動員できるような国家体制も、いまだ整っていなかった。そのため、白兵主義をとる日本軍であっても、それなりに戦争を遂行することができたのである。だが、一九三七年七月に日中戦争が本格化するに伴い、日本も、第一次世界大戦とは異なる意味で「新しい戦場」に直面するようになった。

そこには、さまざまな新しい要素が出現していたと思われるが、軍部の想定を裏切り、日本兵に未知の体験をさせることになった最大の局面は、なんといっても「持久戦」の発生だろう。軍事戦略の基本を定める「帝国国防方針」を日本がはじめて策定したのは、日露戦争後の一九〇七（明治四〇）年のことだった。そこでは、先に触れた白兵主義と同じ理由により、「国力に鑑み勉めて作戦初動の威力を強大ならしめ速戦速決を主義とす」とされた。[34] つまり、生産力が長期戦には耐えられないため、戦争勃発にさいしては短期決戦を目指すしかないことを、十分に自覚していたのである。「帝国国防方針」は一九三六年に第三回目の改定が行われるが、基本方針は変わらず、付随して作成された「帝国軍の用兵綱領」でも、第一項に、「帝国軍の作戦は国防方針に基き陸海軍協同して先制の利を占め攻勢を取り速戦即決を図るを以て本領とす」

と明記された。[35]そして実際に一九三一年の満州事変では、九月の柳条湖事件を契機として同年中にほとんど満州全域を占領した。短期決戦が大成功したのである。

ところが、一九三七年七月から始まった日中戦争では、もはやそのようにことは進まなかった。華北では北平（北京）、天津をはじめとする諸都市を順調に占領していくが、八月から始まった上海戦では中国軍が頑強に抵抗し、大激戦となる。からくも一一月に上海を制圧したのち、すぐさま南京に進撃して一二月一三日に同地を占領する。以上の緒戦時には、陸軍内に拡大派と不拡大派の確執があり、また実際に戦線を拡大したとはいえ、長期持久戦を回避するために不拡大方針を取ろうとするのが陸軍内の基本方針であった。だが、上海、南京戦を終えたのち、翌一九三八年一月から、ついに持久戦を本格的に研究しはじめる。[36]

一九三八年四月、徐州方面に集結しつつあった蒋介石軍主力を包囲殲滅するため、徐州作戦が発令された。このとき同時に、作戦終了後、すぐさま漢口攻略戦を発動することになり、ここにおいて、不拡大方針が大きく転換することになる。[37]日本軍は五月に徐州を占領したものの、中国軍を捕捉することができず、続いて、実質的に首都機能を担っていた漢口を占領することによって、一気に戦争終結の糸口をつかもうとする。だが一〇月に漢口が陥落すると、中国軍の主力はさらに奥地に入り、抗戦を続行した。こうして、不拡大方針の転換に続き、軍部がかって一貫して避けようとしてきた持久戦に入ることがついに決定的となり、同年一二月には、以後の陸軍戦略の基本となる「昭和十三年秋以降対支処理方針」に、「長期戦」への対処が明記された(38)。本章冒頭で、一九三八年は、近代日本の戦争文学がひとつの転換点を迎えた年だったように見えると記したが、実は一九三八年には、日本の戦争そのものが大きな転換期を迎えていたのである。国民の生活面でそれを最もよく象徴しているのが、持久戦に備えて一九三八年四月に公布された国家総動員法だろう。

前述のようにヨーロッパでは、第一次世界大戦という新しい戦争が、それまでなかった戦争文学を生み出していた。それでは、一九三八年の徐州作戦を描く『麦と兵隊』は、日本の戦争の新しい局面と何か関わりを持っているのだろうか。

この点で注目すべきは、杉山平助の次の指摘である。

兵站線が空前にまでのびた今度の戦さでは、戦争とはむしろ歩くことであり、寝床や食物を探すことであると云ひかへてもいいくらゐで、それは日露戦争には、これほど深刻に見られなかつた。火野葦平は、それ等のものを適確に描き出して、今度の戦争の性格を鮮かに浮き上らせた。……彼が戦争において、最も美しいと感じたものは、個人々々を見れば疲れ切つて、足を引きずり、呼吸もきれぎれな埃まみれな兵隊が、全体としてえんえんとつらなり、大陸を行進する光景のダイナミックな力である。「麦と兵隊」の要点もそこにある。見わたすかぎりの果しのない麦々々。この驚倒すべき根強い広大無辺な生命の力は支那人を象徴する。……土から生えぬいた生粋の支那人である。その麦畑の中を、日本の兵隊が、不屈の意力をもつて、鉄車の列の如くに行進する。ああそれはともに美しい。[39]

杉山は、戦局の転換という側面から、『麦と兵隊』の特徴を実によく捉えている。『麦と兵隊』の背景となっている「麦畑」は、なによりもまず、「空前にまでのびた」「兵站線」を象徴するものだろう。杉山はさらに、「戦場の経験を持たず、大陸の野で同胞がどう戦つてゐるかを知りたがつてゐた国民は、火野によつてはじめて、そして最も傑れた戦場の実感の記録を得た。……兵站線の延長した支那事変の特色として、戦争とは歩くことであり、寝床と食物とを探すことであると云つてもよい。火野は、それ等のものを適確に描き出して、事変の性格を鮮かに浮き上らせた」と繰り返す。[40] 火野もまた、「大体今までやつて来たのは、奥へ奥へ入つて行く作戦、歩きながら戦ひ、歩きながら戦ひ、さういふ形になつて来るのです」と言う。[41] どこまで続くとも知れない中国大陸へ、日本軍はついに、本格的に足を踏み入れてしまったのである。麦畑に象徴されるそうした広大な風景と定かでない先行きを、ほとんどの日本兵はかつてこれほど深刻に体験したことはなかったに違いない。

杉山も指摘するように、『麦と兵隊』は、麦畑のイメージをさらにふたつのものに重ねている。ひとつは中国の農民、もうひとつは日本兵である。ここでは農民について見てみよう。火野はこう描く。「この麦畑は正に恐るべきものである。……これは単に麦を植ゑるとか、耕作をするとか云ふやうな、生やさしい感じではない。……見わたして居ると、盛りあがつてくるやうな土のすさまじさに圧倒されさうになる。私は蚌埠(ぼうふ)難民大会で見た村代表の百姓達を思ひだした。あの鈍重な不屈の表情と八角金盤(やつで)のやうに広くて大きい掌(てのひら)とがこの麦畑を完成した。それは大地そのものである人間のみが初めて成就し得ることである」[42]。

さらに、中国の農民は大地そのもののような生命力をもち、「彼等には如何にしても理解出来ない一切の政治から、理論から、戦争から、さんざんに打ちのめされ叩き壊されたごとくに見えながら、実際にはそれらの何ものも、彼等を如何ともすることの出来ないやうな、鈍重で執拗なる力に溢れて居る」(三九頁)。また、「戦争すらも彼等には、ただ農作物を荒す蝗か、洪水か、旱魃と同様に一つの災難に過ぎない。戦争は風のごとく通過する。すると、彼等は何事も無かつたやうに、ただ、ぶつぶつと呟きながら、ふたたび、その土の生活を続行するに相違ない」（七一頁）。抽象的ではあるが、日本軍の力によってもどうすることもできないある種の存在が、ここに描かれている。少なくとも現在の私たちから見るとき、日本が中国大陸で持久戦という泥沼に引きずり込まれ、さらに結果として太平洋戦争という破滅の道へと追いやられるその予兆を、『麦と兵隊』に描写された広大な麦畑に読み取ることが可能である。

5　総力戦と国民の自覚

本書第二章で紹介したように、石川は裁判の過程で「真に国民をして非常時を認識せしめ、此の時局に対し確乎たる態度を採らしむる為に本当に必要だと信じて居りました」[43]、「国民の精神総動員に一片の力を添へることにならうことを信じて居た」と述べた。[44]ここに「精神総動員」という言葉が現れるが、当時、『麦と兵隊』にも同じような意義が認められており、たとえば、「軍報道部が……銃後の物心総動員の一助たらしめようといふにあるらしい」[45]、「この一書によつて、聖戦の意義も銃後の覚悟もいよいよはつきりとするのだ」[46]、「国民精神総動員！　全国民には必読せよ」[47]などとされた。さらに火野自身も、「対内宣伝といふわけです」、「事変の進行に対して一つの拍車になればよいといふ考へで書いた」と言う。[48]「国民精神総動員」は、戦争へ向けて国民の自覚を高めるために一九三七年八月二四日の閣議で決定され、九月以降、大々的に展開された運動である。

　内容も印象も大きく異なる『生きてゐる兵隊』と『麦と兵隊』が、なぜいずれも精神総動員の一助になるのか。最後にこの問題を整理しておきたい。板垣直子の言う『肉弾』や『此一戦』式の誇張された「壮烈さ」、「義勇奉公」、「大和魂」、火野の言う「武勇伝」や「美談」、石川の言う「神の如く」な出征兵。こうしたものを描くことが、それまでの戦争文学や戦争報道のひとつのスタイルだった。その行き着くところは「軍神」である。これによって日本軍の勇壮さを伝えることはできる。しかし、銃後の人々は、自分たちの父や兄弟がそうした大活躍をしているとは考えていなかった可能性が高い。第一に、かれらが国内で平凡な暮らしをしていたときの姿とは違いすぎるはずである。そこで、軍神的な兵士が強調されればされるほど、戦争とは、そうした超人が行うものであると感じたことだろう。自分たちとは直接の関係がないからこそ、気楽に「提灯行列をやり御祭り騒を」（石川）することができるのである。

　そもそも一九三七年七月からのこの戦争は、もともと軍部の出先機関が強引に推し進めたものので、政府も戦争とは認めず、「北支事変」「支那事変」といいなし、ひとつの事件のように見せようとしていた。さらに、戦場は日本ではなく、遠く離れた中国大陸だった。そこで本書序章で引用したように陸軍報道部長の馬淵逸雄も、「銃後の国民と第一線とは完全に海によつて隔絶されてゐる。……戦争の危険と云ふことも体験する機会がなく、勇敢な兵士が戦場に於て戦ふ悲惨な状況がすぐに伝はらないから、安心して居られる利益はあるが、一方深刻なる戦場気分にはなれないで、戦時下にあると云ふ判然とした覚悟が極らぬ不利がある」と言い、さらに「一般人には「戦場の兵士と同一の覚悟決心をせよ」といっても、ピンと来ない憾みがある」と感じたのである。(49) しかし、戦争の長期化が次第に明らかとなり、政府も国民からの全面的な協力と、その基礎となる、ひとりひとりの国民がすべてこの戦争に関係しているという自覚を、求めねばならなくなった。

このようなとき『麦と兵隊』は、麦畑のなかをひたすら行軍し、ひとときの食事と休息を楽しむ兵士の姿を描いた。孫圩城の戦闘場面は確かに壮絶ではあるが、内容は、そのような激しい戦場から命からがら逃げ帰るというもので、武勇伝とはほど遠い。ここに描かれた兵士は、銃後の国民がよく知っている自分たちの父や兄弟の姿と、十分に重なったことだろう。すでに繰り返し指摘されているように、かれらが戦地でどのように過ごしているのかを、残された家族は詳細な日記体のこの小説を通してはじめて具体的に知ることができ、父や兄弟が戦場で生命の危険を冒していることを、実感をもって理解することができたものと思われる。

『生きてゐる兵隊』の場合は、若干微妙な点が残る。残虐行為を通して戦争の凄まじさと、そのような兵士として成長しなければならない覚悟を描いたとしても、これを読む者は、むしろ残虐行為の印象が強すぎるため、兵士としての自覚の側面には思いが至らないかもしれない。そこで、「真に国民をして非常時を認識せしめ」という石川の言葉が本心を語っているとした場合、『生きてゐる兵隊』は小説として成功しているとはいいがたい。ただし、ここでも、軍神ではなく普通の人間が描かれていることに注目すべきだろう。石川は、兵士の「本当の人間の姿」、「兵士も亦人間であった」ことを現地で発見したとも述べている。[50] 石川も火野も戦争を、ごく普通の人間のレベルにまで引き下ろそうとしたのである。これはまた、すでに尾崎士郎などが戦争の緒戦期で試みていたことだった。火野や石川は、それを戦場の本質部分の描写に適用したのである。

小結

第二次世界大戦が敗戦に終わったのち、日本では日中戦争以降の戦争文学が厳しく批判された。侵略戦争の本質を描かず、軍部に協力して戦争を賛美した、というのである。この非難はけっして間違ってはいないが、少なくとも今日では、もはやあまり生産的ではないだろう。第一に、近代日本の文学史の流れを無視しているからである。戦前、社会や国家のありかたを正面から批判していたのはプロレタリア文学だった。ところが、満州事変が始まるとともに、一九三二年には全国で左翼文化人、知識人が一斉に摘発、検挙され、一九三三年には小林多喜二が殺され、一九三四年までにはプロレタリア文学運動に関わる各種組織が活動を終え、一九三五年までには共産党の党中央も解体する。一九三七年の日中戦争本格化以降に現れた戦争文学は、社会体制にたいする批判が許されない地点から出発せざるを得なかったのである。この段階で黒島伝治『渦巻ける烏の群』（一九二八年）のような反戦的小説を求めるのは無理だろう。

小林多喜二はレマルクの『西部戦線異状なし』について、戦争自体が悪であるかのような書き方をすることによって、「その悲惨な状態の責任の持って行き所」を見えなくし、結果としてブルジョアジーを利することになっていると批判した。[51]新築地劇団で『西部戦線異状なし』を脚色した劇作家の高田保も、『西部戦線異状なし』その他の戦争映画について、「「かかる戦争は何んのために戦はれるのか？」といふ重大な問題に対しては、どの映画も一様に口をつぐんで知らん顔をしてゐる」という。[52]これらにたいして火野葦平は、兵隊について、「祖国のやつてゐることなら安心して、祖国のためになんでもやる」、「自分達は、何のために戦つて居るか、何のために弾丸の下を潜らねばならぬかといふ考へを起すなら面白くないけれどそんな気持ちは起さない」という。[53]是非はともかくとして、最も重大な部分については判断を国家にゆだねざるを得ない、そのような時代になっていたのである。

第一次世界大戦ののち、ヨーロッパには新たな戦争文学が現れたが、それは、戦場の性格と密接に関係していた。日本では、そのようなヨーロッパ文学の影響も受けながら、日中戦争本格化後の一九三八年に至って、それまでとは異質な『生きてゐる兵隊』と『麦と兵隊』がようやく出現する。一九三八年は、短期決戦をめざしたはずの戦争が長期戦に突入していく転換点にあった。そのなかで『麦と兵隊』は、戦争が長期戦に入りつつあることを麦畑に象徴させてあざやかに捉え、『生きてゐる兵隊』はそののち大規模になっていく民間人の殺害と、そうせざるを得ない（と石川が考える）兵士を、戦争の「凄まじさ」の本質的部分として捉えた。

ただし両著作とも、その目的は「非常時」における「国民の自覚」を促すことにあり、政府の総動員体制に沿うものであった。石川と火野は、軍神のような超人的な兵士ではなく、ごく普通の兵士を描くことによって、この戦争が、戦場にある父や兄弟、さらにはかれらを通して銃後の家族にも密接に関係していることを示し、もしくは示そうとした。日中戦争の転換点をそれなりに捉え、戦争を普通の人間のレベルにまで引き下げて描くことによって、戦争の実態をよりリアルに認識しつつも、逆説的ではあるが、まさにそうすることによって総動員体制に協力する文学。それが『生きてゐる兵隊』と『麦と兵隊』だったように見える。

注

（1）高崎隆治「石川達三の戦争文学」『戦争と戦争文学と』日本図書センター、一九八六年。
（2）火野葦平「戦後建設の一問題について」『河童昇天』改造社、一九四〇年、三三七～三三八頁。
（3）板垣直子「戦争文学批判」『文芸年鑑　一九三九年版』第一書房、一九三九年。
（4）千葉宣一「外国の戦争文学との比較」『近代戦争文学』（新批評・近代日本文学の構造　6）国書刊行会、一九八一年。
（5）吉田凞生「戦争文学の思想――石川達三「生きてゐる兵隊」、火野葦平「麦と兵隊」など」『国文学――解釈と教材の研究』昭和五〇年七月号、一五七頁。
（6）河田和子「報道戦線下における戦争の表象――火野葦平『麦と兵隊』の表現戦略」『昭和文学研究』第四五集、二〇〇二年九月、六五頁。
（7）前掲、板垣直子「戦争文学批判」。
（8）板垣直子『現代日本の戦争文学』六興商会出版部、一九四三年、一四頁。
（9）板垣直子『林芙美子の生涯――うず潮の人生』大和書房、一九六五年、一四四頁。
（10）板垣直子『欧洲文芸思潮史』巌松堂書店、一九五〇年、四一七頁／前掲、板垣直子『現代日本の戦争文学』四頁。
（11）同年に日吉堂本店から文芸童話会編『西部戦線異状なし』が出版されているようだが、詳細を確認していない。

（12）中央公論社編『中央公論社の八十年』中央公論社、一九六五年、二三五～二四五頁。
（13）この両劇団は、小山内薫の築地小劇場が小山内の死とともに一九二八年に解散したのち、ふたつに分かれて翌二九年に組織されたものである。
（14）「ミツワ演芸文庫」『読売新聞』一九二九年　一月二八日朝刊。
（15）「ミツワ演芸文庫」『読売新聞』一九二九年　一月二七日朝刊。
（16）前掲、中央公論社編『中央公論社の八十年』二四三～二四四頁。
（17）「伏し転び卅年　伸びゆく新劇界を顧て」『東京朝日新聞』一九三七年七月二日夕刊。
（18）ルマルク『西部戦線異状なし』中央公論社、一九二九年、三二二頁。
（19）前掲、中央公論社編『中央公論社の八十年』二四四頁。
（20）桜井忠温「『西部戦線異状なし』を読みて」『東京朝日新聞』一九二九年一〇月二五日朝刊。
（21）森岩雄「新映画評「西部戦線異状なし」」『東京朝日新聞』一九三〇年一〇月一九日朝刊。
（22）バルビュス「砲火」『生長する星の群』一九二一年九月～二二年六月。
（23）カロッサ『ルーマニア日記』建設社、一九三六年。
（24）「火野葦平帰還座談会」『改造』一九三九年一二月号。
（25）前掲、石川達三『生きてゐる兵隊』五三頁。
（26）前掲、ルマルク『西部戦線異状なし』一五六、一七四頁。
（27）尾西康充「出版検閲とリアリズム――石川達三「生きてゐる兵隊」」『人文論叢（三重大学）』第三二号、二〇一五年三月、六頁。

(28) バルビュス『砲火』下巻、岩波書店、一九五六年、二一八〜二一九頁。
(29) ジョン・エリス『機関銃の社会史』平凡社、一九九三年、二五、七八頁。
(30) 防衛教育研究会編『統帥綱領・統帥参考』田中書店、一九八二年。
(31) 山田朗『軍備拡張の近代史——日本軍の膨張と崩壊』吉川弘文館、一九九七年、二五〜三五、一一二頁。
(32) 山室建徳『軍神——近代日本が生んだ「英雄」たちの軌跡』中央公論新社、二〇〇七年。
(33)『毎日新聞』／前掲、山室建徳『軍神』三一五頁による。
(34) 前掲、山田朗『軍備拡張の近代史』四一頁。
(35) 前掲、防衛庁防衛研修所戦史室『支那事変陸軍作戦〈一〉』、扉写真。
(36) 同書、四八一頁。
(37) 防衛庁防衛研修所戦史室『支那事変陸軍作戦〈二〉』（戦史叢書）朝雲新聞社、一九七六年、四四頁。
(38) 同書、二八九頁。
(39) 杉山平助「火野葦平論」『改造』一九三九年一〇月号、三〇九、三一〇頁。
(40) 前掲、杉山平助『文芸五十年史』四五一〜四五二頁。
(41) 前掲、「火野葦平帰還座談会」三一八頁。
(42) 前掲、火野葦平『麦と兵隊』六一頁。
(43) 前掲、『第一審公判調書』三〇六丁。

(44) 前掲、『警視庁警部清水文二　聴取書』九〇丁。
(45) 貴司山治「『麦と兵隊』の意義」『読売新聞』一九三八年八月三日夕刊。
(46) [広告]「麦と兵隊」『読売新聞』一九三八年一〇月二日朝刊。
(47) [広告]「麦と兵隊」『読売新聞』一九三八年一〇月九日朝刊。
(48) 「火野葦平・石川達三対談」『中央公論』一九三九年一二月号、三五五頁。
(49) 前掲、馬淵逸雄『報道戦線』一五頁。
(50) 前掲、『警視庁警部清水文二　聴取書』八四丁。
(51) 小林多喜二「戦争と文学（一）　レマルクの反動性」『東京朝日新聞』一九三一年三月八日朝刊。
(52) 高田保「「戦争映画」について」『東京朝日新聞』一九三〇年一一月七日朝刊。
(53) 前掲、「火野葦平・石川達三対談」一九三九年、三五四頁。

第四章　レマルク、バルビュス、丘東平

はじめに

前章までは、日中開戦期から石川達三、火野葦平に至る文学を見てきた。それでは、日本軍を迎え撃つ中国側の状況はどのようになっていたのだろうか。日本における日中戦争中の戦争文学については、これまで多くの研究が蓄積され、同時期の中国側のいわゆる抗戦文学についてもかなりの研究がなされている。ただし、双方の文学をより高いレベルで検討し、さらに、この戦争が人々に何をもたらしたのかを明らかにするためには、日中の双方を比較することも必要だろう。ところが従来、このような試みはほとんどなされてこなかったようである。ひとつにはおそらく、日本語と中国語という言語の壁が大きな障害になっているのだろう。

こうしたなかで、日中の共同研究である山田敬三・呂元明編『十五年戦争と文学――日中近

代文学の比較研究』（東方書店、一九九一年）は貴重な試みである。戦争当時の日本人作家による戦争文学は、おおむね日本軍の戦争遂行に協力するためのものであり、他方で中国側の抗戦文学は、中国の人々の抗戦意識を高める役割を期待された。つまり、どちらも国家に尽くすことが求められており、その点では日本が特別だったのではない。編者のひとりである山田敬三はこのような状況を踏まえて、共同研究の総論ともいうべき「文学とナショナリズム」のなかでこのように述べた。日中両国の文学者にとってこの時期は、「ナショナリズムと切り離した表現行為を考えることは、ほとんど無意味ともいい得る」、そこで「問題はそれが外に向かって膨張する性格をもつものであるのか、あるいは外からの抑圧に対して自己を防御する内容になっているのかの相違であった」（四一頁）。この総括は、戦争をめぐる文学にかんして日中双方の基本的特徴をよく捉えていると思われるが、実はこの違いは、近代以降に両国がそれぞれに歩んだふたつの道そのものでもある。

戦後の日本では、軍部に迎合したものとして戦争文学が激しく糾弾された。しかし近代以降の国家形成のなかで一定の役割を果たしたナショナリズムを視野に入れた場合、単純な批判はかえって本質を見逃す可能性がある。たとえばヨーロッパの戦争文学を代表するレマルク『西部戦線異状なし』やバルビュス『砲火』は、日本や中国と異なって、国家の枠組みがあまり感じられない。これについても早くに板垣直子が、「火野氏及びその他の戦争ものがヨーロッパの大部分の如くに反戦思想を含んでゐない……。これこそ日本の特徴である」と指摘している。(1)これが何を意味するのかという問題も含めて、さまざまな比較が不可欠である。

ただし、日本と中国に限ってみても、比較は簡単ではない。そもそも日中戦争中の中国は、国民政府、共産党、日本もしくは日本軍という三大勢力によって大きく三つの地区に分割され、それぞれに統治されており、それらに応じて文学状況も異なるのである。日本の支配地区のなかには、日本軍に占領されながらも租界によって一定の独自性を保った上海という特殊な地域もあった。一九三七年七月の日中戦争の緒戦から一九三八年一〇月の漢口（武漢）陥落に至る時期の日本の戦争文学を考えようとするとき、それに相当する中国側の文学としては、次々と戦場になった地域、すなわち国民政府による統治地区の抗戦文学をまず取りあげる必要があろう。そして、その時期を代表する文学者のひとりが丘東平である。

本章では、丘東平の生涯と文学史上の位置を概観したうえで、丘東平の文学が現れた背景の一端を探ってみたい。結論を一言でいえば、丘もまたヨーロッパの戦争文学から影響を受けており、その点で日本の火野葦平らとのあいだに共通点が指摘できるだけでなく、中国での『西部戦線異状なし』の演劇上演をめぐっては、日中両国の演劇人に直接的な交流さえあった。

1　丘東平の生涯と抗戦文学

丘は一九一〇年に中国南部の広東省海豊県で生まれた。[2] 父親は農業を営むかたわら行商をしていたが、八男三女があり、東平は六男だった。次男と七男はのちに国民党軍の士官となり、これが丘東平の戦争文学とも一定の関係を持つことになる。

広東省の海豊県は、中国の現代史上非常に興味深い地域である。近代的な農民運動が一九二〇年代にここから始まり、それが農村を基盤とする毛沢東の中国革命へとつながっていったのである。丘東平も一九二五年から農民運動に関わりはじめ、翌年には中国共産党に入党した。海豊県と隣の陸豊県、そしてその近辺の農民運動は、一九二七年には県の行政機関を奪取して農民政権を打ちたてる。しかし運動はここで限界を迎え、翌年には国民党の圧倒的な軍事力によって政権がつぶされ、丘東平は香港に逃れた。これら一九二〇年代後半の体験は、のちに「通訊員」や「沈鬱的梅冷城」として作品化される。

丘は香港で行商人や漁師、教会の印刷物の校正などをしながらゴーリキーを大量に読み、一九三〇年から新聞に投稿しはじめる。翌三一年九月一八日、柳条湖事件によって満州事変が始まり全国に抗日運動が広がると、丘東平も香港で宣伝活動に入るが、ほどなく二兄の紹介で一九路軍の旅団長の秘書となった。一九路軍は一九三二年一月に始まった（第一次）上海事変で日本軍と激しく戦火を交えるものの、戦闘後、蒋介石によって福建に移され、共産党の討伐を命じられる。丘東平は福建で一九路軍を離れ、その年のうちに上海に向かう。丘はこのころから次第に創作を本格化させ、小説や報告文学を各種の雑誌に発表しはじめた。

一九三五年に結婚。春には、士官学校で軍事を学びたいとして日本へ渡る。しかし日本では作品をいくつか発表し、中国人の左翼系文学関係組織で活動したのみで、翌年のはじめには中国へ戻り、香港を経て上海に居を定めた。一九三七年七月七日に日中が全面戦争に入った直後、八月一三日からの日本軍による上海攻撃では戦火の下をくぐることになる。上海は一一月一二日に陥落した。

丘東平は九月に上海を離れ、済南、南京を経由して一一月には武漢に入っていた。そして翌三八年一月に、代表作となる「第七連」や「ある連長の戦闘遭遇」を発表する。前者は国民党軍にいた弟・丘俊の体験をもとに上海付近での戦闘を、後者は日本軍のみならず中国軍からも攻撃されることになる部隊を描く。一月下旬には南昌の新四軍に移った。新四軍は、八路軍とならぶ共産党系の部隊である。五月には新四軍とともに江南に移動するが、一九四一年七月二四日、江蘇省東部の塩城の戦闘で頭部に被弾して死亡し、江蘇省茅山地区での新四軍の戦闘生活を描く『茅山下』が絶筆となった。

日本の中世には軍記物語があり、近代以降では戦争文学と呼ばれるジャンルが一応成立している。これにたいして中国では、同様のものが存在するのかどうかはっきりしないものの、日中戦争時期に日本との戦争を扱った作品は一般に「抗戦文学」と呼ばれ、国民政府統治区の抗戦文学は、大きく以下の三つの時期に区分される[3]。

第一期：武漢時期、一九三七〜三八年
第二期：武漢撤退から皖南事変まで、一九三九〜四一年
第三期：皖南事変から抗戦勝利まで、一九四一〜四五年

皖南事変とは、一九四一年に安徽省で中国共産党軍が国民党軍に包囲され、共産党軍側に大きな犠牲を出した事件である。一九三七年以来、中国共産党と国民党は一致して日本に当たる態勢（第二次国共合作）をとっていたものの、その後、両者の間でしばしば緊張の高まることがあった。皖南事変もその種の事件のひとつである。以上の三期のうち、第一期は中国の民衆に抗日を呼びかけるという宣伝性と政治性に特徴があり、第二期は国民党統治の負の側面にもよ

り目を向けるようになり、第三期にはその傾向がさらに強くなったとされる[4]。

　このうち本章で問題とする第一期において、「最も流行し、最も精彩を放ったのは報告文学」だった[5]。小説の場合は、題材を消化して構想を練るためにある程度の時間と創作環境が必要だが、当時の切迫した状況ではそのような余裕がなかったためである（一五二頁）。そして丘東平は、「抗戦初期の報告文学創作上、硝煙ただよう陣地報告を人民に捧げた筆頭格の作家である」という（六一頁）。

2　レマルク『西部戦線異状なし』

　丘東平の報告文学は前線の兵士を描いた点に大きな特色があり、「戦争の本質」を捉えているとされる。丘にとって戦争とは、「崩れ落ちた壁やあたり一面の雑草を意味するだけでなく、それ以上に、血や肉が飛び散り死体が散乱し、人の生死がしばしば一瞬のうちに決まり、巨大な戦争の機械の前では人はあまりに小さく無力で、命は銃砲によって塵芥のようにはぎ取られ、無数の悲劇がここから生まれる、そうしたものであった」[6]。このような戦争の描き方は、バルビュス『砲火』やレマルク『西部戦線異状なし』を思わせる。そこでたとえば金欽俊は、丘東平以前には『西部戦線異状なし』（レマルク）、『砲火』『クラルテ』（バルビュス）、『鉄の流れ』

（セラフィモーヴィッチ）のように直接切り込んだ戦争文学の作品はなかった」と位置づけ、丘東平は「帝国主義に反対するバルビュス、レマルクの精神を受け継いでいる」と評する。[7]

実際、少なくともバルビュスについては、丘東平が深く傾倒していたことがよく知られている。一九三五年に丘が日本に留学したとき、当時の中国を代表する文化人のひとりであった郭沫若も同じく日本に滞在していたが、そのころ丘東平がかれに送った手紙に次のような一節があるという。

> 私の作品には、ニーチェの強者、マルクスの弁証、トルストイと『聖書』の宗教、ゴーリキーの正確沈着な描写、ボードレールの微妙さを含ませたいと思います。そして最も重要なのが、バルビュスの正確かつ勇気のある格調です。[8]

ここで非常に重要なことが明らかになる。すでに紹介したように板垣直子は、日本ではヨーロッパの戦争文学から影響を受けながら石川達三や火野葦平が新たな戦争文学を創出した、と指摘していた。丘東平も同様の軌跡をたどった可能性が考えられるのである。板垣直子の業績は早くに忘れさられ、また本章冒頭で述べたように、従来、そもそも日中の戦争文学を相互に比較するという発想が薄かったため、互いに敵対する日中双方の文学にこのような共通点があったことは、これまで研究者の視野からまったく欠落していた。

中国ではバルビュスだけでなく、日本と同様にレマルクも受容されている。まずレマルク受容の状況を整理しておこう。すでに述べたように、一九二九年一月に『西部戦線異状なし』がドイツで出版されると、日本では早くも同年一〇月に秦豊吉の翻訳が現れ、一一月から一二月にかけて新築地劇団と劇団築地小劇場がそれぞれの脚本で競演した。これらの翻訳や演劇は、営業的にも大成功を収める。さらに一九三〇年一〇月にはアメリカのユニバーサル社による映画が公開された。これにたいして中国では、日本と同じく二九年一〇月に、洪深・馬彦祥訳『西線無戦事』（現代書局）と林疑今訳『西部前線平静無事』（水沫書店）の二種類の翻訳が現れ、前者は三一年三月までに六版を、後者は三〇年二月までに三版を重ねる。さらに翌一九三〇年三月には陶晶孫の脚本によって劇として上演され、一〇月ごろには上海の南京大劇院で映画が公開され、「毎日盛況の入りで、一〇日間連続で上映されているが、それでも引きも切らない有様で、中国では、こうしたことは実際珍しく、同時に、この『西部戦線異状なし』が中国人の心をどう揺さぶったかがわかる」という。[9] 中国でも、『西部戦線異状なし』が日本と同じように熱狂的に迎えられたのである。なお、当時の新聞『申報』紙上では、南京大劇院の映画

「西部戦線異状なし」の広告が九月二二日から出始めている。昼が二時半と五時半、夜が九時一五分の上映で、世の人々がいまだ見たことも聞いたこともない戦争の真相を示し、一〇歳以下の児童は入場不可、という。

ここで、陶晶孫による劇の上演については、さらに注意が必要である。日本では新築地劇団と劇団築地小劇場が『西部戦線異状なし』を上演し、前者が高田保、後者が村山知義の脚色だったのだが、陶晶孫の台本は村山知義の脚本にもとづいていた。陶晶孫（一八九七～一九五二）は、日中の文化交流史上、特異な位置を占める人物である。浙江省の無錫に生まれ、父に連れられて一九〇六年に日本へ渡った。[10]その後、九州大学医学部に進学し、そこで郭沫若とともに同人誌を発行し、のちに郭の日本人夫人の妹と結婚している。そして一九二九年五月に上海の東南医学院教授として帰国した。戦後は、一九四六年に台湾へ、一九五〇年にはさらに日本に移り、そのまま日本で病死する。

陶晶孫は日本滞在中の一九二七年に村山知義の反戦人形劇『やっぱり奴隷だ』を中国語に訳して中国の雑誌に発表しており、少なくともこのころまでにはプロレタリア文学や演劇に興味を持ちはじめていたようである。この時点で村山知義と個人的な接触があったかどうかは不明だが、ふたりをつなぐもうひとつのルートがあった。許幸之と沈西苓である。許幸之（一九〇四〜九二）は東京美術学校（現在の東京芸術大学）で学び、一九二九年に帰国し、のちに画家として大成した人物である。沈西苓（一九〇四〜四〇）は京都高等工芸学校（京都工芸繊維大学）で学び、一九二八年に帰国したのち映画製作に携わり、一九三七年には名作といわれる「馬路天使」と「十字街頭」を世に送り出した。このふたりを含む中国人留学生が一時期、築地小劇場に通ってプロレタリア演劇を学び、中国に関連した劇の公演の際には、服装等の考証係もつとめた。中国に帰国したかれらが一九二九年一一月に陶晶孫らと上海で設立した劇団が芸術劇社であり、『西部戦線異状なし』はその第二回公演として、三月二一日から三日間にわたって昼夜二回ずつ上演されたのだった。村山知義はこれにたいして、演出担当だった沈西苓と事前に手紙で何度も打ちあわせを行い、日本で使用した台本や舞台装置などを上海へ送ったという。この公演にはジャーナリストのスメドレーも来ていた（スメドレーについては次章で紹介する）。

以上、一九二九年後半から一九三〇年にかけて、日本と中国で同じようにレマルク『西部戦線異状なし』が受け入れられただけでなく、演劇面では両国のあいだに直接的な交流さえあった。なお、芸術劇社はこの直後に上海の租界当局から家宅捜査を受け、閉鎖に追い込まれることになる。

3　バルビュス調査団

もう一方のバルビュスがいつごろから中国で知られるようになったのかは定かでないが、三〇年代以前にすでに以下のような翻訳が現れている。

巴比塞原著「為母的（法国）」『東方雑誌』一九二〇年。
法国巴比塞著「十字勲章」『小説月報』一九二三年。
法国巴比塞著「兄弟」『小説月報』一九二三年。
法国巴比塞著「太好的一个夢」『小説月報』一九二三年。
法国巴比塞著「不吉的小月亮」『小説月報』一九二三年。
法国巴比塞著「初恋」『小説月報』一九二三年。
巴比塞著「四個人的故事」『小説月報』一九二四年。
法国・巴比塞著「炮戦」『小説月報』一九二五年。
法国巴比塞著「女子（小説）」『東方雑誌』一九二六年。
亨利・巴比塞作「兄弟」『大衆文芸』一九二八年。

巴比塞「蘇聯与和平」『新思潮』一九二九年。
法国亨利巴比塞作「兄弟」『大衆文芸彙刊』一九二九年。
巴比塞「羅馬尼亜実事」『文学周報』一九二九年。

このうち一九二五年の「炮戦」が、『砲火』の第一九章「砲撃」を訳したものであり、フランス語原文に英訳を参考にしているという。その際に原著の『砲火』という書名を「火線下」と説明している。しかしフランス語の原題 *Le Feu* は文字通りには「砲火」であり、一方、一九一六年に原著が出版された翌一七年の英語版が、*Under Fire* という書名だった。おそらく英語版の書名にもとづくと思われる『火線下』が、こののち中国でのこの書の一般的な名称となる。

以上のような紹介を経て、さらに一九二九年から三〇年にかけてレマルク『西部戦線異状なし』が話題になったのちに、レマルクとの比較のなかで、バルビュスがあらためて取りあげられるようになる。まず、レマルクにたいしては、次のような評価があった。凌梅は、この小説がなぜこのように人々を引きつけたのかといえば、実際の戦場を知らない大衆に真実を伝えてその好奇心を満たしたこと、もうひとつは戦争の罪悪を描き出して、戦争を嫌悪する一般民衆の情感に訴えたことである、とする。(11) しかし、「かれはただ無条件に戦争に反対し、戦争を呪うのみであり、……戦争の本質を理解していない」（六九頁）。欧州の先の大戦は「帝国主義の争奪戦」だったのであり（六五頁）、そこで「我々はこの種の戦争をなくす心構えが必要であり、民衆の力によって帝国主義の統治に反対することのみが、唯一の突破口である」と締めくくられる（七〇頁）。本書第三章で紹介した小林多喜二や高田保のレマルク批判と同じである。意霞も同様に、レマルクは「極端な非戦主義者である。……かれはただ消極的に戦争に反対するのみで、積極的に戦争を消滅させる有効な手段を提示していない。これがかれの大きな欠点である」と評する。(12)

これらの議論をバルビュスに接続させたのが、楊昌渓「レマルクと戦争文学」である。楊は、レマルクにくらべてバルビュスは、「少数の人の利益のために戦うことの罪悪を暴露しているだけでなく、戦争の恐ろしさとそれへの呪詛を描いているだけでなく、さらに一歩踏み込んで、この種の戦争をなくすためには社会革命を実行せねばならないと暗示しており、……人々に一筋の、変わることのない光の道を指し示している」とする。(13)

こののち一九三三年に至って、バルビュスは中国で一挙に時の人となる。きっかけはリットン調査団にあった。一九三一年に日本が満州事変を起こすと、中国政府の提訴を受けて国際連盟がリットン調査団を派遣する。しかしその報告書は、責任の一端を中国側に求め、満州国を構成する東三省を列強が共同管理することを目指すなど、中国にとっても受け入れられるものではなかった。このような情勢のなかで、一九三二年一二月に国際反戦委員会が極東反戦大会の開催と、バルビュスを団長とする独自の調査団の派遣を決めたのである。国際反戦委員会は、バルビュスやロマン・ロランが発起人となって一九三二年の春に結成された国際的な反戦組織である。

そして翌三三年一月から中国と日本でも準備が始まる。(14) はじめは日本での開催が検討されたが、結局、上海で大会が開かれることになり、日本では、日本反帝同盟を中心として二月から九月にかけて上海反戦大会支持運動が展開され、そのために奔走した人物のなかには小林多喜二もいた。(15) 中国側は、表向きには宋慶齢、蔡元培、魯迅が準備委員会を構成した。

このとき中国では、とりわけバルビュスの調査団に大きな期待が寄せられ、各種雑誌でもバルビュスとその調査団を紹介する記事が相次ぐ。たとえば夏炎徳「反帝国主義作家バルビュス先生に敬意を表す」は、「国際連盟は帝国主義の代理人であり、弱小民族を欺く道具である。しかし国際反戦同盟は反帝国主義の友好団であり、弱小民族を援助する組織である」、バルビュスの調査団は「かならずやリットン報告書のでたらめを否定し、あらためて真相を目の当たりにし、あらためて合理的な報告書を起草し、世界の人々に告げ知らせてくれることだろう。わ

れわれは安堵している。真実を語る人がやって来るのだ」と述べる。(16)

一方、日本政府は大会準備の動きに神経をとがらせ、在外公館が細かな報告を外務省へ送り続け、それらは現在、外務省外交資料館のファイル「各国共産党関係雑件／反帝同盟関係（反戦運動）」第三巻に収められている。(17)このなかで在上海石射（いしい）総領事は、七月八日の『大晩報』に掲載された記事「反帝同盟の国際反戦会開会」の訳文を外務省に送付しているが、そこには、「調査団を組織して東北各地に派遣し、其の現状を視察し、報告を作製して此れを発表する。此の報告書は「リットン」報告書と同一類たらしめず、真の報告書たらしめる」と記されていた。(18)

さて、八月一八日の午前一〇時半、イギリス独立労働党のロード・マーレーほか五名の代表団を乗せたフランス客船「アンドレ・ルボン号」が、いよいよ上海港に到着した。石射総領事の報告によれば、埠頭には宋慶齢をはじめ「左翼分子」約二〇〇名が出迎え、音楽隊は「ソヴェット国歌」を演奏し、群集は「バルビュス調査団歓迎」の大小の旗をかざして電車通りを行進した。(19)ただしバルビュス自身は健康上の理由で来ることができなかった。反戦大会は、九月二九日の深夜から翌三〇日にかけて上海の共同租界内で秘密裏に開催された。参加者は約六〇名。中国語の正式名称は「遠東反戦反法西斯（ファシズム）大会」、英語名は The Shanghai Anti-War Congress である。大会では、「帝国主義と中国の軍閥の中国侵攻に反対する抗議書」、「ソ連にたいする帝国主義の武装干渉に反対する抗議書」そのほかを議決した。[20] 日本や朝鮮、台湾からの代表は事前に当局によって拘束され、出席できなかったようである。

調査団が実際に活動したのかどうかについては記録がなく、調査はおそらく実現しなかったと思われる。ただし、一九三三年の以上の経緯のなかで、バルビュスがさらに中国人に知られるようになり、丘東平もまた、このころまでにはバルビュスの文学に触れていたのではないかと思われる。この年には、『砲火』第一章「幻想」が、「火線下」という題名で『中華月報』一巻四期に訳載された。なお、全訳が出るのは日本と同じく戦後になり、一九五八年のことである。

小結

戦争のなかで激しく敵対しあう日本と中国。だが、そこに現れたそれぞれの新しい戦争文学は、意外な接点を有していた。日中戦争の緒戦期で精彩を放った抗戦文学は報告文学であり、その筆頭が前線の兵士を描いた点に大きな特色のある丘東平だとされるが、丘は少なくともバルビュスに深く傾倒していた。つまり、日本と中国のいずれも、ヨーロッパの戦争文学の影響を受けていたのである。

一九三一年の満州事変を契機として派遣されたリットン調査団が日本たいして批判的な報告書を作成し、それによって一九三三年に日本が国際連盟を脱退したことは周知のとおりである。ただしこの報告書は中国側にとっても満足できるものではなく、一九三二年には国際反戦委員会が独自の調査団の派遣を決定する。中国ではこのバルビュス調査団に大きな期待が寄せられ、各種雑誌でも、バルビュスとその調査団を紹介する記事が相次ぐ。またバルビュスの各種小説も一九二〇年以来、雑誌上に翻訳が掲載されていた。丘東平は、このような背景のなかでバルビュスの文学に触れていたのではないかと思われる。

他方で、レマルク『西部戦線異状なし』は日本と同様に中国でもすぐに翻訳が現れ、映画が上映され、劇としても上演され、熱狂的に受容された。さらにここで注目すべきは、それを上海で舞台にのせるにあたって日本の演劇人が直接支援し、また中国がバルビュス調査団を受け入れる際には、初期の段階でやはり日本人が参加していた。

丘東平以外にも、中国の作家たちがバルビュスやレマルクをはじめとするヨーロッパの戦争文学から影響を受けていることは想像にかたくない。火野葦平、石川達三と丘東平らを同一の俎上で検討することを可能にするひとつの次元がここにある。ただし本章では、ヨーロッパの戦争文学からの影響という共通点を指摘するにとどめておきたい。

注

（1）板垣直子「戦争文学の結実　聖戦第三年を迎へて（九）」『東京朝日新聞』一九三九年一月一〇日朝刊。
（2）以下、伝記は主に楊淑賢「丘東平生平年表」許翼心・掲英麗編『丘東平研究資料』復旦大学出版社、二〇一一年による。
（3）文天行『国統区抗戦文学運動史稿』四川教育出版社、一九八八年、二〜五頁。
（4）ただしこれは、共産党側に立った文学史であることに注意しておく必要がある。
（5）章紹嗣等『武漢抗戦文芸史稿』長江文芸出版社、一九八八年、五七頁。
（6）姜建「士兵与戦争」前掲、許翼心・掲英麗編『丘東平研究資料』三〇四頁。
（7）金欽俊「丘東平——現代戦争文学的推動者与傑出代表」前掲、許翼心・掲英麗編『丘東平研究資料』二七八、二八一頁。
（8）郭沫若「東平的眉目」前掲、許翼心・掲英麗編『丘東平研究資料』一七七頁。
（9）凌梅「雷馬克与〝西線無戦事〟」『読書月刊』一九三一年第一巻第一期。
（10）以下、尾崎秀樹『上海１９３０年』岩波書店、一九八九年、第三章「左連の群像」／中村みどり「陶晶孫のプロレタリア文学作品の翻訳」『中国文学研究』第三三期、二〇〇七年一二月／厳安生『陶晶孫　その数奇な生涯——もう一つの中国人留学精神史』岩波書店、二〇〇九年、等による。
(11) 前掲、凌梅「雷馬克与〝西線無戦事〟」五六頁。
(12) 意霞「作家伝略　関於雷馬克」『書報評論』一九三一年第一巻第二・三期、六一頁。
(13) 楊昌渓「雷馬克与戦争文学」『現代文学評論』一九三一年創刊号、八頁。
(14) 以下、調査団派遣の経緯については、主に楼適夷「関於遠東反戦大会」『新文学史料』一九八四年第五期／蒋曙晨「宋慶齢主持的上海反戦大会」『瞭望周刊』一九八六年三月／傅紹昌「宋慶齢対建立国際反戦反法西斯統一戦線的特殊貢献」『歴史教学問題』二〇一二年第五期による。
(15) 井上學『日本反帝同盟史研究——戦前期反戦・反帝運動の軌跡』不二出版、二〇〇八年、二八二〜三〇五頁。
(16) 夏炎徳「致敬於反帝国主義作家巴比塞先生」『読書雑誌』一九三三年第三巻第五期、二四〜二六頁。
(17) アジア歴史資料センター、Ref. no. B04013079500〜B04013080000。
(18) 内田外務大臣宛報告、一九三三年七月三一日、Ref. no. B04013079600。
(19) 内田外務大臣宛報告、一九三三年八月一八日、Ref. no. B04013079500。
(20) 外務大臣広田弘毅宛報告、一九三三年一一月二九日、Ref. no. B04013080000。

第二部　漢口攻略と総力戦

第五章　保衛大武漢と宣伝戦

はじめに

本書第一部では、日中開戦期から石川達三、火野葦平、さらに中国の丘東平までを検討してきた。日本の戦争文学と中国の抗戦文学はいずれも、この戦争をどのように描くべきかという課題を背負うものだったが、他方で、戦争にかんしてそれぞれに国民に資する、もしくは国民を鼓舞する役割も備えていた。これは、言い換えれば「宣伝」である。本書第二部では、日中戦争および戦争文学の、宣伝の側面に焦点をあてる。

漢口攻撃を目前にひかえた一九三八年八月末、通称「ペン部隊」が組織された。その背景に『麦と兵隊』の成功があったことは、研究者の指摘するとおりだろう。ただし菊池寛、吉川英治、尾崎士郎、佐藤春夫、林芙美子、丹羽文雄その他が参加したこの作家部隊は、それほど華々しく活躍したわけではない。九月中旬に出発したものの、一〇月二六日の漢口占領を待つことなく同月中旬にはすでに一部が帰国しはじめ、当時の新聞でも「従軍作家の現地通信は、十分読者を満足させるやうなものではなかった」と批評されるありさまだった。[1]林芙美子のみは例外的に注目を浴びたが、これについては第八章で詳述する。

高崎隆治が、ペン部隊は「戦争協力という観点からは何ほどの効果もあげはしなかったろう」というのは、林芙美子を除き、きわめて妥当である。高崎はそのうえで、石川達三『生きてゐる兵隊』の筆禍事件を念頭に置きつつ、実は当局の「真意」が、生身の人間を戦場という圧倒的な現実のなかに投げ込むことによって、「文学の、文学者の非力をさとらせ」、「文学者の懐疑精神や批判精神を、一挙に粉砕する」ことにあったのではないかと推測する。[2]

しかし、当局が最初から文学者の無力化のみを狙っていたと考えるのであれば、それは言い過ぎだろう。漢口攻略戦の一方の当事国である中国では、一九三七年一一月から一二月にかけて上海、南京が相次いで陥落したのち、一流の文学者や文化人が次々と漢口に集結し、抗日の論陣を張りつつあった。また海外からも多くのジャーナリストがつめかけ、中国に同情的なニュースを配信した。ニュース映像にかんするものだが、当時の日本の新聞も、「支那事変以来、欧米諸国に伝へられたニュース写真は殆ど全部が支那側の巧妙な宣伝か或は……」と報じている

とおりである。(3)

そのころ、戦争における宣伝戦の役割が非常に重要になっていた。ペン部隊を企画した内閣情報部がそれを知らなかったはずはない。だが従来、こうした国際的な宣伝戦の観点、とりわけ中国の状況との比較からペン部隊の役割が論じられることは、ほとんどなかったように思われる。一九三六年七月以降、世界のジャーナリズムの焦点となっていたのはスペイン内戦であり、フランコ将軍にたいする人民戦線の反ファシズム闘争という報道の図式は、世界に大きな影響を与えた。そしてまもなく中国で、その視点を取り入れて、自分たちがその反ファシズム戦を東方で担っているのだ、という論調が現れる。自らを鼓舞するとともに、反ファシズムの国際世論に訴える戦略である。

本章では、ペン部隊の意味を考える基礎作業として、中国が自らを結びつけたスペイン内戦と、そこでのジャーナリズムの動きを概観したうえで、漢口攻略戦時の中国の宣伝状況を整理する。

1　スペイン内戦

スペインでは、一九三〇年代に入って以降、左右への政治的なゆれを繰り返したのち、一九三六年二月の国会選挙で左派が勝利し、人民戦線による共和国政府が成立した。(4) しかし、政府のコントロールをはずれた農民や労働者の無秩序な騒動が拡大し、政権を担うべき左派も分裂し、政情は不安定なままだった。そうしたなか、七月になるとスペイン領モロッコで駐屯部隊が反乱を宣言し、フランコ将軍がすぐさまその中心人物となる。スペイン内戦の始まりである。

ただし、とりわけ海軍と空軍の多くが政府支持に回り、反乱軍は順調に駒を進めたわけではなかった。フランコ将軍はただちにドイツとイタリアに輸送機等を要請し、一方、ほどなくソ連が共和国政府側を支援しはじめる。これらにたいして近隣のイギリス、フランスは不干渉政策をとった。政府軍側は正規軍や治安警備隊の一部が加わっていたとはいえ、各種労働組合の労働者等からなる市民兵、つまり戦闘の素人が主体になっており、しだいに劣勢に立たされる。

このとき、国際的に注目すべき動きが現れた。世界各国から義勇兵、ジャーナリスト、文学者たちが押し寄せたのである。かれらは政府側とフランコ側の両派に分かれたが、コミンテルンが共和政府のために組織し、一一月にはじめて参戦した国際旅団の場合、翌三七年には五九ヵ国三万五〇〇〇人の規模になっていた。その多くは労働者出身だった。アジアからの参加者も確認されている。日本人で唯一名前の判明しているのがジャック白井である。北海道出身の白井はニューヨークでコックとして働いていたが、アメリカ人義勇兵の第一陣九六名とともにスペインに渡った。中国人も何人か判明しているが、ジャック白井と同様、ほとんどがすでに欧米で暮らしていた人たちである。さらにフィリピン、インド、ベトナムからも参加者があった。[5]

文学者やジャーナリストに目を転ずると、そこにはアンドレ・マルロー、ヘミングウェイ、ロバート・キャパ、ジョージ・オーウェル等々、現在でも著名な人々の名前が現れる。かれらはいずれも共和国側として内戦に関わった。アンドレ・マルローは反乱開始直後にスペインに入り、義勇軍結成とともに航空隊長として参戦し、その経験をもとに小説『希望』（一九三七年）を発表した。ヘミングウェイは前後四回にわたって戦闘に加わったが、一九三七年二月に新聞社の記者としてスペインに入ったのが最初である。その二ヵ月後には、映画監督のヨーリス・イヴェンスとともにドキュメンタリー映画『スペインの大地』を製作した。ヘミングウェイはその後、スペイン内戦を主題とした『誰がために鐘は鳴る』（一九四〇年）を執筆することになる。一九三六年八月にバルセロナに到着した写真家のキャパは、共和国軍側で、「崩れ落ちる兵士」をはじめとする数々の報道写真を撮影した。[6]オーウェルが一九三六年一二月にスペインに入った表向きの目的は、ヘミングウェイと同様、雑誌記者だった。しかしすぐに義勇軍に加わり、その経験を『カタロニア讃歌』（一九三八年）に描く。[7]

より注目すべきは、ロバート・キャパをはじめとするジャーナリストである。著名なジャーナリストがスペインに集まり、「一八五〇年代が、外国大使の偉大な時代であったと同じように、一九三〇年代は、海外通信員の偉大な時代であった」とされる時代が到来した。[8] 戦争報道は特に第一次大戦時から本格化したようだが、ここにきて一挙に激しさを増し、スペイン内戦が世界のジャーナリズムの焦点となったのである。内戦当事者の両陣営もそのことを十分に承知しており、それぞれジャーナリストを積極的に受け入れ、同時に自派への支援を強く求めた。こうしたこともあいまって、ジャーナリストたちは内戦初期から支持陣営を明確にし、その報道はいわば国際的な宣伝戦争の様相を帯びた。[9]

このようなジャーナリズム戦のなかで、上記のように、現在まで名前の残る名作がすべて共和国側の作家によって書かれたことからもわかるように、ヨーロッパとアメリカの多くの作家は、この内戦を民主主義対反民主主義、自由と抑圧をめぐる戦いと理解した。スペイン国内でも大部分の作家と文学界全体はファシズム、すなわち反乱軍に反対した。[10] そして、コミンテルンの関与のもとではあるが、そうした空気のなかで、共和国側に世界の五九ヵ国から義勇軍が集まったのである。

だが、このように喚起された国際世論も、ドイツ、イタリア、ソ連等を除き、各国の政府を動かすには至らなかった。前述のようにイギリスやフランスは不干渉政策を、またアメリカも中立政策を取った[11]。そして開戦からほぼ三年後の一九三九年四月、フランコが内戦終結を宣言し、スペイン内戦は反乱軍の勝利のうちに幕を閉じる。

2　保衛大武漢

日本は一九三七年七月に日中戦争を本格化させると、一二月中旬までに、金融の中心地である上海と首都南京を矢継ぎ早に占領する。これにたいして中国は、すでに一一月二〇日に首都を内陸部の重慶に移転することを宣言していたが、国民党や政府の諸機関は多くがまず漢口（武漢）に移り、漢口が実質上の首都となる。中国共産党も周恩来らをここに派遣し、さまざまな文化人も集結し、漢口を中心とした抗日統一戦線の体制が整う。そして「保衛大武漢」がスローガンとなった。漢口は現在の行政区画では武漢市と呼ばれている。長江の中流域に位置し、もともと三つの町が隣接していた。市街地を南北につらぬいて流れる長江の東側が武昌、その対岸は漢水によってさらに南北に分かれ、南が漢陽、北が漢口である。明清以来、このうち漢口が最も栄え、とりわけ一八六一年に諸外国にたいして開港してからは、租界が建設されて各国の商社や銀行が立ち並び、対外貿易額が上海についで中国第二位を占めるまでに成長する。漢口を中心とするこれら三つの町は武漢三鎮とも総称されたが、一九二七年に一旦統合されて武漢に、さらに一九三二年には漢口特別市となっていた。(12) 一九三七、八年当時の日本の新聞では「漢口」と「武漢」が併用され、欧米の英語圏では Hankow〔漢口〕がよく用いられた。本書では武漢と漢口を区別せず、同じ意味で使用する。

一九三八年二月、国民政府の最高軍事機関であるとともに、事実上の戦時最高指導機関だった軍事委員会（委員長は蒋介石）のもとに、政治部が置かれた。宣伝や動員などの政治工作を行う部署である。そこには総務庁のほか第一、二、三庁が設けられ、そのうち四月一日に成立した第三庁が宣伝を担当し、庁長として郭沫若が招かれた。主任秘書は著名な劇作家の陽翰笙(ようかんせい)である。第三庁のもとには第五、六、七処が置かれたが、第五処長は上海文化界の抗日統一組織である上海文化界救亡協会で国際宣伝委員会主任として各種宣伝に携わっていた胡愈之、第六処長はやはり著名な劇作家の田漢、第七処長は哲学者でかつ武漢大学の教授だった范寿康である。陥落までの漢口の救国運動、宣伝活動は政治部の、特にこの第三庁が担うことになる。

第三庁はさっそく同月七日から一週間、抗日キャンペーン「拡大宣伝週間」を挙行する。ちょうどその時、「台児荘の大勝利」のニュースが伝わり、計画していた「たいまつ行進」を繰り上げて行ったが、武漢三鎮を合わせて四、五〇万人がつめかけ、長江の両岸をたいまつが照らしたという。[13] そのころ日本では、上海陥落、南京陥落をはじめとする各種「祝賀行事」として提灯行列が繰り返されており、中国でも同様のことが行われていたわけである。

さらに盧溝橋事件一周年を記念する大会が七月六日から三日間開かれ、大規模な集会やたいまつ行進のほか、献金活動が組織された。五ヵ所の固定献金台と三台の移動献金台には、献金する人の群れが朝から晩まで川の流れのように押し寄せ、それは靴磨きの子どもから人力車夫、埠頭労働者、女中、乞食まであらゆる人が含まれ、期間も二日間延長された。またこのとき政治部では、日本軍の残虐性を告発する『日寇暴行実録』を刊行している。第三庁はさらに抗敵宣伝隊、抗敵演劇隊、児童劇団などを組織し、前線や後方で宣伝活動を展開した。

この集会の期間中には朝鮮義勇隊を組織することも決まった。正式な成立は一〇月一〇日で、隊員は百二十余名だった。[14] そのころ鹿地亘夫妻とともに漢口の国民政府内で活動していた青山和夫によれば、以前日本人居留民が漢口を撤退するときに置き去りにされた残留朝鮮人や中国各地から集まった朝鮮人を主体とするもので、金元鳳とともに組織したのだという。[15] 漢口陥落の直前、この朝鮮義勇隊が動員されて漢口の町中に日本軍向けの標語を書きまくることになる。[16]

こうした一連の活動がさまざまな団体やメディアの協力のもとで行われていたのは、言うまでもない。このとき漢口では民間の抗日団体が七、八〇あったと見積もられ、三八年七月前後には、雑誌は一〇〇種に及んだ。また三七年末以来、『大公報』や『申報』といった主要紙の漢口版が出され、共産党からは理論誌として週刊の『群衆』や機関紙の『新華日報』が、国民党系では『武漢日報』、『掃討報』などが発行されていた。[17]さらに、こうした組織的な動きとは別に、中国現代文学を代表する作家のひとりである老舎は、三七年末に漢口に到着すると、抗戦活動の一環として文化の大衆化を進める運動に力を尽くしていた。[18]

さて、一九三八年五月一日のメーデーの行進に際して、歌うべき歌として、共産主義者の「インターナショナル」でも、国民党の「三民主義」歌でもなく、新たに作られた行進曲「マドリードを守れ」が採用された。[19]さらに六月一五日、中国共産党の陳紹禹（王明）、周恩来、秦邦憲（博古）らが連名で「武漢防衛と第三期抗戦問題についての我々の意見」を発表したが、それはスペインにおける反「ファシスト」の戦いと、中国における「日本のファシスト軍閥」との戦いを関連づけ、「武漢＝マドリード論」を展開するものだった。[20]続いて二七日、国民政府軍事委員会は「抗戦一周年宣伝大綱」を発表して「保衛大武漢」のスローガンを打ち出し、さらに「保衛大武漢」という歌が広く歌われる。その歌詞のなかほどは、「武漢は全国抗戦の中心、武漢は今日最大の都会、断固として守り抜こう、スペイン人民がマドリードを守っているように」となっている。[21]スペイン内戦と中国の抗日戦との性格の違いについては中国国内にさまざまな意見があったようだが、いずれにせよ、漢口に結集した人々は、自分たちの戦いを国際的な潮流のなかに置こうとしていた。

3　外国人ジャーナリストと国際宣伝

中国のこうした活動には、強力な援軍があった。海外からの国際的ジャーナリストである。一九三八年二月八日、それまでスペインで活動していた映画監督のヨーリス・イヴェンスが香港に到着し、すぐさま漢口へ入った。『スペインの大地』を完成させ、同じスタッフで引き続き中国のドキュメンタリー映画を撮影するためである。やや遅れて二月一六日にはロバート・キャパも香港に到着した。イヴェンスに誘われ、映画のスチル写真を担当することになっていたのだが、費用を補うため『ライフ』誌に写真を提供する約束もできていた。イヴェンスは中国の抗戦について、「それがまったく同じ種類の戦いであると感じた。つまり、スペインの侵略者に対する人民の戦い、そして中国での日本に対する人民の戦いということである」と述べる[22]。イヴェンスにとっても、スペインと中国は連続していた。

キャパの中国行きは、もともとは妻もしくは恋人であったゲルダ・タローが強く希望していたものだった。三七年七月七日に日本軍が日中戦争を本格化させた直後のことである。ところが、キャパといっしょにスペインで報道写真を撮影していたタローは、同月下旬に事故で死亡する。[23]イヴェンスによれば、そのキャパの気持ちを紛らわせるために、中国に誘ったのだという。いずれにせよ、こうして『ライフ』誌一九三八年五月一六日号の表紙は、キャパが撮影した中国少年兵の写真で飾られ、イヴェンスの映画『四億』も三九年に封切られることになる。

一九三八年当時、アンドレ・マルローとヘミングウェイはスペインへの援助を続け、ジョージ・オーウェルは結核で療養中であり、こうした人々が重ねて中国へ赴くことはなかった。しかし、それに代わるかのように新しい世代のジャーナリストたちが漢口をはじめとする中国にやってきた。主な者は、スペイン内戦にも参加したロゴフ（V. Rogov）（Tass）のほか、エドガー・スノー（Edgar Snow）、ジョージ・テイラー（George Taylor）、ジャック・ベルデン（Jack Belden）（UP, *Life*）、スティール（A. T. Steele）（*Chicago Daily News*）、マック・フィッシャー（Mac Fisher）（UP）、マイケル・リンゼイ（Michael Lindsay）（燕京大学教師）、ハロルド・ティンパレー（Harold Timperley）（*Manchester Guardian*）、フリーダ・アトリー（Freda Utley）（*London News Chronicle*）、アグネス・スメドレー（Agnes Smedley）（*Frankfurter Zeitung, Manchester Guardian*）、ティルマン・ダーディン（Tillman Durdin）（*New York Times*）、ウォルター・ボシャード（Walter Bosshard）（*Black Star*）、イェイツ・マクダニエル（Yeats McDaniel）（AP）、ペギー・ダーディン（Peggy Durdin）

(Tillman Durdin の妻)(*New York Times*)、モーリス・ボトー(Maurice Votaw)(上海の聖ジョーンズ大学、ジャーナリズム教授)などである。[24]

このなかで最も著名な人物は、三八年の漢口にはわずかに立ち寄っただけだったが、エドガー・スノーだろう。外国人としてはじめて共産党の延安地区で毛沢東らに取材し、その成果として一九三七年に出版された『中国の赤い星』は、中国共産党の実態をはじめて伝えるものとして高く評価された。これら通信員はいずれも中国に好意的だったが、なかでも精力的に活動したのが二八年にすでに中国に渡っていたアグネス・スメドレーである。盧溝橋事件が起こったとき延安の紅軍のもとにいたスメドレーは、三八年一月に漢口に入り、中国赤十字の寄付金集めに全力を注ぎつつ、記事を書き続けた。[25] スペイン内戦に参加したカナダ人医師ノーマン・ベチューンがちょうどこのころ漢口を経由して延安に入るが、それはスメドレーの要請によるものだった。[26] またティルマン・ダーディンは、日本占領後の南京の惨状を『ニューヨーク・タイムズ』に書き送った記者であり、スメドレーたちとともに陥落直前まで漢口に残った外国人のひとりである。

日本の内閣情報部が「情報宣伝研究資料」のひとつとして編纂した冊子『外国新聞に現はれたる支那事変漫画』に、アメリカの新聞『ブルックリン・デーリー・イーグル』に掲載された漫画が転載されている。日中戦争を象徴する兵士が、スペイン内乱を象徴する兵士を新聞の第一面から外へ押し出そうとしている絵柄で、「スペイン内乱記事をおしのけて　支那事変トップ・ニュースに現はる」という説明がつけられている。[27] 新聞の日付は一九三七年八月二三日である。スペイン内戦に最終的に決着がつき、フランコ将軍の独裁が始まるのは一九三九年のことだが、一九三七年のなかごろまでに大勢は右派に傾いていた。そこで、「世界中のジャーナリズムの目は漢口に集まり、反ファシズムの全世界的闘争はここに新たな最前哨基地を見出したようだった。漢口はたちまちジャーナリスト、外交官、政治的な急進派のメッカとなった」という状況が出現したのだった。[28]

これら外国人ジャーナリストの中国側受け入れ責任者は、アメリカでジャーナリズムを学んだ董顕光（Hollington K. Tong）である。ここで、かれが属していた国民党中央宣伝部に触れねばならない。一九三五年、もともと政治宣伝を担っていた国民党宣伝部に、国際宣伝を担当する組織としてはじめて国際宣伝処が設置された。一方、一九三七年の盧溝橋事件後、国防最高会議が組織され、宣伝を担当する第五部の国際宣伝担当副部長に董顕光が就任する。一一月半ばになると第五部が廃止され、業務は国民党中央宣伝部（国民党宣伝部より改編）に移され、機関は漢口に入る。三八年初頭、漢口で国際宣伝工作が本格化すると、四月八日、董顕光が副部長となり、これ以降、実質的に董が国際宣伝を統括した[29]。

この中央宣伝部が、第三庁と並ぶもうひとつの宣伝機関である。国際宣伝の基本方針について、董は次のように述べる。「政府の報道官が語るものは、バイアスのかかった情報源から出たものとして割り引いて受け取られることがわかっていた。われわれは、外国人通信員をはじめとする南京の外国人が、自分の目で見た直接的な話を伝えてくれるだろうと考えた。いま振り返ってみても、われわれは賢明だったと思う。自然にかかってくるバイアスのほかにも、われわれの不完全な通信機関では、ダーディンのように現場にいた外国人目撃者の、正確で詳細な、事実に基づく記事を入手するのは困難だとみていた[30]」。

こうしてかれらは、中国の抵抗を外国人レポーターや宣教師に語らせる方針で、自由に取材をさせてほとんど検閲をせず、また武漢時期に特に強調されたのは日本人の残虐性だったという[31]。こうしたなか、フィッチやマギーといったキリスト教関係者は、南京大虐殺の記録映画をアメリカに持ち出して各地で上映した。これが女性宣教師によって日本にも持ち込まれ、憲兵が発見するまで一年余り日本人クリスチャンの間で上映されたとされる[32]。ヨーリス・イヴェンスによれば、かれが撮影した映画にかんしてはきびしい検閲が行われていたようだが、いずれにしても中国側が国際的な宣伝をきわめて重視していたのは明らかである。

一九三八年二月、蒋介石はさらに、アメリカに人を派遣して日本軍による暴行の写真や映画を各地で展示上映し、「アメリカ世論の同情を引き、アメリカ政府の制裁措置実施を促す」ことを指示する。アメリカ人を含むこの宣伝要員は四月までにアメリカに到着して任務についた。また、中国と関係を持ちつつもアメリカ人自身によって組織された「日本の侵略に加担しないアメリカ委員会」が、精力的な活動を展開する。[33] このように、少なくとも中国の周辺では、スペイン内戦を思わせる国際的なジャーナリズム戦が展開されていた。

小　結

一九三〇年代のなかごろ、国際的なジャーナリズムの焦点はスペイン内戦にあった。そこでは共和国政府側とフランコ将軍側のいずれも、それぞれにジャーナリストを味方につけて国際的かつ活発な宣伝戦が展開されていた。そのなかで、共和国政府側からはヘミングウェイ『誰がために鐘は鳴る』やオーウェル『カタロニア讃歌』のほかに、キャパの写真「崩れ落ちる兵士」など、後世に残る作品が現れる。そうした作家やジャーナリストはスペイン内戦を民主主義対反民主主義、自由対抑圧の戦いと位置づけた。

この内戦はほどなくフランコ将軍側に有利に傾きはじめるが、そのようなとき東方で新たに勃発したのが日中戦争であった。中国側は、「保衛大武漢」をスローガンとしつつ、国内はもちろんのこと、国際的にも宣伝を強化する。そして「武漢＝マドリード論」によって、スペインの反ファシズム闘争を受け継ぐものとして自分たちを位置づけ、それに応えるかのようにロバート・キャパやアグネス・スメドレーをはじめとするジャーナリストが、中国の立場に立ったニュースやニュース写真を世界に送り出す。

漢口攻略戦をひかえた一九三八年八月末に日本側がいよいよ「ペン部隊」を組織し、著名な文学者を利用して宣伝を本格化しようとしたとき、中国はすでに以上のような態勢に入っていた。

注

(1) 上泉秀信「作家動員の用意」『東京朝日新聞』一九三八年一〇月一七日朝刊。

(2) 高崎隆治「ペン部隊に関する覚え書」『日本文学誌要』第一八号、一九六七年一〇月、二三〜二四頁。

(3) 「漢口攻略戦に　一米人カメラマン決死の従軍　デマ粉砕に初の許可」『東京朝日新聞』一九三八年九月一八日夕刊。

(4) 以下、ヒュー・トマス『スペイン市民戦争』1・2、みすず書房、一九六二年／E・H・カー

『コミンテルンとスペイン内戦』岩波書店、一九八五年、等による。

（5）石川捷治・中村尚樹『スペイン市民戦争とアジア――遥かなる自由と理想のために』九州大学出版会、二〇〇六年。

（6）リチャード・ウィーラン『キャパ――その青春』文藝春秋、一九八八年。

（7）F・R・ベンソン『武器をとる作家たち』紀伊國屋書店、一九七一年。

（8）前掲、ヒュー・トマス『スペイン市民戦争』1、一一二頁。

（9）川成洋編著『資料・三〇年代日本の新聞報道――スペイン戦争の受容と反応』彩流社、一九八二年、一一～一二頁。

（10）前掲、F・R・ベンソン『武器をとる作家たち』二六、一六頁。

（11）前掲、ヒュー・トマス『スペイン市民戦争』1、二九四頁。

（12）皮明麻主編『近代武漢城市史』中国社会科学出版社、一九九三年、三三九、三五〇頁。

（13）以下、郭沫若『抗日戦回想録』平凡社、一九七三年による。

（14）胡春恵『韓国独立運動在中国』中華民国史料研究中心、一九七六年、一五四頁。

（15）青山和夫『反戦政略――中国からみた日本　戦前・戦中・戦後』三崎書房、一九七二年、九五～九七頁。

（16）前掲、郭沫若『抗日戦回想録』一八九頁。

（17）田中仁『１９３０年代中国政治史研究』勁草書房、二〇〇二年、一五三～一五六頁。

（18）Stephen R. MacKinnon, *Wuhan, 1938 : War, Refugees, and the Making of Modern China,*

University of California Press, 2008, p. 71-75.

(19) 同書、p. 93.

(20) 中村義「スペイン内戦と中国」『東京学芸大学紀要』第三部門第三三集、一九八一年一二月、一四一頁。

(21) 『武漢文史資料』総第七三輯、一九九八年、一六〇頁。

(22) ヨーリス・イヴェンス『カメラと私――ある記録映画作家の自伝』未来社、一九七四年、一六三～一六四頁。

(23) 前掲、リチャード・ウィーラン『キャパ――その青春』二二六頁。

(24) 前掲、Stephen R. MacKinnon, *Wuhan, 1938 : War, Refugees, and the Making of Modern China*, p. 99／前掲、リチャード・ウィーラン『キャパ――その青春』二六六頁。

(25) ジャニス・マッキンノン、スティーヴン・マッキンノン『アグネス・スメドレー――炎の生涯』筑摩書房、一九九三年、二四二～二四四頁。

(26) 高杉一郎『大地の娘――アグネス・スメドレーの生涯』岩波書店、一九八八年、一八九頁。

(27) 津金澤聡廣・佐藤卓己編『内閣情報部情報宣伝研究資料』第三巻、柏書房、一九九四年、四一九頁。

(28) 前掲、ジャニス・マッキンノン、スティーヴン・マッキンノン『アグネス・スメドレー――炎の生涯』二四二頁。

(29) 土田哲夫「中国抗日戦略と対米「国民外交工作」」石島紀之・久保亨編『重慶国民政府史の研

究』東京大学出版会、二〇〇四年／中田崇「中国国民党中央宣伝部と外国人顧問——一九三七—四一」『軍事史学』通巻第一六三号、二〇〇五年一二月／Hollington K. Tong, *China and the World Press*, [s.n.], c1948, p. 40.

（30）前掲、Hollington K. Tong, *China and the World Press*, p. 54.

（31）前掲、Stephen R. MacKinnon, *Wuhan, 1938 : War, Refugees, and the Making of Modern China*, p. 105.

（32）前掲、Hollington K. Tong, *China and the World Press*, p. 55.

（33）前掲、土田哲夫「中国抗日戦略と対米「国民外交工作」」一三三〜一三六頁。

第六章　漢口を目指す日本人
――鹿地亘と長谷川テル

はじめに

一九三八年の漢口に集結した外国人はジャーナリストだけではなかった。ほかにも反ファシズム代表、フランスの平和主義者、世界学生聯盟代表、欧米の進歩的文化人、アジア諸民族代表、南洋華僑代表、インドの医療義勇隊などが到着していた。中国側は漢口をスペインのマドリードになぞらえ、世界的な反ファシズム運動の焦点として位置づけようとしていたのだが、まさにそのような様相を呈しつつあった。そしてそのなかに朝鮮人と、ごくわずかではあるが日本人の姿もあった。のちに日本兵による反戦同盟を組織することになる鹿地亘や、日本軍にたいして反戦活動を行ったエスペランティスト・長谷川テルなどである。

鹿地亘（一九〇三～八二）は回想録等を執筆しているほか、その資料を復刻した鹿地亘資料調査刊行会編『日本人民反戦同盟資料』全一二巻・別巻一（不二出版、一九九四〜九五年）は、当時の中国内で展開された日本人による反戦運動を知るうえできわめて貴重なものである。鹿地自体についての研究も若干存在するが、漢口滞在よりのちの反戦同盟の時期に集中している。一方の長谷川テル（一九一二〜四七）については、エスペラント版の著作集 *Verkoj de Verda Majo,* **Ĉina Esperanto-Eldonejo, 1982,** 中国語版の龔佩康編訳『緑色的五月――紀年緑川英子』（生活・読書・新知三聯書店、一九八一年）、その日本語版の龔佩康編、友常一雄訳『みどりの五月――緑川英子記念』（中国旅遊出版社、一九八三年？）、ほかに宮本正男編『長谷川テル作品集――反戦エスペランチスト』（日本平和論体系17）（日本図書センター、一九九四年）などがあるほか、伝記的研究も進んでおり、比較的新しいものとしては『長谷川テル』編集委員会編『長谷川テル――日中戦争下で反戦放送をした日本女性』（せせらぎ出版、二〇〇七年）がある。ただし、これまでの研究は主にテルの思想と行動を称揚することに焦点が当てられてきた。

石川達三や火野葦平は、新聞報道や浮かれた国民への違和感に捉われながらも、政府およびその戦争にたいする疑念は封印していた。それにたいして鹿地亘と長谷川テルはいずれも、日本が中国に仕掛けた戦争を明確に侵略戦争と認識し、日本にたいする絶望感から出国したと考えられる。本章では、このふたりの日本人が当時の社会状況のなかで何を感じ、どのような経緯をたどって漢口へ引き寄せられ、そこで何を見出したのかを明らかにする。これによって、陥落直前の漢口（武漢）がどのような状況だったのかを再確認するとともに、石川、火野をはじめとする、あくまでも日本側の立場から執筆活動を展開した文士たちを多少とも相対化する視点が得られると思われる。

1　プロレタリア作家として

鹿地亘が出国するに至った経緯をまず見てみよう。鹿地の本名は瀬口貢（せぐちみつぐ）、一九〇三年五月に大分県の地主の家に生まれた。(1) 一九三八年に漢口へ入ったときは三五歳になっていたことになる。鹿児島の第七高等学校を経て一九二四年に東京帝国大学の国文科に入学した。専攻は江戸文学である。ところが、大学二年が終わった春休みに帰省の汽車のなかで、友人に勧められた英語とドイツ語のレーニン『国家と革命』を退屈しのぎに開いてみたところ、「第一頁から、すっかり魅了され、魂をひとつかみにされ、総身がぞくぞくするような戦慄にしばしばおそわれ」、生活が一変することになった。(2) そして、社会文芸研究会や新人会に加入し、(3) マルクスやエンゲルスの著作を読みはじめる。

鹿地はこののち一直線に左翼運動のなかへ身を投じ、一九二五年に創刊されたばかりの日本共産党の機関紙『無産者新聞』に関わりながら、在学中からプロレタリア作家、評論家として頭角を現しはじめる。大学を卒業した一九二八年三月には、この月に成立した全日本無産者芸術連盟（ナップ）に参加した。ナップは、プロレタリア文学運動を統一するために結成された組織で、蔵原惟人（これひと）、中野重治、小林多喜二、徳永直、佐多稲子、中条（宮本）百合子、壺井繁治そのほかが加わっていた。さらに一九三一年一一月には、ナップの後継団体である日本プロレタリア文化連盟（コップ）に加わる。[4]

この間、一九二五年から一九三三年ごろにかけて、鹿地は『文芸戦線』『辻馬車』『プロレタリア芸術』『戦旗』等々の雑誌に評論や小説を精力的に発表した。このうち『文芸戦線』は、日本におけるプロレタリア文学の出発点となった『種蒔く人』が一九二三年に廃刊したのちに、それを継ぐものとして発行された雑誌であり、『戦旗』は全日本無産者芸術連盟（ナップ）の機関誌として一九二八年五月に発刊されたもので、小林多喜二の『蟹工船』や徳永直の『太陽のない街』もここに発表された。

一九三二年一月には小林多喜二の紹介で日本共産党に入党する。そして同年七月に日本プロレタリア音楽家同盟が第二回全国大会を開いたところ、当局にただちに解散させられ、「コップ書記長プロ作家鹿地亘及び同人妻川野さくらをも引致取調べを進めてゐる」と報道された。[5]

実はこの年の三月から六月にかけて左翼文化人、知識人が集中的に摘発され、吉野作造なども逮捕されており、この時期は、一九三五年に日本共産党の中央部が解体する前夜にあたっていた。鹿地自身によれば、「一九三一年から三十四年のはじめまで、……十八回留置場に投ぜられた」という。(6)

一九三三年二月には小林多喜二が殺され、一九三四年には鹿地も治安維持法違反で逮捕され、未決として二年近くを獄中で過ごした後、禁固二年、執行猶予五年の判決を受けて一九三五年一一月に出獄。一九三六年一月、日本を脱出して中国へ向かった。

この前後に政治的な理由で国外に逃れた人物としては、一九二六年に石垣綾子がアメリカに渡って反戦活動を繰り広げ、一九三一年に野坂参三が、ややのちの一九三八年には女優の岡田嘉子と演劇家の杉本良吉がいずれもソ連に入っている。鹿地の場合はどのような理由から中国へ行こうとしたのだろうか。鹿地自身は、「海のむこうの大陸には、さしせまる日本の侵略の手にたいして、民族解放ののろしがあげられており、……せめて、そうした大きな闘いのなかに死場所がもとめられたらという気もちがさきにたっていた」と言う。(7)これは戦後になってからの回想であり、出国時の正確な心情は確認しようもないが、日本国内ではもうこれ以上何もできないという想いがあったのだろう。

鹿地は、剣劇劇団「遠山満一座」にもぐり込んで巡業先の中国へ渡った。遠山満はロサンゼルスの日本人街にある小劇場で上演した際にはチャップリンにも認められたという、戦前から戦後にかけての演劇人である。(8) 音楽教師をしていた鹿地の下の妹が遠山満一座の座長と知り合いで、鹿地に紹介したのだとされる。鹿地は前年の一一月に出獄したさいに離婚しており、単身での渡航であった。

2　魯迅との出会い

こうして一九三六年の一月末に上海に到着した鹿地は、かねてから名前を知っていた魯迅を紹介してもらうために、まず内山書店を訪ねた。内山完造の経営するこの書店は、魯迅をはじめとする上海の進歩的文化人のサロンのような場所だった。魯迅に会うことができたのは、二月六日のことのようだ。鹿地は魯迅の写真さえ見たことがなかったが、魯迅が内山書店の入り口に現れたとき、その「人品」によってすぐに分かったという。魯迅は日本の解放運動に詳細に通じており、蔵原惟人や中野重治をはじめとする鹿地の同志たちの名前をあげ、親しみを込めて尋ねかけてきた。鹿地は、「この数年間、……自分らの過去の仕事にさえも、ややもすれば自信を失いかけ、不安に陥りがちであった」なかで、「国外に出て、思いがけずも、かくも温かな関心、私たちの仕事が結んでいた隣邦との友情の結実、私たちの仕事の、高い同志的評価を見出したとき、まったく泣きださんばかりであった」(9)。幸運なことに鹿地は、日本の社会とは対極的な、自分をそのまま完全に受け入れてくれる場所を、中国に到着してすぐに見出したのだった。

鹿地はまた劇作家の夏衍、小説家の蕭軍や欧陽山、翻訳家の黄源、文芸評論家の胡風その他の人々とも知り合うことになる。そして、そのような環境のなかで文筆活動を再開し、日本および中国の雑誌に投稿しはじめた。早い時期のものとしては日本で発表した「上海通信（第一回）」（『文学評論』一九三六年三月一日）、「魯迅と語る（会見記）」（『文芸』一九三六年五月一日）がある。中国の雑誌では、一九二〇年代から三〇年代当時の日本の文学状況を回想した「文学の方法についてのある回憶」（『熱風』一九三七年）を書いている。

さて、一九三六年一〇月一九日に魯迅が死去する。二日前の一七日午後に魯迅は胡風をともなって鹿地を訪ねており、鹿地は魯迅が訪問した最後の外国人作家だったとされる。葬儀は二二日に上海万国公園で行われ、このとき棺を担った一二人の右側最前列に鹿地がいた。左の最前列は巴金である。これは魯迅のまわりにいた若い作家たちのなかに、鹿地が十分に受け入れられていたことを示している。

一九三七年七月、盧溝橋事件を契機として日本軍が本格的に中国へ進攻しはじめ、八月一三日には戦火が上海にも及ぶ。このため、それまで日本人租界で暮らしていた鹿地夫妻はフランス租界に移り[10]、中国人やアメリカ人の家を転々とする。そして日本軍が一一月一一日に上海を占領した直後、鹿地は、日本がフランス当局にたいして自分の逮捕引き渡しを求めていると知らされる。夫妻はその月末、上海を離れて船で香港へ向かった。

船は四、五日で香港に着いたが、このとき香港には知り合いはひとりもいなかった。ひとまず自力で宿を取り、翌日から新聞広告で職探しを始める[11]。三日目の朝、妻の幸子がその新聞を見ていて、夏衍の紹介で顔見知りだった知人が香港のＹＭＣＡで講演するというニュースに気づく。翌日講演会場に出かけたふたりは面会を果たし、これがきっかけとなって、さらにその翌日、まず新波が鹿地の宿にやってくる。新波は魯迅が育てた青年版画家のひとりで、鹿地夫妻とは特別昵懇だった。そののち、何人かの中国人と新しく知り合うが、香港で夫妻の生活を特に援助したのは新波と、陳霊谷、陳畸の三人である。そして陳畸の紹介で、同じ街筋の漢方医の一室を借りることになった。このうち新波の本名は黄裕祥で、広東省台山県の出身だが、実は陳霊谷、陳畸、そして最初に会った「知人」の三人には明確な共通点があった。三人は同郷で、いずれも広東省東部のいわゆる海陸豊の出身なのである。

本書第四章ですでに紹介したように、海豊、陸豊の両県は中国農民運動の発祥地であり、それがやがて毛沢東の中国革命に受け継がれることになる。そして少なくとも陳霊谷と陳畸のふたりはこの農民運動に深く関わった経歴を持つ。[12] 鹿地自身は、「華南の農村社会の紐帯のうちに迎えとられているのではあるまいか」と記しているが、[13] まさに、上海の魯迅周辺にいた新波を媒介として、魯迅のグループから海陸豊に出自を持つ農民運動経験者のグループに引き継がれたのだった。

そのような鹿地夫妻のもとに夏衍がふたたび姿を現す。夏衍はそのころ、上海失陥のために発行できなくなった『救亡日報』を再刊するために、広州に入っていた。鹿地を訪れた用件は、「侵略戦争反対の声明」になるような小文を、署名入りで書いて欲しいというものだった。すぐに完成した文章は夏衍が中国語に翻訳した。井上桂子によれば、この文章は「現実の正義」と「所謂〝国民の総意〟」の二篇で、前者は一九三八年一月の『救亡日報』と、二月八日の『新華日報』に、後者は三月九日の『新華日報』に掲載された。日本による中国侵略は「国民の総意」ではなく「軍閥の総意」であること等を論じたものだが、署名を入れたことによって、日本人が明確に中国侵略を批判する文章となった。

これを受けて中国共産党の側では、漢口や広州の文化界を動かし、鹿地夫妻を漢口に迎える請願署名運動を展開する。こうして三月一六日には、軍事委員会政治部の陳誠部長がふたりの受け入れを決定した。政治部とは、先にも触れたように、戦時の最高指導機関だった軍事委員会（委員長は蒋介石）のもとに設置された、宣伝や動員などの政治工作を行う部署である。翌一七日にその知らせが鹿地のもとに届き、夫妻は、国民党から派遣されたふたりの軍人に護衛されて三月一八日に列車で広州に入った。二一日には列車でさらに北上し、三日目に武昌に到着し、そのまま漢口に向かう。

3　中国へ渡った女性エスペランティスト

漢口での鹿地の動向を紹介するまえに、長谷川テルが出国に至った経緯を見ておこう。長谷川テルは鹿地亘より九年遅く一九一二（大正元）年三月に山梨県で生まれたが、父親が東京市の土木技師だったこともあり、おおむね東京で暮らした。[14] 東京府立第三高等女学校（現、都立駒場高校）を経て、親には内緒で奈良女子高等師範学校（現、奈良女子大学）と東京女子大学を受験して両方に合格し、奈良を選んだ。そののち親友の長戸恭とともに警察に逮捕される事件があり、わずか一週間で釈放されるものの、このために退学処分となる。一九三二年九月、テル二〇歳のことだった。逮捕容疑は左翼思想である。前述のように、一九三二年は左翼文化人や知識人が集中的に摘発された年であり、日本各地の（旧制）高等学校でも思想運動に関連して特高警察による検挙や学校側による生徒処分がピークを迎えるのが、まさに一九三一年から三二年にかけてだったとされる。[15]テルらもこの流れのなかで逮捕されたものと考えられる。

ただし、実際に左翼運動に関わっていたのではなく、警察に目をつけられた原因としては、親友の長戸が京都の日本プロレタリア・エスペランティスト同盟に通い、テル自身も、当時左翼的なものと見なされていたエスペラントを学習しはじめていたことなどが考えられる。日本プロレタリア・エスペランティスト同盟は一九三一年に結成され、「プロレタリア解放の武器としてのエスペラントの実用」をかかげる団体だった。[16]高等師範学校を退学して東京の自宅に戻ったのちは、会話の習得のために日本エスペラント学会の講習に参加し、一九三三年一月からはタイプライター学校に通いはじめる。

さてタイプライター学校を三月に終了すると、そのころ本郷にあった日本エスペラント学会の事務所で無給勤務をはじめ、本格的にエスペラントに関わりはじめる。同年一〇月には小林多喜二『蟹工船』のエスペラント抄訳を発表し、一九三五年二月には姉とともに自宅でエスペラント婦人の会を立ちあげ、日本プロレタリア・エスペランティスト同盟にも加入する。さらに中国上海のエスペラント協会の機関誌『世界』にも投稿し、編集長の葉籟士と文通を始めた。

この人物がのちに中国でしばしばテルを援助することになる。

このようななかで出会ったのが、中国東北部出身で、そのころ東京高等師範学校（現、筑波大学）に留学中だった劉仁である。劉もまた東京で、他の何人かの中国人留学生とともにエスペラントを学んでいた。一九三六年、テルの父親が五五歳で定年退職すると、テルは両親に内緒で劉仁と「結婚」してしまう。ただし一緒に暮らすことはなかった。勝手に「結婚」していること、そして劉仁とともに中国に渡るつもりであることを両親に告げたのは、翌一九三七年三月のことである。そして同月二三日に劉仁が先に上海へ渡り、四月一五日には、テルもそのあとを追って横浜港からひとり船に乗った。このときテルは二五歳だった。

船は一九日に上海に到着し、劉仁が出迎えてくれた。劉の友人宅で数日間休んだのち、ふたりは劉の知人夫婦といっしょにフランス租界に家を借りる。劉は、そのころ設立されたばかりの時局問題パンフレットの発行所で働いていた。テルは自宅で家事をすることになったが、日本人であることを隠すため、マレー出身で中国語のできない華僑ということにした。他の人のいる前ではふたりはエスペラントを使い、それがつまりマレー語ということである。

テルは漢口時代直前までの自伝『戦う中国で』を残している。[17] 以下では、主にこの『戦う中国で』によりつつ、中国に渡った経緯と中国でテルが感じたことを整理してみよう。

テルはこの自伝を、自らの結婚問題から綴りはじめる。日本を離れて中国へ渡る直接の要因となった劉仁との結婚をめぐる、自分と周囲の人々との衝突である。「多くの日本人には中国人を軽蔑する習慣がある」、「私の両親や親類の者たち……の表現によると――私は中国人と結婚することによって、自分自身も家庭をも好きこのんで恥ずかしめることになるのだ」（二三〜二四頁）。テルはこれを民族問題としてとらえ、「私たちエスペランチストにとって民族は絶対的なものではない。それはただ、言語、習慣、文化、皮膚の色などの相違を意味するだけである。私たちはお互いを「人類」という一つの大家族の兄弟であると考えている」（二四頁）と言う。

そもそもザメンホフがエスペラントを考案したのは、言語学的な興味からではなく、少年のころ暮らしていた町で、ロシア人、ポーランド人、ドイツ人、ユダヤ人などがことごとにいがみあう姿をみて、それは互いに理解し合える共通の言語がないためだ、と考えたことに由来するとされる。そしてさらに、エスペラントに内在する思想として、民族や国家を超えた「人類人主義」を育てようとした。「人類人」とは、人類の一員であることを指す。だが、ドイツのヒトラーや日本の支配者たちは、他民族にたいする憎悪と侮蔑心を煽り、民族のあいだに「溝」を作ろうとしている（二五頁）。ここに、『戦う中国で』のテーマが明確に現れている。テルは中国到着から漢口入り直前までのあいだに、民族間に限らない、さまざまに形を変えた溝や隔離、離散を経験することになる。

四月一九日に上海へ到着したテルが「港を出て最初に見たものは、半裸体の苦力の集団と、立ち並んだ近代的な建築の群れであった」(二七頁)。ここは、金持ちと貧民とが、決して交わることなく共存している街だった。テルは、「私は上海がきらいだ。この町はバラバラに引き裂かれた身体を想像させ、そのイメージはいたましい」と言う(二八頁)。

さらに七月七日には日中が全面的な戦争状態に入り、在留邦人が次々と帰国していくなかで、テルは自分たち夫婦を、「祖国へ帰ることもできず、夫の国へ入ることもできず、まるで両側から狩り立てられているあわれな野兎」のように感じた(四五頁)。これに加えて、夫・劉仁との言葉の溝が、テルの疎外感を深める。それを感じるのは、ふたりが友人といるときである。テルは出国前にすでに中国語の勉強を始めていたようだが、まだ会話はむずかしかった。そのため、「私には理解できない何ごとかについてみんなと笑い、はしゃいでいる劉仁さえもが、私のものではなく、だれか見知らぬ、遠い人のように思われてくる……」のだった(三二頁)。

4　中国人エスペランティストのなかで

このようなテルを助けたのが、中国人エスペランティストたちだった。テルと劉仁が友人夫婦と共同で上海のフランス租界に家を借りたその週のうちに、ふたりの客が訪ねてきた。ひとりはかつてテルと文通したことのある葉籟士、もうひとりは張企程で、ともにエスペランティストである。こうしてエスペラント界と接触したテルは、イギリス租界にある上海エスペラント協会の事務所を訪ねた。そこには責任者の楽嘉煊(がくかけん)が妻と三人の子どもと住んでいた。

七月一五日には、上海エスペラント協会がエスペラント五〇年祭を開催し、同志が三〇〇人以上も集まった。広州や北平（北京）などからの代表者もいた。ここでは、「エスペランチストの理想と中国人民の理想とは完全に一致」した。「エスペランチストも中国人民もともに他の民族に抑圧されることを望まないし、また他の民族を抑圧することも望まないのである」（三六頁）。エスペラント五〇年祭は、バラバラな街・上海にあって、ある種の一体感をテルにもたらしてくれた。言語面で疎外感を感じる必要もなかった。このときテルは、中国渡航を手助けしてくれた東京の中国人留学生を思い出す。かれらもエスペランティストだった。またすぐに女性エスペランティストの友人もでき、よく一緒に街を歩いた。「みどりの友だちのおかげで、上海は私にとってはまったく疎遠な町にならずにすんだ」(三八頁)。「緑」はエスペラントのシンボルカラーであり、エスペラント旗(緑星旗)も緑色を基調としている。

八月一三日、上海戦が始まる。このとき、しばらく休刊になっていたエスペラント誌『吼える中国』が再刊され、テルは他の人たちの原稿をタイプライターで清書し、誤植を校正するとともに、自らも文章を寄稿した。そのなかでこうした雑誌などに協力する意味についても言及し、「私は中国人民とともにあります! そのことに私は喜びを覚えるのです」という。[18] そして、「エスペラントのおかげで、上海においてまるきりの異邦人ではなかった。……私は第三者ではなかった」と繰り返す(四〇頁)。上海は難民の流入によって家賃が高騰し、テルたちはアパートを追い出されるが、このときふたりを助け部屋を貸してくれたのも、初対面の、しかしやはりエスペランティストの馮だった。

一一月一二日、上海が日本軍に占領された。抗日的な言動は厳重に禁止され、文化人たちは漢口やそのほかの土地に去っていった。上海エスペラント協会の楽嘉煊も妻と下の子どもたちは上海を離れ、長男は抗日軍に参加した。こうして、その家族はバラバラになった。エスペラント五〇年祭で集まった仲間も漢口、重慶、故郷等々へと散り散りになり、いつ再会できるのか、もはやわからなくなってしまう。エスペラントによってかろうじて中国とつながり、一体感を得ることのできたテルの前に、バラバラの上海がふたたび姿を現す。テルは、「香港と広州を通過して、抗日戦の新しい中心地である漢口へ行こうと思う」（五六頁）。

二七日、テル夫妻もひとまず広州にむけて出航した。広州に到着したのは、おそらく一二月三日である。船を降りてホテルに向かおうとしたとき、いやな顔つきの男に呼び止められた。刑事だった。もしテルが日本人ならば、戦時布告によって劉は即刻離婚しなければならないという。テル自身が中国に溶け込めないだけでなく、いまや、テルを中国から強制的に引き離そうとする力が加わることになった。なんとか刑事をやり過ごし、金持ちに見せかけるためにその日は高級ホテルに泊まったが、葉籟士に借りた金は、もうほとんど尽きていた。

翌日、中山大学の学生エスペランティストが訪ねてきて、もっと安いホテルに案内してくれた。さらにその後、広州代表としてエスペラント五〇年祭に参加していた女性が現れ、数日間のホテル滞在費を支払い、学生が住み込みで救国活動をやっている建物にテルたちを連れて行ってくれた。こうして落ち着く場所ができた。

しかし、劉に仕事が見つからないだけでなく、言葉の障壁のため、救国活動に参加することもできない。さらに、広州に来てみると、上海には良い点もあったことに気づく。各地から人が寄り集まっている上海では、だれも個人の履歴を気にしないのである。だが広州は違った。

姿の違うテルは、通りに出かけると、「多くの好奇心にみちたまなざしに出会う」のだった（七六頁）。こうして、上海とは別の孤独感に襲われることになる。

一二月一三日、南京が日本軍の手に落ちた。その年末も押し迫ったころ、上海から葉籟士や、部屋を貸してくれた馮たちがやってきて、テルにひとときの安らぎを与えた。しかしそれもつかのまのこと、まず馮が、漢口よりもっと奥地の延安をめざして去り、次に葉籟士が漢口に向かった。あとには上海のエスペランティストがふたり残ったものの、こうしてまた散り散りとなった。ただ、劉仁が英語学習雑誌の編集を任されて生活のめどがつき、テルのタイプライターがまた活躍することになる。

一九三八年二月、広東省政府宣伝部のもとに広東国際協会が設置された。エスペラント、日本語、英語の三言語を使って国際的な宣伝を行うための組織である。テルはここで、ふたたびエスペラントを使って抗日活動ができるようになる。だが、まもなく、通りでふたたび刑事にあとをつけられた。飛行機が頭上を通過したとき、たまたま日の光を遮るためにハンカチを取り出したことで、飛行機に目標を知らせるスパイと思われたらしい。テルは、即時追放を言い渡され、翌日、劉仁とともに香港に赴く。こうして、ついに強制的に中国から引き剝がされた。テルは言う、「私を待っているものは何もない。まっくろな、絶対的なゼロ……」（九三頁）。

一年近くに及ぶ上海と広州の生活は、さまざまな形で引き裂かれた重層的な疎外感のなかで、エスペランティストとのつながりのなかにつかのまの一体感を見出し、またかれらによって精神的にも経済的にも支えられたものだった。テルは、「私たちが砂漠のさすらい人であるとすれば、エスペランチストは私たちにとってオアシスのようなものだろう」と述べる（七一頁）。ただしテルに希望を与えていたのはエスペラントだけではなかった。最終的には香港へ追放されるものの、とりわけ広州に移ってから、いっそうテルを捉えはじめていたものがあった。漢口である。

5　漢口へ

ここでもう一度、鹿地亘に戻ろう。一九三八年三月に漢口へ入った夫妻は、胡風に再会するとともに、郭沫若、陳誠といった要人と面会し、四月五日付けで夫婦ともに軍事委員会政治部設計委員に任命される。これは決まった任務があるのではなく、郭によれば「対敵（日）宣伝と敵（日）情研究の顧問」として関係者の相談に乗ればよいというものだった。給料は夫婦ともに、この種の中国人の倍に相当する五〇〇円である。

そののち、三月二七日に漢口のＹＭＣＡ講堂で開かれた抗敵文芸家協会の発会式では、鹿地夫妻も出席してあいさつをするよう求められた。当日、主席団代表の邵力子（しょうりきし）は、登壇して開会を宣言すると、自分自身のあいさつよりさきに鹿地夫妻を紹介した。郭沫若に促されて壇上に立った鹿地は、日本を覆う不安、そのなかで戦う人々、鹿地たちのような日本人は「自分たち」だけではないことなどを語った。通訳は胡風である。会場は「ものすごいほどの拍手の嵐が人も声も呑みつくし」た。あいさつが終わってみると、会場には馮玉祥（ふうぎょくしょう）や周恩来といった政界の要人、丁玲や田漢その他の多くの作家たちもいる。鹿地は、「あの拍手の底から湧いた鳴動の響きを忘れることができない」と言う。「まぎれもない魂の触れ合った瞬間のおのずからな呻き」であり、「よくきてくれた！　もはやなにをいうことがあろうか」という感動であり、「無条件の一体感」だった。[19]

こうして抗敵文芸家協会の発会式は、漢口に着いて間もなくだったにもかかわらず、前後一〇年に及ぶことになる鹿地の中国滞在のなかで、ひとつの頂点をなすものとなった。日本で繰り返し迫害にさらされてきた鹿地は、上海で魯迅とそのグループに温かく迎えられ、香港では海陸豊の人々に守られ、そして抗日中国の心臓部ともいうべき漢口で、自分をそのまま熱烈に受け入れてくれるものに出会ったのである。

三月二七日とその後の鹿地の動向は、すぐに日本でも報道された。たとえば『東京朝日新聞』

三月二九日夕刊は、「男一人女一人、たつた二人の日本人が漢口にゐると云ふ殆ど信ずべからざる事実が本日の支那新聞紙に報ぜられてゐる」と、驚きを隠さない。そして漢口の「全国文芸会抗敵協会」成立大会で演説したことを伝える。[20] また「プロ作家の鹿地亘　漢口で奇怪な演説？　日本女性と二人で現る」[21]、「祖国に弓引く鹿地」[22]、さらに四月一三日付け『東京朝日新聞』朝刊は、「売国奴作家・この醜状」の見出しで、「一億同胞ががつしりと腕を組んで祖国日本の戦捷と東亜和平の実現に邁進してゐる時に、同じ日本人の身でありながら支那人民戦線の内部で祖国に弓引く数々の売国的暗躍を続けてゐる」と断罪し、同日の『読売新聞』朝刊も「抗日支那に躍る国賊！　鹿地亘夫妻　八ッ裂きなほ足りぬ　売国演説と論文」という見出しを掲げた。この時、鹿地亘夫妻は中国と日本で正反対の評価をされたのだった。

陥落に先立つ数ヵ月間、漢口はスペイン内戦における人民戦線を継ぐものとして、「今や国際反ファシズム戦線の東方における「聖地」の観を呈し」、西側各国からの来訪者を次々と迎え、その歓迎の招宴には鹿地夫妻が必ず陪席させられた。二人は「この戦線の中国がわの看板」であったという。[23]

さて、もう一方の長谷川テルは、鹿地夫妻より少し遅れて、一九三八年の六月末もしくは九月ごろに、郭沫若やエスペランティストの尽力によって漢口に入ることができた。テル夫妻は、第三庁ではなく国民党中央宣伝部国際宣伝処対日科で働くことになり、特にテルは日本人兵士向けのラジオ放送のアナウンサーを担当した。テルは広州で味わった疎外感のなかで、「私たちは、すぐにも漢口へ行くことができるように、そして公然と抗日戦争に参加できるようにと願っている。漢口はいま戦う中国の中心で、そこできっと私たちの立場も理解してもらえるだろう」と漢口に希望を託した。そしてついにそこで働くことのできた三ヵ月ほどの生活について、「ごく短い期間ではあったが、しかしなんと興奮した、活発な、緊張した時期であったろう！　国民と政府と軍隊の情熱はその頂点に達した。国共の合作が完全に実現したのである。抵抗戦争はその言葉の正真正銘の意味で全国民的なものであった」と言う。[24]そこにはもはや、上海や広州で見たような中国人自身の分裂も存在しなかった。

テルは他方でスペインの状況にも注意を払っており、たとえば一九三八年末の評論文では、スペインで発行されていたエスペラント誌『人民戦線』や『情報』に言及している。[25]このうち、一九三六年一一月に創刊された『人民戦線』は副題に「ファシズムにたいするスペインの戦いについての、国際的情報誌」とあるように、スペインの状況を世界のエスペランティストに知らせるうえで一定の役割を果たした。[26]さらに、漢口陥落後の三八年一二月に書いた評論文「全世界のエスペランチストへ」では、スペイン内戦にも触れながら、「エスペラントを使って、反ファシズム国際統一戦線を樹立、強化しよう」と呼びかけている。[27]またマドリード陥落（一九三九年三月）後の同年一二月には、一文を「マンガダ同志」にささげ、自分が中国にやってきたころ、「スペインの人民とじかに協力している国際旅団の中のエスペランチスト中隊「アンターウェン（前へ進め）」を、どれだけ羨ましく思っていたか」と回想している。[28]マンガーダ(Julio Mangada Rosenörm)は共和国側の将軍であり、エスペランティストでもあった人物である。[29]

テルの自伝『戦う中国で』は漢口到着の直前で終わっており、残念ながらその後の詳細は不明だが、テルは確かに国際的な反ファシズム運動のなかに身を置き、漢口において十分に受け入れられ、一年前に望んでやまなかった中国との一体感、鹿地亘が抗敵文芸家協会の発会式で感じたような一体感とそして高揚感を手にしていたことは疑いないだろう。アグネス・スメドレーは、「私は漢口の魔法を懐しく思います。私の人生の〔中国での〕十年間の中で、それは輝かしい時代でした」と記し、[30]鹿地亘も「国共合作の黄金時代」[31]、董顕光さえも、「戦争の八年間を通して、一九三八年四月ほど志気のあがったことはなかった」と述べる。[32]この時期の漢口はまさに、「中国の戦時下において最もロマンチックな時期であった」[33]。そして、中立政策をとっていたスペイン内戦のときとは異なり、アメリカも中国寄りに動きはじめた。

小　結

先に紹介したように、火野葦平は戦時中に兵隊について、「祖国のやつてゐることなら安心して、祖国のためになんでもやる」、「自分達は、何のために戦つて居るか、何のために弾丸の下を潜らねばならぬかといふ考へを起すなら面白くないけれどそんな気持ちは起さない」と述べ、石川達三も戦後、「「聖戦」という言葉を信じてはいなかったが、「侵略戦争」という言葉にも疑いをもっていた。誰がそれを確信することができたろう！」と記していた。ところが、鹿地亘や長谷川テルは日本にたいして明確に反対する立場に立ち、一九三八年の中国抗日の心臓部ともいうべき漢口へ入った。

一九三〇年代から四〇年代にかけて、日本では政府やその戦争に反対する人々はさらに徹底的な弾圧にさらされ、あるものは投獄され、残ったものは沈黙を強いられた。このようななかで鹿地は海外へ逃れる道を選んだ。そして上海の魯迅に会い、「私たちの仕事の、高い同志的評価を見出したとき、まつたく泣きださんばかりであつた」。さらに漢口では、抗敵文芸家協会の発会式で壇上に立った鹿地にたいする「ものすごいほどの拍手の嵐」のなかで、「まぎれもない魂の触れ合った瞬間」、「無条件の一体感」を感じるに至る。他方で長谷川テルは中国人留学生と結婚し、家族を捨てるかのようにして日中戦争の前夜にあえて中国へ渡った。それはエスペラントの理想に支えられて民族の「溝」を乗り越えようとするものだったが、中国へ着いてから体験したのは、中国国内にも存在するさまざまな重層的な「溝」だった。鹿地亘とは異なって中国へ渡ったあとも引き続き苦境にあったテルの場合、細い線でつながったエスペランティストのネットワークが、精神的にも実際的にもテルを支えた。そして世界的な反ファシズム闘争の焦点としての漢口で、もはやどのような「溝」も感じさせない一体感を、わずか三ヵ月ほどの間だったが手にすることになった。

戦前の日本で、海外にまで脱出して体制を批判しようとした人は非常に少ない。これは日本人の大きな特徴である。隣国の中国では、たとえば孫文は海外で執拗に反清活動を展開し、ついに清朝の崩壊に至る。植民地下朝鮮でも多くの革命家が中国で活動し、上海で大韓民国臨時政府さえ組織した。ベトナムのホー・チ・ミンも同様であり、そもそも「ホー・チ・ミン」は本名ではなく、かれの中国名である。鹿地亘と長谷川テルというふたりの存在自体が、非常に貴重だといえよう。

以上が、日本に背を向けた鹿地と長谷川がたどった軌跡であり、このような漢口に向けてまもなく日本軍が侵攻を開始し、そこにはペン部隊をはじめとする文化人たちが参加していた。

注

（1）以下、主に井上桂子『中国で反戦平和活動をした日本人——鹿地亘の思想と生涯』八千代出版、二〇一二年による。

（2）鹿地亘『中国の十年』時事通信社、一九四八年、一一頁。

（3）一九一八年に東京帝国大学で結成された新人会は、早稲田大学の建設者同盟とならぶ当時の代表的な学生運動団体である。

（4）なおこれら団体のナップ、コップという略称は、いずれもエスペラント表記の頭文字（Nippona Artista Proleta Federacio, NAPF ; Federacio de Proletaj Kultur Organizoj Japanaj, KOPF）にもとづく。

（5）「プロ音楽大会、直ちに解散」『東京朝日新聞』一九三二年七月一一日朝刊。

（6）前掲、鹿地亘『中国の十年』一五頁。

（7）同書、六～七頁。

（8）「チャップリンが認めた遠山一座の「剣劇踊」」『東京朝日新聞』一九二八年五月四日朝刊。

（9）前掲、鹿地亘『中国の十年』二四頁。

（10）鹿地はまもなく、学生運動のために逮捕されたあと上海に来ていた池田幸子と結婚している。

（11）以下、鹿地にかんする部分は主に鹿地亘『回想記「抗日戦争」のなかで』新日本出版社、一九八二年による。本回想記にはこまかな会話も書き込まれ、まるで小説を読むかのような面白さがあり、その反面、どこまでが事実なのか判断に迷う。しかし、資料として日記を使っていることが明記されている部分もあり、全体の事実関係の経緯にかんしては信用できるように思われる。

(12) 陳霊谷は一六歳で農民運動に参加し、そののち香港やシンガポールに逃れ、一九三二年の第一次上海事変の際は一九路軍に従軍したのち、香港に戻って『血潮彙刊』や月刊誌の『新亜細亜』を刊行し、また半島書店を開いた。筆者も海陸豊で晩年の陳霊谷氏を自宅に訪ね、若干聞き取り調査を行ったことがある。

(13) 前掲、鹿地亘『回想記「抗日戦争」のなかで』八〇頁。

(14) 以下、主に『長谷川テル』編集委員会編『長谷川テル――日中戦争下で反戦放送をした日本女性』(せせらぎ出版、二〇〇七年)による。

(15) 秦郁彦『旧制高校物語』文藝春秋、二〇〇三年、一〇〇～一〇一頁。

(16) 大島義夫・宮本正男『反体制エスペラント運動史』三省堂、一九八七年、一六六～一六七頁。

(17) 以下、引用は宮本正男編『長谷川テル作品集――反戦エスペランチスト』(日本平和論体系17)(日本図書センター、一九九四年)による。

(18) 長谷川テル「中国の勝利は全アジアの明日へのカギである――日本のエスペランチストへの手紙」(一九三七年一〇月)前掲、宮本正男編『長谷川テル作品集』一〇九頁。

(19) 前掲、鹿地亘『回想記「抗日戦争」のなかで』一五〇～一五一頁。

(20)「漢口に邦人二名　作家鹿地亘と内妻　抗敵文芸大会で演説」『東京朝日新聞』一九三八年三月二九日夕刊。

(21)『読売新聞』一九三八年三月二九日夕刊。
(22)『東京朝日新聞』一九三八年四月六日朝刊。
(23) 前掲、鹿地亘『回想記「抗日戦争」のなかで』一七九頁。
(24) 長谷川テル『戦う中国で』(一九四五年) 前掲、宮本正男編『長谷川テル作品集』七〇、九五頁。
(25) 長谷川テル「全世界のエスペランチストへ」(一九三九年発表) 前掲、宮本正男編『長谷川テル作品集』一一六頁。
(26) Ulrich Lins, Esperantistoj en la Hispana Intercivitana Milito (http://www.delbarrio.eu/civilmilito_lins.htm).
(27) 前掲、長谷川テル「全世界のエスペランチストへ」一二一頁。
(28) 長谷川テル「冬来たりなば春遠からじ」(一九三九年) 前掲、宮本正男編『長谷川テル作品集』一三八頁。
(29) 平井征夫「マンガーダとスペイン市民戦争」『バルセロナ日記——カタルーニャとエスペラント』リベーロイ社、二〇〇三年。
(30) 前掲、ジャニス・マッキンノン、スティーヴン・マッキンノン『アグネス・スメドレー』二五二頁。
(31) 前掲、鹿地亘『中国の十年』七一頁。
(32) 前掲、Hollington K. Tong, *China and the World Press*, p. 59.
(33) Stephan R. MacKinnon and Oris Friesen, *China Reporting*, University of California, 1987, p. 37.

第七章　従軍画家

はじめに

ここで中国側の状況をもう一度振り返っておくと、一九三七、三八年の漢口には、政府や国民党の機関のほか、北京、天津、上海などから各種の文化人が結集して抗日のための宣伝が繰り広げられ、数多くの外国人ジャーナリストがつめかけていた。そこには鹿地亘や長谷川テルなどの日本人さえ加わり、鹿地夫妻は「この戦線の中国がわの看板」の役割を求められ、またテルは実際に日本軍にたいする反戦放送に携っていた。そして中国文化界のリーダーの多くは、「戦争を行ううえで宣伝が重要な武器となると信じていた」[1]。

他方、日本では、一九三八年の漢口攻略戦に際して、かつてのような民間の新聞社や雑誌社だけでなく、政府も著名な文化人を中国に派遣した。周知のように、そこには文士のほかに画家や作詞家、作曲家なども含まれていた。これらのうち、従来しばしば研究の対象となってきたのが文士と画家である。ところが、文士については主に近代文学史の観点から文学研究者が、画家については同じく近代美術史の観点から美術史家がそれぞれ個別に研究を進め、両分野が互いに他方を参照する場合でも、単に「画家も従軍した」、「ペン部隊が派遣された」など、基本的な事実が言及されるにとどまった。

しかし両分野の研究成果を通覧すれば明らかなように、文士と画家が中国へ赴いた背景には、相違点とともに少なからぬ共通点が存在し、より高い次元から両者を統一的に理解することが可能であり、またそのようにすべきだと考えられる。より高い次元とは、戦争の一部としての宣伝戦、もしくは総動員、そしてそれへの文化人および国民の参加という次元である。つまり中国と日本のいずれにあっても、漢口をひとつの焦点として宣伝戦の総動員体制とでも呼ぶべきものが構築されつつあった。

画家たちが従軍した要因として、先行研究では、いわゆる帝展改組（松田改組）問題や、その後の戦争画では中堅の洋画家が中心となって活躍したが、そもそも洋画や彫刻は日本画に比べて売れるものではなかったこと、さらに、かねてから「美術と大衆との乖離」が問題とされていたことなどが指摘されてきた。そのような閉塞した状況を抜け出す道として、とりわけ中堅の洋画家たちが戦争画に向かったとする解釈である。[2] しかしこれらに加えて、国民精神総動員運動に象徴されるような、国民みながそれぞれに国難に立ち向かわねばならないとする当時の空気も、美術家たちに少なからぬ影響を与えたものと思われる。

本章では、日本の宣伝戦略を概観したのち、画家たちが戦場に赴いた経緯を跡づけてみたい。

1　『ライフ』の衝撃

一九三七年一〇月四日、アメリカのグラフ雑誌『ライフ』に、日本のジャーナリズム関係者にとって衝撃的な写真が掲載された（二〇二頁）。八月二八日に日本軍機が爆撃した上海南駅の残骸を背景にして、線路のうえに座り込んで泣き叫ぶ血だらけの赤ん坊の写真である。いち早く上海南駅に駆けつけたハースト新聞社のカメラマン・王（小亭）が撮影したもので、次のページにはさらに、日本軍による民間人への爆撃にイギリス、アメリカ、フランスが抗議したという説明のほか、同じ赤ん坊に中国のボーイスカウトが応急処置を施す写真などが掲載されている。線路の上の赤ん坊については近年、やらせではないかという指摘がある。しかし、日本軍が上海南駅を爆撃したことはもちろん、その際にこの赤ん坊が負傷したことは事実と考えてよいだろう。

続いて一〇月一八日発行の『ライフ』は、ボーイスカウトに救助される先の赤ん坊の写真を、「日本による大量殺戮を中止せよ」という大きな文字の下に配したイギリスのポスターを紹介し、「シカゴでの大統領の演説がイギリスの反日感情に強く呼応した」というキャプションを付けた（三六頁）。シカゴでの演説とは、ルーズベルト大統領が一〇月五日に行ったいわゆる「隔離演説」のことである。当時のアメリカでは、ヨーロッパの戦争である第一次世界大戦に参戦したことへの反省から、外国の紛争には不干渉の立場を取るのが一般的な空気だった。それにたいしてルーズベルトはこの演説で、地域名を具体的にあげはしなかったものの、海外情勢にも目を向けることをアメリカ国民に訴えた(3)。演説中には、「女子供を含む市民が空中からの爆弾により容赦なく殺戮されている」という部分もある。西川秀和はこれを、一九三七年四月のゲルニカ爆撃を指すと解釈しているが、より直接的には日本軍による中国爆撃を指すと思われる。中国の蒋介石も「隔離演説」についてＡＰの記者に、「ローズヴェルト大統領の演説は、踏みにじられている中国人に深い感動を与えただけでなく、国際道義に基づいた永久平和建設を行うための力を呼び覚ました」と語ったという(4)。

『ライフ』はヘンリー・ルースが一九三六年一一月に創刊したばかりのグラフ雑誌だが、同じヘンリー・ルースが、これより早く一九二三年にブリトン・ハッデンとともに創刊したニュース雑誌が『タイム』である。そして同誌が蒋介石・宋美齢夫妻を一九三七年度の「パーソン・オブ・ザ・イヤー」に選び、夫妻の写真が一九三八年一月三日発行の同誌表紙を飾った。ニュース写真を使った報道、もしくは国際的な宣伝報道の面で、日中戦争が本格化した一九三七年の時点で日本はすでに中国に決定的な遅れを取ってしまっていたといえよう。当時の日本を代表する報道写真家であった名取洋之助は『ライフ』に掲載された上海南駅の赤ん坊の写真を見て、「日本もこれだよ。これをやらなきゃ世界が味方してくれんよ」と述べたとされる。[5] この直後から報道写真による国際的な宣伝に急速に関わっていくのが、この名取洋之助であった。そして、日中戦争をめぐる日本の対外宣伝が本格化しはじめるのも、まさにこのころからである。

ここで、日本の広報宣伝の歴史を簡単に整理しておこう。第一次世界大戦後、広報宣伝活動の重要性に気づき、専門の機関として外務省に情報部、陸軍省に新聞班、海軍に海軍省軍事普及委員会などが別個に設置されていく。ところが満州事変の際、情報発信に混乱が見られたため、調整を行う組織として一九三六年までに内閣情報委員会が発足した。この委員会が一九三七年九月に内閣情報部に改組される。[6] こうして、まだ不十分ではあったが、内閣情報部が対内、対外的な情報統制、宣伝活動を統括していくことになり、一九四〇年一二月にはさらに内閣情報局に改組される。[7]

内閣情報委員会が世論誘導の材料として作成しはじめた「調乙」という文書がある。そのうち、情報委員会が情報部に改組されたのちの最初の「調乙」である一九三七年一〇月二〇日のものには、「写真報道事業」にかんして、『ライフ』その他のメディアを念頭に置きながら、アメリカにおいて「戦争の母体となるのは、理性ではなくして、実に大衆の興奮」である、「日本は戦場では決して負けないが、外交及び国際的啓発の戦場では、一回も勝利を得た事のない、……」などと記された。(8) そもそも一九三六年に内閣情報委員会が正式に発足した背景には、とりわけ「満洲事変当時の宣伝戦に於ける日本の立遅れ、情報の不統一等々が如何に日本の国際認識を不利に陥入れたのであつたかといふ苦い経験」があったとされる。(9) これは、一九三一年の柳条湖事件に端を発する満州事変のなかで満州国を建国するものの（一九三二年三月）、リットン調査団では日本に不利な判断が示され（一九三二年九月）、結局、国際連盟を脱退（一九三三年三月）することになった一連の流れを指すのだろう。ところが一九三七年の日中戦争本格化に際しても、緒戦の段階で日本はまたもや国際的な宣伝戦に遅れをとったのだった。

さて、『ライフ』に赤ん坊の写真が掲載されたのち、名取洋之助は国際文化振興会や内閣情報部の嘱託、さらには中支軍報道部写真班の一員として、報道写真の分野で日本を国際的に宣伝する仕事を主導していくことになる。

2　美術家と時局

一方、国内向けの報道、宣伝に目を転ずると、一九三七年七月に日中戦争が本格化したのち、文士については、八月中に吉川英治、木村毅、吉屋信子、林房雄、尾崎士郎、佐藤観次郎、九月には榊原潤、一〇月には岸田国士、三好達治などを、新聞社や雑誌社が次々と中国へ派遣した。これにたいして美術方面では、九月に洋画家の等々力巳吉(とどりきみよし)が陸軍の北支戦線へ、洋画家の小早川篤四郎(とくしろう)、吉原義彦、岩倉具方(ともかた)が海軍従軍画家として上海戦線へ、一〇月には同じく洋画家の向井潤吉と清水登之(とし)がそれぞれ陸軍と海軍に従って北支蒙疆と上海へ渡る。(10)

文士と画家とを比べてみると、画家は一ヵ月ほど遅れて中国へ渡ったほかに、もうひとつ大きな違いがあった。文士がいずれも新聞社や雑誌社によって派遣されたのにたいして、画家は直接自ら陸軍や海軍に赴いて従軍を申請したのである。しかも、「陸軍省では初めての申出であつた様だ」という等々力は、中国で城門前の軍隊をスケッチしていたところ歩哨に見とがめられて取り調べられ、鉛筆画はもみくちゃにされたあげく、そのまま没収となった。(11) また小早川篤四郎は「併し当局からは単に従軍を許して上海まで送り届けると云ふ丈で他の事に就いて完全に個の保証は一切与へられてゐない」と言う。(12) 向井潤吉に至っては軍と関係さえ持たず、人の資格で戦地に出かけ、宿泊なども自弁だった。[13] ただし、従軍することになった小早川に東京朝日新聞社が画と文とを送るよう依嘱しており、[14] 小早川の場合はなんらかの援助があったかもしれない。

それでは、画家たちはなぜそれほどまでにして戦場を目指しはじめたのだろうか。ここで、先行研究が指摘する帝展改組問題を少し紹介しておこう。日中戦争勃発の直前まで、日本には官製の美術関連組織として帝国美術院が存在し、帝国美術院展覧会（帝展）を開催していた。ところが一九三五年になって、時の文部大臣である松田源治がこの帝国美術院を改組しようとした。改組のポイントはふたつあり、ひとつは、在野を統合した一元的な指導機関を作ることによって美術界を統制しようとしたこと。もうひとつは、無鑑査出品という特権を廃止することである。当時、非常に多くの中堅作家に無鑑査出品の特権が与えられ、そこから生じる無気力な作品が批判の対象となっていた。しかし無鑑査出品撤廃にたいする反対は激しく、改組は容易には実現しそうになかった。

一九三七年六月、帝国美術院に換えて帝国芸術院が新設され、一〇月一六日から一一月二〇日まで上野の府美術館（現在の東京都美術館）で第一回（新）文展が始まる。この新文展は六百余名に無鑑査の資格を与え、結局うやむやのままに出発することになるが、以上のように、各分野の大家ではない中堅の無鑑査クラスの美術家たちが、帝展の改組問題で一旦不安定な状態に追い込まれたのだった。

さらに、「事変」の勃発に伴って、現代もしくは時局と作品との関係という新たな難題が美術家たちにつきつけられる。先に示したように画家が従軍しはじめるのは一九三七年の九月以降だが、同月にはすでに次のような提言がなされていた。

思想的にも経済的にも、さうして外交的にも正に一国の安危にかかはる事変の此の時、……時代や社会とは無縁な絵画が現在の此の国に於て氾濫してゐたとしたら、其は画家の悲劇であり、……今こそ絵画は、現在の緊迫した時局を背景として、活気に満ちた感動と刺戟とを以て我々にぶつかつて来るべき好機会に遭遇しつつあるのではなかろうか。(15)

執筆者の摩寿意善郎（ますいよしろう）は『都新聞』の美術担当記者を経て、この当時は日伊学会の主事を勤め、戦後は東京芸術大学でイタリア美術史を講じた人物である。

翌一〇月から開催された新文展にたいしても、美術評論家の仲田勝之助が次のように批評する。

戦時体制になつて挙国一致以て国難にあたる気分が生じたが、芸術家はまだそこまでになつてゐなかつたのだ。……しかし美術家はあまりにも現代を超越してはゐまいか。現代から全く遊離してはゐまいか。……よくもかう時代意識に無関心でゐられたものと思ふ。[16]

同種の意見は、ほかにもいくつか例示することができる。そして、画家の側からの反応としては、やや後の三八年八月のものだが、画家が次々と従軍していることについて向井潤吉が以下のように述べている。

……僕はこの盛況を非常時の懸け声と共に国民一般の間に彭湃として高まつて来た民族的な深い自主自覚の波が最も大きい動機と考へるが……ともすれば遊民族視せられて来た画家を駈つて緊迫した現在の社会状勢に関心以上のものを抱かす所以にもなり、併せて軍事的なものに触れてそこに仕事に血路を発見する機会を造くるに違ひないとさえ仮定出来る。[17]

芸術家も含め挙国一致をもって国難、非常時に当たらねばならないとするこうした考え方は、戦争への協力を国民に求める政府の方針そのものであり、具体的には国民精神総動員運動として展開されはじめる官製運動に、国民の側から主体的に応えようとするものと理解してよいだろう。時の近衛内閣は、一九三七年八月二四日に「国民精神総動員実施要項」を決定し、九月一一日に東京の日比谷公会堂で精勤大演説会を挙行し、国民精神総動員運動が始動しはじめる。スローガンは「挙国一致」「尽忠報国」「堅忍持久」である。近衛首相はこのとき、以後の国難に打ち勝つためには、「申す迄も無くこれは決して一政府一軍隊の力に依つて出来ることではないのであります。全国民の全勢力を綜合蓄積し国家の最高目的の前にこれを動員し、これを傾倒して始めて可能であると信ずるのであります」と訴え、「希くば官民一致国家の目的を以て吾々個人の目的とし、この大業の遂行に協力せられんことを希望して已まない次第であります」と演説を締めくくった。[18]

筆者が調査した限りでは、美術界から最初にこの運動に呼応したのは、横山大観と竹内栖鳳というふたりの大家である。このことを伝える新聞記事が、「国民精神総動員に芸術家の動員計画が成り、先づ帝国芸術院会員横山大観、竹内栖鳳両巨匠が彩管報国をすることになつた」と伝えるとともに、「この画家動員をきつかけに今後愈音楽家、文芸家をも動員する」と記す。[19]横山と竹内はこのとき国民精神総動員運動のためのポスターを描き、一〇月中旬にほぼ完成した横山の図柄は、千代田城（江戸城）を遠景として楠木正成の銅像を配し、その上部に近衛首相が「君が代」を揮毫する予定だという。[20] このような空気のなかで、すでに見たように九月に等々力巳吉、小早川篤四郎、吉原義彦、岩倉具方、一〇月に向井潤吉、清水登之、一一月には洋画家の鶴田吾郎と彫刻家の中村直人が従軍する。

このうち中村直人は、戦後になってからの回想だが、「騒然とした日本にいても、どうせいい仕事はできっこない。それならいっそ戦争のド真ん中にのりこんで、新らしい体験をしてみよう」（一九六四年）と考えたのだという。迫内祐司はこれにたいして、このような思いから「戦場へと飛びこんでいったのは、時代の閉塞感を打開しようとした多くの美術家たちに共通するものであったに違いない」と類推する。[21] 向井潤吉も一九三八年にすでに、「併せて軍事的なものに触れてそこに仕事に血路を発見する機会を造くるに違ひないとさえ仮定出来る」と述べていたことは、先に紹介したとおりである。帝展改組問題で美術界が大きく揺れたのち、進むべきひとつ方向を「戦争」のなかに見出したのである。[22]

一九三八年に入ると、美術界のなかでも特に画家たちのあいだで、積極的に時局へ関わる動きが加速する。まず一月には洋画の東光会が、三月から四月にかけて開催予定の第六回洋画展に各自一点ずつ「事変に関係ある作品を出品しようと計画」[23]し、海軍に従軍していた小早川篤四郎その他の画家のあいだでは、「綜合的発表機関〝従軍画家聯盟〟を結成し国民精神総動員運動の一翼とならうとする運動が具体化」しつつあった。(24)他方、海軍では前年以来、都合一四名の画家に従軍を許し、「実戦視察に基く記録画の製作を依頼」していたところ、二月には、東光会会員・小早川篤四郎が上海戦や東シナ海での海軍の活動を描いた「最初の記録画三枚」を完成させた。(25)さらに、三月に東京府美術館で開催される予定の第八回独立美術協会展覧会の入選作は、「長期戦下の美術展として事変的興奮国民的意識が濃厚に表現され」、なかでも前年一〇月に従軍した先述の清水登之が出品した「江南戦跡」および「擬装」は、「戦線から生まれた初めての本格的絵画」であるという。(26)四月に入ると、洋画界の重鎮ともいうべき藤島武二が、七二歳という高齢で第一回満州国美術展の審査ののち陸軍省から上海南京方面へ派遣されることになるとともに、(27)海軍に続いて陸軍従軍画家たちも、「大日本陸軍従軍画家協会」を組織すべく発起人総会を開いた。(28)

そして実はこの一九三八年四月が、従軍画家たちにとって大きな転換点となる。「洋画壇の中堅から成る彩管部隊」が中支戦線へ派遣されることになったのだが、それは「今事変による従来の従軍画家と違ひ上海の現地陸軍報道班から招きを受けて彩管報国に従軍するもので今事変の戦争画を後代に伝へるため当局からピックアップされたもの」だった。(29)部隊は、中村研一を部隊長として、隊員は向井潤吉、柏原覚太郎、小磯良平、脇田和、江藤順平、朝井閑右衛門、南政善、鈴木栄二郎、陸軍上等兵でもある長坂春雄の計一〇名からなっていた。つまり、この「彩管部隊」は、これまでのように画家の側から軍に押し掛けるのではなく、藤島武二に続いて、一〇名もの画家を軍の側が一挙に要請したのである。これはまさしく文士のペン部隊に相当するが、菊池寛らが内閣情報部会議室に呼ばれてペン部隊への従軍を打診されるのは、漢口攻略作戦の実施が決まったあとの八月だった。つまり国家による文化人の本格的な動員は、文士よりも画家の方が早かったのである。「彩管部隊」は五月に上海に入り、七月には「上海戦線記念絵画」が出来上がった。[30]

3　戦争画は可能か

一九三八年七月以降、戦地での実際の体験にもとづいて従軍画家が戦争と絵画との関係について語りはじめる。画家たちはまずなによりも、戦場のスケールの大きさとその凄まじさに圧倒されたようである。

「(清水登之) 帰つて来てから二十日間位ひ何も手につかないね、環境がすつかり変るからだろう、……(小早川) 世の中が全るで違ふのだから、……」[31]。「一時はただ茫然としてしまつた。

全く僕等の生活からは想像もつかないものだ[32]」。「戦争の場所へ来て全く袖手傍観に終つたといふことは我ながら随分恥かしくもあり咎められもしたが、それだけ戦争といふものの絵にも筆にも及び得ない凄じさを実感した[33]」。「（戦争）と云ふものが醸もし出す壮大な広汎な音響や振動や空気、そんな中に捲き込まれて見て、初めて自分と云ふ小さい姿が、何処かへ紛れ散つて消え失せて了つたような錯覚をいやと云ふほど味はつた[34]」、等々。

これらは、中国での取材を終えた石川達三が、「現地を視察して最も痛切に感じたことは戦争と云ふものが如何にすさまじく大規模なるかと云ふことであつた。日本内に於ける非常時と云ふ意味が始めてはつきりと認識される気持であつた」というのと同じ意味だろう[35]。こうして文化人たちが現地ではじめて戦争を実際に見て、その様相をかなりの実感をもって理解したのは間違いない。

しかし、戦争をどのように絵画化するのかということになると、以下のように、それは不可能であるというのが、大方の画家の見方だった。「（川島理一郎）近代戦は絵になりませんね、撃ち合ふにしても敵も味方も姿を現さずに戦つて居ます、今の戦争には一騎討ちもなく、華々しい武者振りもなく機械化戦ですから絵にはなりません、……（向井潤吉）画家は第一敵兵の姿を見ることがないのです、……（中村研一）今の戦争にはヒーローがありません、従つて主題を取るのが困難です」[36]。栗原信や中川紀元も同意見であり[37]、海軍の要請で九月から漢口攻略戦に従軍した藤田嗣治も、「後続部隊の苦労や、陣中生活や、行進部隊の活動計り描くならば別として、敵の姿も見えぬ様な近代戦は容易に画にも成し難い」と述べる[38]。

　ここには、かつての日清、日露戦争時とは異なり、絵画は今では戦争を記録する役割も失っているという認識があった。日本画家の松岡映丘は、「今日に於ては戦争の実写と記録に関する限り所謂ニュース写真と映画とが可なりにその役割を果すべく、そこに必ずしも絵画によらねばならぬといふ必要が割引される。……特に日本画にあつては日本画としての材料、手法、若しくは伝統を維持する限り、現代的戦闘をそのままに描写することは最初から困難である、といふよりも或ひは更に不適当である」と言い[39]、洋画家の中村研一や日本画家の川端龍子も、「(中村)今度の事変ではアサヒ・グラフなどに最前線の写真が掲載され、一方、ニュース映画なども出来たのでそれが戦争画を葬ってしまった訳です……(川端)ニュース写真と競争しては絵は敵ひません」などと述べるとおりである[40]。本章冒頭でやや詳しく紹介したように、映像による報道は写真やニュース映画の独壇場になっていた。

　これらにたいして衆議院議員で文部政務次官の内ヶ崎作三郎は、「戦闘画と云っても、現代の戦争画は昔の戦争画とは全く異ったものとなるであらう。それは今日の近代戦が昔の戦争と質的にも量的にも全然比較にならぬ規模を持つに至つてゐるのと軌を同じくする」と述べ[41]、近代戦では近代戦ならではの表現が可能だと主張する。さらに具体的には陸軍省新聞班の柴野中佐が、「近代戦が絵にならぬなんてそんな馬鹿なことはない。……近代戦は遠距離の戦ひもあるが……存外塹壕戦も行はれてゐるし又青龍刀で一騎討をやるといふやうな場合も屢々あり、……一人で支那兵を十数人も斬つたとひふやうな例もあり、昔の戦国時代そのままの絵も描けると思ふ」と言う[42]。しかし実はこれは近代戦以前の白兵戦にほかならず、期せずして、近代戦は描けないという画家たちの感想を裏打ちするものになってしまっている。

ところが、そのような白兵戦でさえ、中川紀元や小早川篤四郎によれば次のように、とても冷静に観察してスケッチできるようなものではなかった。「(中川紀元)〔従軍しても〕戦争を客観的に冷静に見るやうなところがない、描くのには危険をおかさなくてはならぬから、とてもそれどころではないのだ、どうも戦争が見物や写生に都合よく出来てゐない、……(小早川篤四郎)突撃の瞬間など第一スケッチする気持など起るものではありませんね、只夢中になつて手に汗をにぎつて見てゐる、そして無事突入したあとでああよかつたとホツとする位ひで、……」[43]。

この点で興味深いのが藤田嗣治の戦争画である。戦前の戦争画を代表する作品と言ってよい藤田の「アッツ島玉砕」(一九四三年)や「血戦ガダルカナル」(一九四四年)の主題は、何が描いてあるのかも判然としないほど暗い茶褐色の画面で、日米の兵士が入り乱れて銃剣で殺し合う白兵戦そのものである。もちろん藤田はこの現場を見ないまま描いたのだが、いずれにしても、日本の戦争画は結局、砲撃や爆撃などによる圧倒的な物量戦としての近代戦ではなく、前近代的な肉弾戦を描く方向にひとつの道を見出さざるを得なかったのである。ただしそれは、藤田やそれに追随する画家のみが到達した認識ではなく、当時盛んに宣伝された突撃（白兵戦）にもとづく「玉砕」という概念そのものであり、藤田はいわばそれを視覚化したのだといえよう。

4　美術と大衆

一九三八年の後半には、従軍画家たちの作品がある程度出来上がり、秋の展覧会シーズンも始まり、美術と戦争の関係についての意見や、すでに完成した戦争画への批評などがあらためて現れる。

まず第二回新文展にかんして荒木貞夫文相が「美術を通じて民族精神を昂揚する趣旨」を指示したことに沿って、「同展を真に挙国一致的な総合展たらしめる」ための審査員選定が進んでいるという[44]。これにたいして東京帝大助教授で美術史家だった児島喜久雄は、「美術家は時局の表面に拘泥して芸術家的作因の無い戦争画などを描く必要は毫も無い[45]」、洋画家の中川紀元も、「文展出品が時局柄何か国家意識を表現したものでなければならんやうに云はれるが、……よしんば形ばかりこれを成したとしても果してどれだけの効果があらうか。……粗雑な戦争画や浮薄な国粋的題材は思ふだに厭はしい」などと、[46]芸術性を伴わない作品が現れることに警戒感を示した。

ところがそれでもなお、たとえば二科展にかんして、「戦友」や「軍馬に捧ぐ」など「軍国の秋」にふさわしい題材が見えているものの「戦線の情景」を描いたのは栗原信ら三人のみであるとか、[47]「洋画とちがつて日本画には事変色が少ない」、[48]また日本画家の川端龍子が中心となって結成されていた青龍社の展覧会では、「戦時下でありながら所謂「戦争画」が殆ど見当らなかつた……」など、[49]事変に関わる戦争画が期待された。文展については、「戦時色を濃く彩つてゐる」、[50]同展の彫塑について、「今文展も同様国民精神総動員を如実に示した」などと評される一方で、[51]「然らば事変の影響は大きいかといへば、優作には案外稀薄だといへる。まづ「笛吹けど踊らず」の類か」と、[52]評価が入り乱れた。

時局との関係については、さらに美術史学者の相良徳三が、「美術界には、まだまだ今日の現実と縁の遠い、市民自由主義的な、芸術至上主義的な作品が多い」としたうえで。「ほんとに国民大衆の胸に迫るやうな」作品を生み出さねばならないと説く。[53]そもそも帝展改組問題のころ、「美術と大衆の乖離」が当時の批評の決まり文句だったとされるが、[54] 美術と時局とが「大衆」との関係であらためて問い直されたのである。ただし、小早川が「戦争画と云ふものは大衆への妥協を意味するため……優れた画人の欲しないところと卑下する傾向が相当根強く固持されてゐる事を無視出来ない」というように、[55]「芸術性」にこだわる画家にとって、大衆性を取り入れることは簡単には受け入れがたいものがあった。しかしそれでも、「非常時」への同調圧力が高まっていく。これを、画家のみではなく「文人」全般に関わる問題だとするのが、次の一文である。

一体戦時に於ける所謂文人の立場が極めて不安であることは遺憾ながら事実である。この非常時に美術どころではあるまいと云はれるのも、一面に於てそれが現実であることを肯定せざるを得ない。[56]

日本が「非常時」に飲み込まれていくなかで文化人が居場所を失いつつあったことについては、「此等のインテリゲンチャは、いつの間にか、日本にとつて如何なる異邦人になつてしまつてゐたことであらう」（杉山平助）、「大衆と僕等インテリ階級との距離懸隔に驚いた」（萩原朔太郎)、「知識人の寄生的知性はたしかに知識人と民衆との間に溝を作った」(谷川徹三)などの史料を本書第一章で紹介した。いずれも、主に西洋の文化によって自身の骨格を形作ってきた近代日本の知識人が、いつのまにか大衆と離れてしまっていたことを指摘するものである。つまり「非常時」のなかで文化人という存在およびその仕事の意味が問われることになった。

戦後の回想だが、中村研一や宮本三郎の以下の言葉は、この点で非常に興味深い。

(中村研一) 現在われわれの画はわれわれが勝手に描いて、相手がないんだ。誰に奉仕しているのか、誰に提供されるのか、……いわば民衆と画面に有機的なつながりがないんです。……(宮本三郎) そりゃ記録画を描くという事は大きくいやァ国民全体の要望だったものね。……小学校の子供から老人から、みんなにワッと感動を与えることが出来たという大きな仕事に対する……これはあの仕事をした者だけの体験していることでね。それが現在には、なんにもない。(57)

これが太平洋戦争に突入する前のことなのか後のことなのか、もしくはそのどちらにも関わることなのか判然としないが、もしこの回想が正しければ、画家たちは戦争のなかでそれなりに国民と一体になり、そのような意味で仕事が評価され、限られた一部の美術家のみではあったかもしれないが、戦争のなかでかれらにも至福の瞬間が訪れたことになる。すなわち、政府や軍部による圧力、画家の側からの政府等へのすり寄り、もしくは戦争協力という単純な枠組みでは捉えきれない、画家自身の内的な課題があったと考えるべきだろう。

小結

戦争を伝えるという点では、日中戦争期までに絵画はその座を完全に報道写真やニュース映画に譲っていた。ところが、日本の当局は文士よりも先に画家を組織的に動員しようとする。その理由ははっきりしないものの、国民精神総動員をめぐって最初に名前のあがるのが「帝国芸術院会員横山大観、竹内栖鳳両巨匠」（一九三七年九月）だったことはひとつの手掛かりとなる。

当時六八歳の横山大観と七二歳の竹内栖鳳は、同年四月にそろって第一回の文化勲章を受賞しており、画壇のまさに巨匠だった。美術批評家の三輪鄰（ちかし）が、「……〔戦争画は〕国民の対支関心、戦局への認識、或ひは美術家でさえ尚且つ戦線へ向ふ意気を持つぞといふやうな実例としてそれは国民の士気を鼓舞するといふ目的を持つのである。……軍部が従軍画家部隊を起用した真の目的が即ちこの一点に凝集すべきことは容易に想像し得る事実である」と述べるように、[58]まずは横山と竹内の知名度にこそ利用価値があったと考えるのが自然だろう。一九三七年八月に文人のトップバッターとして吉川英治が送り出された際、派遣元の『東京日日新聞』が、「わが大衆文壇の巨匠吉川英治氏を現地に特派することに決し……」と伝え、[59]ここにも「巨匠」という言葉が現れる。この場合は政府や軍ではなく新聞社が利用したのだが、文士の場合も第一に、その知名度が利用されたに違いない。

そして画家の側から見れば、かれらは国家によって単に利用されたのではなかった。美術の分野で大衆との「乖離」が早くから問題にされており、この「乖離」を埋め国民との一体感をもたらすものを、画家たちは戦争画のなかに見出していたのである。

ただし、小説（とりわけ報告文学）と美術には大きな違いも存在する。「ニュース映画、ラヂオの現地放送、ルポルタアヂュ、これらは今日の時局によつて発達を促されつつ、一躍していきいきした時局感覚を表現する文化の新しい主役としてわれわれの前に登場してきた」とされるように、[60]報告文学もしくは文士による現地報告は新聞社、雑誌社、文士にとってもうかるものとなっていた。その典型が、林芙美子を漢口一番乗りに仕立て上げることによって売り上げを大きく伸ばした『朝日新聞』だろう（次章で詳述する）。板垣直子が、「文芸界が開戦によつて殆ど無軌道的といへるやうな好況を呈した状態」が一九四〇年まで続いた、とするとおりである。[61]
ところが洋画家の中川紀元はきっぱりと、「戦争画を描いても売れない」といい、[62] 美術家たちの座談会でも「支那事変で忽ち経済的な影響をひしひしと受けてゐる」とされ、[63] さらに児島喜久雄も同様の意見を述べている。[64] 当時は、戦争勃発に伴う好景気が現れていたとはいえ、美術品はある種の贅沢品であり、非常時に売行きが落ちるのは十分に想像できる。ましてや、軍が依頼した戦争画は軍が買い上げたようだが、民間で戦争画を購入して居間や床の間に飾ろうとする人はほとんどいなかったに違いない。この点で、文士と美術家の明暗がはっきりと分かれたのであり、今後、文化人たちの戦争協力を経済面から検討することがぜひ必要となるだろう。
また、かりに藤田嗣治の作品を戦前における代表的な戦争絵画とするなら、そこに描かれたのは前近代的な白兵戦そのものであり、絵画によって近代戦を描くことのむずかしさが小説の比ではなかったことを示している。

注

（1）前掲、Stephen R. MacKinnon, *Wuhan, 1938 : War, Refugees, and the Making of Modern China*, p. 63.

（2）主に丹尾安典・河田明久『イメージのなかの戦争――日清・日露から冷戦まで』岩波書店、一九九六年、第四章による。
（3）西川秀和「フランクリン・ローズヴェルト大統領の「隔離」演説」『南山考人』第三四号、二〇〇六年三月、四頁。
（4）同論考、一〇頁。
（5）石川保昌・小柳次一『従軍カメラマンの戦争』新潮社、一九九三年、九三頁。
（6）アジア歴史資料センター「『写真週報』とは――政府広報宣伝活動担当機関の変遷と『写真週報』」(https://www.jacar.go.jp/shuhou/towa02.html)。
（7）同サイト (https://www.jacar.go.jp/shuhou/towa05.html)。
（8）白山眞理『〈報道写真〉と戦争・１９３０-１９６０』吉川弘文館、二〇一四年、七九、八三頁による。
（9）淀矢瑳平「内閣情報部と『週報』の内幕」（一九三八年二月）『マス・メディア統制２』（現代史資料４１）みすず書房、一九七五年、五六二頁。
（10）針生一郎等編『戦争と美術　１９３７-１９４５』国書刊行会、二〇〇七年、一五三頁。
（11）等々力巳吉「戦場を行く」（『アトリエ』一九三八年一月）河田明久編『戦争美術の証言』上、ゆまに書房、二〇一七年、三四、三五頁。
（12）小早川篤四郎「軍事絵画への犠牲――岩倉具方君を悼む」（『美術』一九三八年一月）前掲、河田明久編『戦争美術の証言』上、三六頁。

(13) 前掲、針生一郎等編『戦争と美術　１９３７‐１９４５』一五三頁。
(14) 「本紙上に躍る絵筆の戦争通信　小早川画伯に依嘱」『東京朝日新聞』一九三七年九月五日朝刊。
(15) 摩寿意善郎「絵画に於ける時代性と社会性」(『美之国』一九三七年九月) 前掲、河田明久編『戦争美術の証言』上、二二一〜二二三頁。
(16) 仲田勝之助「新文展日本画評 (2)」『東京朝日新聞』一九三七年一〇月二四日朝刊。
(17) 向井潤吉「従軍画家私義」(『美術』一九三八年八月) 前掲、河田明久編『戦争美術の証言』上、七二、七四頁。
(18) 近衛文麿「国民精神総動員運動について」(九月一一日)『戦時下の国民におくる近衛首相演説集』東晃社、一九四〇年、五四、五九頁。
(19) 「両巨匠も彩管報国」『東京朝日新聞』一九三七年九月二九日夕刊。
(20) 「大観画伯の図柄に首相が『国歌』揮毫　国民精神総動員の圧巻」『東京朝日新聞』一九三七年一〇月一四日朝刊。
(21) 迫内祐司「戦争美術史概説」『画家と戦争』(別冊太陽２２０) 平凡社、二〇一四年、六八頁。
(22) 前掲、丹尾安典・河田明久『イメージのなかの戦争』五五頁を参照のこと。
(23) 「美術界の戦時」『東京朝日新聞』一九三八年一月一二日朝刊。
(24) 「画布に躍る海の猛者　従軍画家聯盟旗挙げ展」『読売新聞』一九三八年一月三〇日夕刊。
(25) 「初の記録画完成」『東京朝日新聞』一九三八年二月二二日朝刊。
(26) 「独立美術展入選者」『東京朝日新聞』一九三八年三月一二日朝刊。

(27)「七十二翁の彩管報国」『東京朝日新聞』一九三八年四月二五日朝刊。
(28)「我らも〝彩管報国〟へ　陸軍の従軍画家が大同団結」『読売新聞』一九三八年四月二六日朝刊。
(29)「〝彩管部隊〟中支へ出動」『東京朝日新聞』一九三八年四月一六日夕刊。
(30)「彩管戦士の金字塔　砲弾下に制作「十人集」秋の画壇に光る上海戦線篇」『東京朝日新聞』一九三八年七月一〇日朝刊。
(31)「従軍画家座談会」(『美術』一九三八年四月)前掲、河田明久編『戦争美術の証言』上、四九頁。
(32)栗原信「徐州↓帰徳↓蘭埠↓開封↓」(『美術』一九三八年八月)前掲、河田明久編『戦争美術の証言』上、七六頁。
(33)中川紀元「美術と戦争」(『塔影』一九三八年一〇月)前掲、河田明久編『戦争美術の証言』上、一三六頁。
(34)前掲、向井潤吉「従軍画家私義」七四頁。
(35)前掲、『警視庁警部清水文二　聴取書』八二〜八三丁/前掲、『第一審公判調書』三〇八丁。
(36)「近代戦争と絵画——従軍画家を迎へて(座談会)(二)」(『東京朝日新聞』一九三八年七月三〇日)前掲、『戦争美術の証言』上、六四、六六頁。
(37)前掲、栗原信「徐州↓帰徳↓蘭埠↓開封↓」七六頁/前掲、中川紀元「美術と戦争」一三七頁。
(38)藤田嗣治『随筆　地を泳ぐ』書物展望社、一九四二年、九四頁。
(39)松岡映丘「日本画に於ける戦争画」(『塔影』一九三七年一一月)前掲、河田明久編『戦争美術の証言』上、二一七頁。

(40) 前掲、「近代戦争と絵画――従軍画家を迎へて（座談会）（二）」六五頁。
(41) 内ヶ崎作三郎「事変と美術雑感」（『塔影』一九三七年一二月）前掲、河田明久編『戦争美術の証言』上、三〇～三一頁。
(42) 柴野中佐「戦争画に対する質疑に答ふ」（『読売新聞』一九三八年八月一二日）前掲、河田明久編『戦争美術の証言』上、一一一頁。
(43) 「従軍画家座談会」（『美術』一九三八年四月）前掲、河田明久編『戦争美術の証言』上、四九頁。
(44) 「摑め　〝戦争と美術〟」『読売新聞』一九三八年七月二三日朝刊。
(45) 児島喜久雄「事変下の文展（2）」『東京朝日新聞』一九三八年七月二四日朝刊。
(46) 中川紀元「槍騎兵　題材の問題」『東京朝日新聞』一九三八年八月六日朝刊。
(47) 「二科の搬入始る　戦時下〝美術の秋〟」『東京朝日新聞』一九三八年八月二二日朝刊。
(48) 「二科に「事変画室」　各美術展も事変色」『東京朝日新聞』一九三八年八月三一日夕刊。
(49) 「特務兵の〝大作〟　青龍社展の入選発表」『東京朝日新聞』一九三八年八月二三日朝刊。
(50) 「〝現地報告色〟に満つ　文展第一、二部の無監査出品」『東京朝日新聞』一九三八年一〇月一一日朝刊。
(51) 畑正吉「文展彫塑評　意充ちて技不足　事変下頼もしき緊張の心」『東京朝日新聞』一九三八年一〇月三一日朝刊。
(52) 仲田勝之助「文展日本画（1）　事変の影響稀薄」『東京朝日新聞』一九三八年一〇月一九日朝刊。

(53) 相良徳三「戦時下に於ける美術の方向」『読売新聞』一九三八年七月二三日夕刊。

(54) 前掲、丹尾安典・河田明久『イメージのなかの戦争』四九頁。

(55) 小早川篤四郎「戦争時代と画家」『アトリエ』第一五巻第五号、一九三八年四月、一三頁。

(56) 三輪鄰「戦争画への期待」(『美之国』一九三八年九月) 前掲、河田明久編『戦争美術の証言』上、一一四頁。

(57) 『週刊サンケイ』一九五六年八月一九日。前掲、針生一郎ほか編『戦争と美術　１９３７-１９４５』二六五頁による。

(58) 三輪鄰「従軍画への考察――陸軍従軍画展を観て」(『美之国』一九三八年八月) 前掲、河田明久編『戦争美術の証言』上、八五頁。

(59) 『東京日日新聞』一九三八年八月三日 (前掲、松本和也『日中戦争開戦後の文学場』四頁による)。

(60) 田辺耕一「時局と文化現象 (１)　映画、放送、ルポルタアヂュ」『東京朝日新聞』一九三七年九月五日朝刊。

(61) 前掲、板垣直子『現代日本の戦争文学』三二一頁。

(62) 前掲、「従軍画家座談会」四八頁。

(63) 「(座談会) 戦時態勢下に於ける美術界諸相の検討」『アトリエ』一四巻一〇号、一九三七年一〇月、五三頁。

(64) 児島喜久雄「美術近情」『アトリエ』第一五巻第一五号、一九三八年一一月。

第八章　作られた「漢口一番乗り」

はじめに

漢口攻略戦に際して派遣されたペン部隊は、所期の目的とは異なり、意外な経過をたどって終了する。戦場ではなく、林芙美子というひとりの文士の動向が国民の注目を引いてしまったのである。ペン部隊を組織した目的が、つまるところ国民にたいする宣伝にあったことは疑いない。そして何を宣伝するのかと言えば、日本が中国大陸で行おうとしていること、そのなかでの日本軍の活躍などを、あくまでも日本側の立場に立って国民に伝えることが想定されていたはずである。ところが蓋を開けてみると、漢口占領を待たずに途中で帰ってしまう文士が続出しただけでなく、当時の新聞でも「従軍作家の現地通信は、十分読者を満足させるやうなものではなかつた」と評された(1)。実際に、際立った文学作品も生まれず、まさに高崎隆治が、ペ

ン部隊は「戦争協力という観点からは何ほどの効果もあげはしなかったろう」と言うとおりの結果に終わった。(2)

ただし、高崎が「何ほどの効果もあげはしなかった」というのは、正しいと同時に、それだけではなかった。ペン部隊の一員として従軍した林芙美子が、女性でありながら文士の「漢口一番乗り」という「偉業」をなしとげて大きな注目を浴び、その動向が逐一報道され、帰国報告会には人々が殺到した。つまり中国の戦場へ国民の目を向けさせるうえでは確かな役割を果たしたのである。この点で、ペン部隊は大きな成果をあげたといえよう。だが、本来は戦場もしくは日本軍兵士が注目されるべきなのに、林芙美子という文士へと、報道の対象が変わってしまっている。

ペン部隊にかんする最近の研究動向については五味渕典嗣が整理している。それによれば、ペン部隊は従来、主に文学者の戦争協力という観点から論じられてきたのにたいして、近年は、岸田国士や丹羽文雄、吉屋信子などの個別的な作品に即した議論が展開されるようになってきたという。そして五味渕自身は、日本の報道宣伝戦略をもう一度検討し直すことから出発し、「思想戦の狙いをあくまで国内世論の管理・統制に見るならば、軍や情報当局の目的は一応達せられていた」、また「純文学」の側にとっては、戦争遂行権力から承認されたことは、「意義の不在という不安を埋め合わせてくれるものと意識された」とする。[3]
これにたいして本章および次章では、林芙美子という文士自体が報道の対象となったことの意味を考察する。「漢口一番乗り」および帰国後の芙美子の活躍が朝日新聞社の戦略であったことは佐藤卓己が詳しく論じているとおりだが、[4]実は、「漢口一番乗り」という認識自体が恣意的に作り上げられたものだったと思われる。本章ではその状況をまず整理したい。

1　ペン部隊の発足

漢口攻略戦における林芙美子をめぐる動きを追跡するまえに、ペン部隊発足の経緯と目的とを、あらためて略述しておこう。

一九三七年一二月までに上海と南京を占領した日本軍は、三八年四月から五月にかけて徐州攻略戦を発動する。しかし徐州を占領したものの、中国軍の主力を捉えるには至らなかった。六月一五日、御前会議で漢口攻略作戦の実施が決定され、八月二二日には、大本営命令によってその目的が明示された。そして翌二三日午後三時、菊池寛をはじめとする文学者一二名が内閣情報部会議室に呼ばれ、漢口への従軍が打診される。「ペン部隊」の始まりである。

さて、作家の漢口従軍計画が発表されたことを告げる新聞記事は、その目的を「民論昂揚」

「文章報国」としている。[5] ペン部隊は基本的にはこのようなものとして理解されていた。ただし、当局と作家との間には、もう少し別の面でも了解ができていたようである。二三日の会合で内閣情報部から、「斯かる重大時局に際し正しい認識が文筆家一般に浸滲することは望む所であり、亦それが当然だとは思ふ。雖然、戦争の現場を見たからとて、何もすぐ戦争文学が生れる筈の物では無いではないか。十年後に筆を染めようと、二十年後に作品を発表しようと其麼事は一切自由だ。只だ、何よりも諸子の目で、心臓で、この世紀の一大事実である所の近代戦争の姿を見極めて来られては何うであらう」と勧められ、「われわれは一斉に感動した」のだという。[6]

この勧誘のポイントはふたつある。すぐに成果を出す必要はないということと、ともかく戦争を見て欲しいということである。まず前者についてみると、ペン部隊陸軍班を担当し、のちに内閣情報局情報官として言論弾圧の中心にあった鈴木庫三も、当時、次のように述べた。「吾等は敢て催促がましいことを言はないつもりだ。今なら今でもよし、数年後の将来ならそれでもよい。また遂に改めて従軍の作が出なかったら出なくともよい。……希くはつまらぬ拘束を離れて自由に観察し、……読む者をして感泣せしめ、日本精神を将来永久に作興せしむる様な不朽の傑作が一つでも世に現れて貰ひたいものである」。[7] いわば『平家物語』のような歴史に残る国民的文学を想定しているのだろうが、ペン部隊海軍班を招いて開かれた海軍省の懇談会でも海軍軍事普及部委員長の野田少将が、「この機会に海軍に対する認識を深め、画期的な作品を後世に残してもらひたい」とあいさつした。[8] 上海派遣軍の報道部員として、またのちには陸軍報道部（新聞班の後身）部長として当時宣伝活動の第一線にあった馬淵逸雄が、「武漢攻略戦の記録を国民的記録として後世に伝へんがため」、さらに、「日本人の中から、必ずやノーベル賞にも値すべき戦争文学が生れることと信じて疑はない」と言うのも同様の意味だろう。[9] いますぐに役立つ民意高揚よりも、「後世」や「ノーベル賞」級の文学が想定されている。

ポイントの二点目にかんしては、従軍を前にして作家たちが述べた所信の要点を拾い上げてみると、内閣情報部の提案とよく符号している。

「実際に砲弾の音を聞いて戦争をじかにこの身体で知りたい」（菊池寛）[10]、「ただこの体に戦争を感じ、白紙となつた精神に何を与へられるか」（吉川英治）[11]、「急ぎ足の短い原稿なんかは一切書きたくない。兎に角、戦場へ行つたら、一生懸命兵隊の方々と行を共にしたいのだ」[12]、「つぶさに戦ひを見なければならない」（林芙美子）[13]、「もちろん特別の用意が私にあるわけではない。……私はむしろ眼にふれる現実を肚の

底にたたみこんでかへりたいと思つてゐる」（尾崎士郎[14]）、
「政府が戦争を見てこいといふのです」（深田久弥[15]）、
「ただ行つて感銘を得て置くべし……といふのだから」（佐藤春夫[16]）、等々。

ここでペン部隊派遣にかんする当局の意図をあらためて確認してみると、ペン部隊が現地に到着したのち、中支軍報道部から「従軍文芸家行動計画表」を渡され、そこには明確に、「目的――主として、武漢攻略戦に於ける陸軍部隊将兵の勇戦奮闘、及び労苦の実相を国民一般に報道すると共に、占領地内建設の状況を報ぜしめ、以って国民の奮起緊張を促し、対支問題の根本解決に資するものとす」と書かれていたとされる[17]。このため高崎は、出発前には義務はないと言われた作家たちは、「ペテン」にかけられたのだと言う。また文化人の戦争協力史を検討した櫻本富雄は、こちらが本当の目的であり、ただ戦場を見ることを求めた内閣情報部の言葉は「嘘」であるとする[18]。しかし前述のように、内閣情報部が作家との会合を開いた時点で、『東京朝日新聞』はその目的をはっきり「民論昂揚」「文章報国」だと報道していた。作家たちも、作家としての自覚と自尊心を持って生きている人々であれば、たとえ義務はないと言われても、いずれ何かを書くべきだと思っていたに違いない。内閣情報部は、あえてそこまで強要的なことは言わず、いわば大人の対応をしたのである。そして白井喬二は、先に引用した部分に続けて、そのようなやり方によって「文学者の誇（プライド）」が共鳴したのだという。(19)

ただし、まず戦争を実際に見る、もしくは体験することを求めた内閣情報部の説明は、単なる建前だったと見ることもできない。ペン部隊の派遣について評論家の上泉秀信（かみいずみひでのぶ）が、「今まで文芸家は、支那の現実に対して、殆ど眼を瞑つて来た」と言っていることに注意すべきだろう。(20)さらに、ペン部隊に期待するものとして萩原朔太郎が、「事変の本質的なリアリティが認識され、現に僕等の頭脳の中にモヤモヤしてゐる、不可解の朦朧意識を一掃してもらひたい」と述べ、その理由を、「はつきり正直にいふと、政府のしきりに言ふ非常時といふ言葉や、防共のためのファッショ的協定といふことや、日本が現に危急存亡の国家的危機に際してゐるといふやうなことやが、観念的には十分に解つてゐながら、何か実感的にぴつたり触れ得ないものがあるのである」と説明しているのを、あわせて参照すべきだろう。(21)

この日中戦争は、わずか一年前に軍部が強引に日本を巻き込んだものであり、日本の国民や作家たちに、その現実をよく認識しろというのは、そもそも無理がある。戦争の舞台は遠く離れた中国であり、しかも政府は一貫してそれを「事変」にすぎないと強弁しているのである。繰り返し引用してきたように、馬淵逸雄も、一九四一年に出版した著書のなかでさえ次のように言う。戦場が海を隔てた大陸にあるため、「深刻なる戦場気分にはなれないで、戦時下にあると云ふ判然とした覚悟が極らぬ不利がある。子弟を戦場に送つて居る父兄はとも角、一般人には「戦場の兵士と同一の覚悟決心をせよ」といつても、ピンと来ない憾みがある」。馬淵はさらに、「作家の従軍記も、先ず第一にその名前と筆力によつて世間に大きな影響力を持つ人々が、進んで戦場にやつて来たといふだけで、銃後の戦争に対する関心を湧き立たせる一つの助けになつたであらうし、……」という効果を期待している[22]。

内閣情報部の意図は、その説明のとおり、戦争を「見る」こと自体にもあったのではないかと思われる。つまりペン部隊は、国民のなかから選び出された「作家」が、いわば国民の代表として戦場という現実を認識し、さらには国民の目をじわじわと中国の戦場へ向けさせる役割を負わされたもの、と理解できよう。少なくとも結果としてはそのようになったと思われる。文芸評論家の板垣直子が次のように観察した文芸界の当時の変化は、その第一歩なのだろう。「作品の上に事変色が漸次濃厚になつていつてゐることは周知である」[23]、「ペン部隊や雑誌社の特派が刺激を与へて、一般に作家達が満洲や支那に視察にゆく風潮が俄かに生じた」[24]。

2　従軍記者と国際世論

一九三八年八月二七日、ペン部隊二二人の従軍が決定し、そのうち陸軍班は九月一一日に二陣に分かれて出発し、一三日と一五日にそれぞれ上海に到着した。海軍班は一四日にやはり上海に向かった。ちょうどこのころ、『ライフ』『タイム』両誌のカメラマンであるポール・ドルセー（Paul Dorsey）と、ライフ社の週刊ニュース映画『時の流れ（*The March of Time*）』のカメラマンだったヴィクター・ジョーゲンスン（Victor Jorgensen）が日本にやってきた。このふたりはもともと上海にいたものを従軍させ、[25]「〔支那〕事変以来始めて外務、陸、海軍三当局の斡旋許可を得て漢口大攻略戦に「皇軍の真の姿」をカメラによつて世界に正しく宣揚する意気に燃え」、来日したのだという。ふたりは、「支那事変のニュース写真で欧米の新聞雑誌に掲載されるものは九十九パーセント支那側からみたもの許り（ばか）」であるため、「公平なるカメラの眼で」日本軍を世界に紹介する決心だと語ったとされる。[26]

その後、ジョーゲンスンがどのようなフィルムを撮影したのかは不明だが、ドルセーは、『ライフ』一九三八年一二月一二日号に、「中国のシカゴが〝模範的な占領〟のもとで日本軍の手に落ちる」という見出しで、漢口駅の機関車の前で万歳をする日本兵や、行軍の疲れで居眠りをする日本兵、傘を背に雨の上がった通りをはだしで歩く少年などの写真を発表している。同『ライフ』誌によれば、これらの写真は日本海軍情報部の援助のもとで撮影されたものだという。またドルセー自身は日本との関係のよさや、上海で他の外国人と衝突したことから、日本のスパイであるといううわさを中国側で立てられたとされる。

さらに一〇月二日には、漢口戦線視察のために「中支視察外人団」が東京を発った。これはイタリア、ドイツ、フランス、アメリカ、オーストラリア、イギリスなどの記者や日本在住の教授からなるものだった。[27] ただし、馬淵逸雄によれば、かれらが漢口を視察できたのは、陥落後の一一月はじめのことだったようである。馬淵は、武漢作戦を取材しにやってきた日本の従軍記者を、「総数千人」とも「千名以上」とも述べており、[28] 数字が大きく食い違っているが、いずれにせよ非常に大量の記者がつめかけたことは疑いない。ところが、外国人はわずか二団体、そのうち実質的に従軍できたのはドルセーとジョーゲンスンの二名だけだったようである。外国人記者の利用の仕方が中国側ときわだって対照的だったことがわかる。

それでは、日本の国際宣伝、とりわけ対米工作はどのようになっていたのか。内閣情報部は、一九三七年九月には「世界の輿論を我方に有利」に導く方針を立て、アメリカへ国民使節を派遣するなどした。さらに外務省情報部は、「友人関係、団体関係を利用し」宣伝を行うため、民間の識者や団体をアメリカに派遣することを計画していた。しかし、一九三八年一〇月のギャラップの世論調査では、中立四〇%、中国支持五九%、日本支持一%と、圧倒的に中国有利に傾いていた。[29]

アメリカのアジア政策は世論だけで決まるわけではない。しかし、満州事変によって国際的な孤立を深めて国際連盟を脱退していた日本が、一九三八年までに対外イメージをさらに悪化させてしまったことは確かだろう。南京攻略戦時に、付近に停泊していたアメリカの砲艦パナイ号を日本軍機が撃沈した事件があった。この事件および南京事件をめぐるアメリカ国民の反応を検証した笠原十九司は、このふたつの事件を契機に「日米開戦の危機が意識され」、現在の英米の専門書も「アメリカ政府の内外政策が、パナイ号事件・南京事件を契機に日米戦争を予測し、それに備えるものに変化したこと」を、共通して指摘していると言う。[30] そしてこれらの事件は、一九三七年一二月から一九三八年にかけて、欧米のジャーナリストたちがさかんに報道したのであった。

3　作られた「漢口一番乗り」

以上のような状況のなかで、林芙美子が漢口に入った。劇団こまつ座の雑誌『the 座』第五四号「太鼓たたいて笛ふいて」（二〇〇四年）が「従軍作家・林芙美子」を特集している。そのなかに、「男性作家もできなかった漢口一番乗りを　女性作家がはたした　講演会場は大入り満員　林芙美子は大スター」という説明が出てくる（三三頁）。「男性作家もできなかった漢口一番乗り」というこの言い方は、当時の林芙美子のことを多少とも知る人にとっては、いわば常識になっている。しかし実はこれは間違っている。ペン部隊で一番乗りを果たしたのは海軍班に属していた杉山平助であり、林芙美子ではなかった。

ところが、日本近代文学の研究者の間でさえ、今に至るまでこの点があいまいなままにされている。そのため、田中励儀が「実際には、揚子江艦隊に同乗した杉山平助が一歩早かったはずだが、……」と注意を喚起しているものの[31]、その後も研究者がこの点に注目することはなく、田中自身もたんに事実を指摘したのみで、間違った認識が成立していること自体を問題にしているわけではない。だが結論からいえば、これは意図的に作り上げられたキャッチフレーズであり、林芙美子自身もおそらくそのイメージにかなり翻弄され、さらには『戦線』や『北岸部隊』もその影響を受けていると思われる。

最初に、漢口到着をめぐる事実関係を整理しておく。漢口の北に大賽湖（黄土湖）という湖があり[32]、そこから流れ出す川が、漢口の東側を通って長江に注ぎ込む。そこで、長江北岸から漢口に入るためには、大賽湖と長江を結ぶ川に架けられた橋を渡ることになる。一〇月二五日の午前九時半、日本軍の先頭部隊が大賽湖畔に到着し、対岸に向けて砲撃を始めた。しかし、橋が落とされており、そのまま漢口に入ることはできない。同日の昼過ぎ、林芙美子を乗せた朝日新聞社の無電トラック「アジア号」も、大賽湖畔に着いた。[33] 日本軍は夕刻から渡河にかかり、朝日新聞社の記者や写真班も無電機をリヤカーに積み替え、夜を徹してあとを追うことになるが、芙美子は運転手とともにトラックに残る。『北岸部隊』によると午後四時ごろから降り出した雨が、しだいに激しさを増していた。[34]

二日後の二七日、朝九時半ごろ、芙美子は帆船で漢口北端に渡った。雨は前日には上がっていた。そこから九キロほど歩いて市内に入り、朝日新聞社の旗が出ている家を見つける。そこには、アジア号で一緒だった特派員の渡辺正男もいた。[35] 林芙美子が漢口に入ったのは、二七日の昼少し前か、昼ごろだろう。以上の行程は、前掲『the 座』第五四号に掲載されている林芙美子の『昭和十三年漢口戦従軍日誌』の記述とも一致する（三二頁）。

一方の杉山平助は、同乗していた揚子江艦隊が漢口へ投錨したのが二六日の午後三時半。そして水兵らとともにすぐ上陸し、市内を散策している。[36] 杉山が林芙美子よりほぼ丸一日早く漢口に入っていることがわかる。海軍の遡行部隊は、この日の午後五時までには後続部隊も含め全艦が漢口に到着しており、[37]杉山の記述は、時間はともかく日付については間違いない。また何よりも、かれの帰国を伝える一一月二日の『東京朝日新聞』朝刊が、「従軍作家として漢口一番乗りをした杉山平助氏」とはっきり書いているのである。[38]

ここで林芙美子の『北岸部隊』に戻ってみよう。二七日に渡辺正男と再会したあと、昼食を済ませた芙美子は、市内見物に出かける。そして長江沿岸部の通称バンドに出たとき、「向うで大きな男のひとが私に手を振つてゐる。誰だか少しもわからなかつたが、傍へ寄つて行くと、海軍の武官の方達と杉山平助さんがゆつくり私の方へ歩いて来てゐた。私は吃驚(びつくり)してものが云へなかつた」（二二五～二二六頁）。この日にバンドで杉山平助に出会ったことは、芙美子の従軍日誌にも書かれている（三一頁）。つまり、二七日に彼女が漢口に入ったとき、そこには確かに杉山がいたのである。ただし、『北岸部隊』や従軍日誌では、どちらが先だったかは特に触れられていない。

このような林芙美子にたいして「漢口一番乗り」という賛辞をはじめて使ったのは、「ペン部隊の女丈夫　漢口へ一番乗り　勇士も驚く林芙美子さん」の見出しとともに、その到着を写真入りで大きく伝えた一〇月二九日の『大阪朝日新聞』朝刊である。おなじ記事が、『東京朝日新聞』の場合は三〇日の夕刊に掲載された。ただしこの当時の夕刊は翌日の日付で発行されているため、実際は同じく二九日となる。見出しは、「ペン部隊の「殊勲甲」 芙美子さん決死漢口入り」である。

このふたつの記事は、いずれも渡辺特派員が二八日に漢口から発したニュースで、基本的に同文なのだが、内容を一字一句比較してみると、重要な部分で二ヵ所、大きな違いがある。まず『大阪朝日新聞』朝刊では、記事の冒頭部分が「ただ一人の日本女性としてただ一人の作家として林芙美子女史が漢口に入城した」となっているのにたいして、『東京朝日新聞』三〇日夕刊では「ただ一人の作家として」の部分が削除されている。また結末部分で、『大阪朝日新聞』が「文壇人の漢口一番乗りである」としているのにたいして、『東京朝日新聞』は「陸のペン部隊での漢口一番乗りである」とする。先に整理した「一番乗り」の経緯に照らせば、『東京朝日新聞』の書き方が正確である。これらの相違が何を意味しているかは明らかだろう。『東京朝日新聞』は、『大阪朝日新聞』の間違いをはっきり認識し、訂正したのである。そして、見出しからも「漢口一番乗り」という表現を取り去った。

ではその後、「一番乗り」をめぐって、林芙美子はどのようなキャッチフレーズで言及されることになるのか、両『朝日新聞』の記事を書き出してみよう。日付、(記事の要点)、芙美子にたいする表現、(「見出し」新聞の別) の順に掲げる。(39)

一〇月三一日（昨日前線から南京に戻った）
見事漢口一番乗を為したペン部隊の紅一点（「女われ一人・嬉涙で漢口入場」東京、朝刊）
わが女性として見事漢口一番乗りをなしたペン部隊の紅一点（「前線より上海へ」大阪、朝刊）

一一月一日（昨日帰国）
漢口への一番乗りを試み（「〞見せたい灰色の兵隊　愛に飢うる現地〟林女史けふ大阪で講演」東京、朝刊）
幸運の漢口一番乗り・漢口へ女性一番乗り（「〞嬉しさに日傘グルグル　洗ひ落すに惜しい戦場の垢〟感無量　幸運の漢口一番乗り」大阪、朝刊）
従軍記者として漢口一番乗りを決行（「武漢陥落戦況　本社主催　第二回報告大講演会」大阪、朝刊）

一一月二日（東京での報告講演会の案内）

私の漢口一番乗（「武漢攻略報告講演会」東京、夕刊）

一一月二日（大阪での報告講演会）

女性としてかがやく漢口一番乗り（「攻略戦の実感そぞろ　涙で語る芙美子女史」大阪、夕刊）

一一月二日（三一日夜の報告座談会）

文壇従軍部隊として唯一人のといふよりも、日本女性として唯一人、感激の漢口一番乗りをした（「林芙美子女史に訊く　銃後の婦人の報告座談会」大阪、朝刊）

一一月五日（座談会）

ただ一人の女性として堂々漢口一番乗りの名をなした（「今・母国の土を踏んで　漢口従軍を語る」東京、朝刊）

一一月一六日

漢口に女性一番乗りを強行して、……（「晩秋の読書　女性が求める書物」東京、朝刊）

一一月二五日
漢口一番乗りという歴史的壮挙を行った（「林女史と読者との紙上座談」東京、朝刊）

これらからわかるように、一〇月三〇日付け『東京朝日新聞』の訂正が、まったく継承されていない。それどころか、『東京朝日新聞』自体が、翌三一日にはもう「漢口一番乗」という表現を使っている。先に紹介したように、杉山平助の帰国に際して『東京朝日新聞』（一一月二日朝刊）が、「従軍作家として漢口一番乗りをした杉山平助氏」と書いている。従って、事実をあえて隠すことまではしていない。だが、杉山についてのこの記事は、一五文字五行の小さなものであり、芙美子をめぐって繰り返される「漢口一番乗り」の賛辞のなかで、文字通り埋没してしまっている。よほど注意深い読者でないかぎり、「一番乗り」がふたり存在するという矛盾に気づくことはないだろう。

一一月一六日の『東京朝日新聞』朝刊だけがふたたび「女性一番乗り」のみの表記になっているが、そもそもペン部隊に参加した女性は、陸軍班一四人のうち林芙美子、海軍班八人のうち吉屋信子のふたりのみであり、しかも吉屋は他の作家たちとともに漢口陥落以前の一〇月一

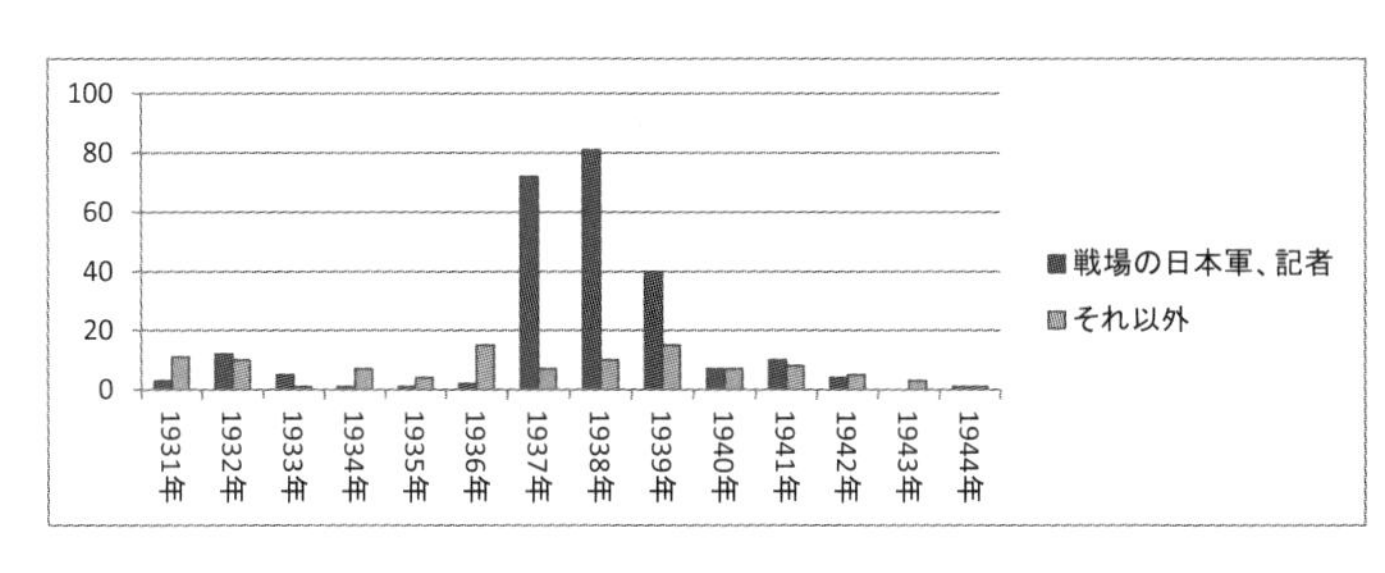

グラフ3　一番乗り関係記事数

一日までに日本へ帰国しており、「女性のなかでの一番乗り」という表現は実はまったく意味をなさない。全体としての記事の伝え方は、女性としての一番乗りなのか文士の一番乗りなのか、あいまいさを残したままで、「文士の一番乗り」の方に大きく傾いているといってよいだろう。

ここで当時の「一番乗り」一般についても少し見ておきたい。朝日新聞のデータベース「聞蔵Ⅱ」で検索する限りでは、『大阪朝日新聞』一八七九（明治一二）年四月一日朝刊に登場する灘の新酒の東京「一番入津」が初出である。その後、飛行機やオリンピック参加、南アルプス縦走一番乗り等々が続いたあと、戦場の一番乗りの話題は、内戦中の中国軍の動きを伝えるなかで現れる。そして日本軍が関わるものとしては、「新聞記者の一番乗り　決死・前線へ進む」（『東京朝日新聞』一九三一年一一月七日夕刊）が初出となる。一九三一年九月に満州事変が起こったのち、中国東北部を南北に流れる嫩江（どんこう）で中国側の馬占山軍と日本の関東軍が激突したときのことである。この記事では記者の一番乗りが見出しとなっているが、その後、日本軍の各部隊の一番乗りが話題とされるようになる。その件数を整理したものが、グラフ3である。

一九三七年度の戦場にかんする一番乗りの記事はすべて七月の盧溝橋事件以降のものであり、日中開戦後、戦場での一番乗りの話題が急増している。実は芙美子は、一九三七年一二月の南京陥落時に、『東京日日新聞』から派遣されて「南京一番乗り」と報道されたことがあった。[40] 一九三八年にピークを迎える一番乗り競争のまっただなかに、林芙美子があらためて登場したのである。

4　漢口をめぐるふたりの女性

ここで、漢口へ到着したばかりの林芙美子を朝日新聞社が急遽帰国させたことの意味が、はっきりしてくる。『北岸部隊』の、漢口に到着した翌二八日の部分に、「すぐ、一番早いコースで私と渡辺さんに内地へ戻るやうに、朝日新聞の本社から無電が来る」とある（二三二頁）。朝食時のことだった。朝日新聞社は、芙美子が二七日に漢口に入ったことを、おそらくはその日のうちに知り、翌朝、帰国を要請した。その後の彼女の足取りは、次のようになる。

一〇月二九日　漢口出発。
　　三〇日　南京着。
　　三一日　午後四時、大阪の飛行場着。夜、報告座談会。
一一月　一日　大阪で報告講演会。
　　　二日　東京で報告講演会。夜、座談会。

　これらの講演会や座談会はすべて朝日新聞社が主催したものである。このように休む間もなく座談会や講演会が続いただけでなく、「漢口へ一番乗り」が伝えられた一〇月二九日から一一月九日まで、『朝日新聞』には林芙美子関係の記事や文章が途切れることなく掲載される。しかもすべて長文の大きな扱いである。渡辺正男はのちに、「朝日新聞（『東京』『大阪』など全紙）は、林芙美子の漢口入りの記事の後で、（瞬間的に）発行部数が四〇〇万部を突破。これは歴史的な数字だといわれた」と述べている。(41) この年の朝日新聞系二社の発行部数は二四八万部。競争相手だった毎日新聞系は二八五万部である。両者とも昭和一〇年から一四年までは二〇〇万部台を推移したのち、昭和一五年から三〇〇万部台に入った（二五頁）。すなわち、これらの新聞はいずれも戦争のなかで発行部数を伸ばしているのだが、そのなかで林芙美子も重要な役割を果たしたことは疑いない。佐藤卓己が論じたように、これが芙美子をすぐに呼び戻した朝日新聞社の戦略だったのである。厳密な意味での一番乗りを果たした杉山平助は、実は大阪朝日新聞社の嘱託であり[42]、朝日新聞社は林と杉山のどちらを選ぶこともできた。そしてすぐさま、林芙美子により大きな話題性があると判断したのである。

「漢口一番乗り」を訂正してしまった一〇月三〇日付け『東京朝日新聞』の記事は、そのキャッチフレーズを使用するという方針がその時点でまだ定まっていなかったか、そうでなければ社内の意思疎通上の事故というべきものだったのだろう。朝日新聞社が林芙美子を利用していることは、その紙面を読むだけでも明らかだが、以上のように、その核となる「漢口一番乗り」というラベルでさえ、意図的に作られていたのである。そして、帰国後には講演会や座談会が相次いで開催され、その様子が新聞で逐一報道され、当時三五歳の芙美子は戦前における人気の絶頂に登りつめる。宇野千代も戦後に、「あの戦争の緒戦のときの彼女が、「漢江(ママ)一番乗り」と唱われ、人気の絶頂にあったことは、いまも、人の記憶に新たなことであるが、……」と回想しているように[43]、漢口陥落を契機としたスターの誕生であった。

これにたいして、林芙美子と正反対の扱いをされたのが長谷川テルである。一一月一日の

『都新聞』が漢口陥落にまつわるスクープ記事を掲載し、「〝嬌声売国奴〝の正体はこれ　流暢・日本語を操り　怪放送　祖国へ毒づく　〝赤〝くづれ長谷川照子」と伝えたのである。日本軍が漢口を占領した際に、おそらくその関係資料が日本側の手に渡り、かねてより日本軍に向けて反戦放送を行っていたアナウンサーが誰であったのか、暴露されてしまったのだろう。ただし、本人は夫とともに一〇月半ばに無事に漢口を脱出し、重慶へ向かっていた。

『都新聞』の記事が出る前後の日のことを、テルの母親と姉の日記が次のように記している。

一〇月三一日　三時頃、けたたましい呼鈴に出てみると新聞記者だった。テル子の事聞かれる。漢口陥落前まで当地に居たらしいと。

一一月一日　午後、警察の人来り、テル子の事で聞きたいので、明十一時迄に来いと。

一一月二日　主人、警察へ。面倒な事は何も聞かれなかったと。都新聞に大きな見出しで、本人の写真・我々の住所・年齢まではっきり出ていたと。(44)

『都新聞』の記事は中国内で一一月一〇日付けの『新華日報』に転載されており、おそらくテルも見たことだろう。テルは一九三七年一〇月に発表した論説ですでに、「お望みならば、私を売国奴と呼んでくださってもけっこうです。決しておそれません。他国を侵略するばかりか、罪のない難民の上にこの世の地獄を平然と作り出している人たちと同じ国民に属していることのほうを、私はより大きい恥とします」と述べており、(45)あたかも一一月のこの日を予見していたかのようである。

『都新聞』の記事は紙面のかなりの部分を占め、困惑する父親へのインタビューもあわせて掲載されているのだが、扱いが少し大きすぎる印象がある。またそれほどの重大問題であれば、『朝日新聞』その他が『都新聞』の後を追って取り上げてもよさそうだが、そういうこともまったくない。この点を理解する手掛かりとして、嬌声売国奴云々の見出しの横に掲げられた顔写真に、「国を売る女・長谷川照子」という説明が付けられているのが注目される。「漢口」とともに「女」という言葉がおそらくキーワードになっているのだろう。当時まさに注目の的であった林芙美子は、ほかでもなく、女の身でありながら「漢口一番乗り」を果たしたことが評価されたのだった。漢口をめぐって、そのような模範的な女性の対極に位置するのが長谷川テルなのである。『都新聞』はこうした枠組みのなかでスクープ記事としてテルの記事を出そうとしたのだろう。つまり、このニュースの背景には、林芙美子の存在が想定できる。ただし、いずれにしても、かたや日本軍に従軍した女性と、かたや中国側に投じた日本人女性とのあいだで、このとき明暗がくっきりと分かれることになった。

小　結

一九三八年八月末以降、画家についで文学者たちも、ペン部隊としていよいよ本格的に漢口を目指しはじめる。ペン部隊を企画した内閣情報部の意図は、いわば国民の代表として著名な作家たちに戦場という現実を認識させ、それを通して国民の目を中国の戦場へ向けさせようとしたものと思われる。漢口攻略戦には、海外からの記者やカメラマンも従軍させた。これらの背景として、宣伝の面で日本が中国に大きく遅れをとっていたことが指摘できる。それは国際的な場面で顕著だったが、このうちペン部隊は国内宣伝、海外の記者、カメラマンは国際的な宣伝を期待されたのだろう。馬淵逸雄は、「日本軍には必ず勝つといふ自信があるから、宣伝を軽視する風がある」と言う。[46] しかしその宣伝さえ、国際的な宣伝は言うに及ばず、それ以前に、自国民の目を戦争に向けさせるところから始めねばならない状況だった。

本書序章で紹介したように、松本和也によれば、「文学（者）の社会性」を求める議論が昭和一〇年前後にすでに現れていた。他方で、美術の分野でも大衆との「乖離」が早くから問題にされてきたことは本書第七章「従軍画家」で示したとおりである。一九三七年、三八年は、国民精神総動員運動に象徴されるような時局への同調圧力のなかで、作家と美術家のいずれも、戦争にどのように関わるべきなのかという課題が内部と外部の両面からつきつけられ、芸術性と社会性（大衆）という、ややもすれば対立しがちなふたつの要素に向き合わなければならなくなっていく。これが、ペン部隊の派遣という事象によって作家側へつきつけられた課題であった。早々とそこにひとつの答えを提示したしたのが、職業軍人として実際に戦場に身を置きつつ高いレベルの戦争文学を生み出した火野葦平の『麦と兵隊』だったといえよう。しかし作家や画家は基本的には兵士でないため、火野葦平のような形で芸術性と社会性を融合させることは不可能である。かれらは、進むべき方向を探りあぐねるほかなかった。

そうしたとき、ペン部隊のなかで、国内向けの宣伝面でひとりだけ大きな成功を収めたのが林芙美子だろう。ただし、厳密な意味で文士の「漢口一番乗り」をしたのは杉山平助であり、芙美子の一番乗りは朝日新聞社が意図的に作り出したものである。そこでは、一九三七年七月の日中戦争本格化に伴う戦場での一番乗り競争と、そして女性、というふたつの要素がキーワードになっていたと思われる。このうち後者の意味の大きさは、漢口陥落後の長谷川テルにたいする『都新聞』の報道ぶりからもうかがうことができる。

林芙美子は、漢口攻略戦を描いた文学作品によって話題になったのではなかった。それでは、このときの芙美子の従軍記である『北岸部隊』および『戦線』はどのように理解すべきものなのか、次章で検討する。

注

(1) 前掲、上泉秀信「作家動員の用意」。
(2) 前掲、高崎隆治「ペン部隊に関する覚え書」二四頁。
(3) 五味渕典嗣「文学・メディア・思想戦――〈従軍ペン部隊〉の歴史的意義」『大妻国文』第四五号、二〇一四年三月、一一三頁。
(4) 佐藤卓己解説「林芙美子の「報告報国」と朝日新聞の報道戦線」林芙美子『戦線』中央公論社、二〇〇六年。
(5) 「漢口陥落を描けと 文芸陣に"動員令" 陸海空に廿人従軍」『東京朝日新聞』一九三八年八月二四日朝刊。
(6) 白井喬二『従軍作家より国民へ捧ぐ』平凡社、一九三八年、一〇~一一頁。
(7) 鈴木庫三「漢口従軍を前にして 従軍文士に期待」『東京朝日新聞』一九三八年九月三日朝刊。
(8) 「従軍作家の懇談会」『東京朝日新聞』一九三八年九月三日朝刊。
(9) 前掲、馬淵逸雄『報道戦線』一一九、四四七頁。
(10) 菊池寛「何を考え何を書く? 漢口戦従軍の文壇人」『東京朝日新聞』一九三八年八月二五日

朝刊。
(11) 吉川英治「漢口従軍を前にして　単に筆の一兵士」『東京朝日新聞』一九三八年八月三一日朝刊。
(12) 林芙美子「漢口従軍を前にして　行つて来ます」『東京朝日新聞』一九三八年九月二日朝刊。
(13) 林芙美子「行つて来ます」『大阪朝日新聞』一九三八年九月六日朝刊。
(14) 尾崎士郎「漢口従軍を前にして　戦に臨む心理」『東京朝日新聞』一九三八年九月五日朝刊。
(15) 深田久弥「「ペンの陸軍部隊」の出動」『大阪朝日新聞』一九三八年九月一二日朝刊。
(16) 佐藤春夫「漢口従軍を前にして　征つて参ります」『東京朝日新聞』一九三八年八月三〇日朝刊。
(17) 高崎隆治『ペンと戦争――その屈辱と抵抗』成甲書房、一九七六年、四八頁。
(18) 櫻本富雄『文化人たちの大東亜戦争――ＰＫ部隊が行く』青木書店、一九九三年、一二〇頁。
(19) 前掲、白井喬二『従軍作家より国民へ捧ぐ』一一頁。
(20) 上泉秀信「ペン部隊に望む」『東京朝日新聞』一九三八年八月二九日朝刊。
(21) 萩原朔太郎「文士の従軍行」『東京朝日新聞』一九三八年九月三日朝刊。
(22) 前掲、馬淵逸雄『報道戦線』一五、四三八頁。
(23) 板垣直子「従軍文士に与ふ」『東京朝日新聞』一九三八年一〇月一〇日朝刊。
(24) 前掲、板垣直子『現代日本の戦争文学』五〇頁。
(25) 前掲、馬淵逸雄『報道戦線』一二一頁。

(26)「漢口攻略戦に二米人カメラマン決死の従軍　デマ粉砕に初の許可」『東京朝日新聞』一九三八年九月一八日夕刊。
(27)「漢口へ急ぐ　外人記者部隊出発す」『東京朝日新聞』一九三八年一〇月三日朝刊。
(28)前掲、馬淵逸雄『報道戦線』一二〇、一二一、二四五、一六三頁。
(29)佐藤一樹「国民使節胡適の対米宣伝活動に関する考察――1937年~1938年」『中国研究月報』第六〇巻第五号、二〇〇六年五月、二一~二二頁。
(30)笠原十九司「日中戦争とアメリカ国民意識」中央大学人文科学研究所編『日中戦争――日本・中国・アメリカ』中央大学出版部、一九九三年、四五九頁。
(31)田中励儀「従軍する作家たち」有精堂編集部編『講座昭和文学史』第三巻、有精堂、一九八八年、五八頁。
(32)前掲、防衛庁防衛研修所戦史室『戦史叢書　支那事変陸軍作戦〈二〉』一八四頁。
(33)「ペン部隊の「殊勲甲」　芙美子さん決死漢口入り」『東京朝日新聞』一九三八年一〇月三〇日夕刊。
(34)林芙美子『北岸部隊』中央公論社、一九三九年、一九三~一九四頁。以下、『北岸部隊』は一九三九年版を使用する。
(35)前掲、林芙美子『北岸部隊』二一五~二二〇頁。
(36)杉山平助「漢口入城記　胸詰る乾杯」『東京朝日新聞』一九三八年一〇月三〇日夕刊。
(37)前掲、防衛庁防衛研修所戦史室『戦史叢書　中国方面海軍作戦〈二〉』四五頁。

(38)「杉山平助氏帰る」『東京朝日新聞』一九三八年一一月二日朝刊。
(39)なお他紙の一例として『読売新聞』の場合は、一九三八年一〇月三一日朝刊「林芙美子女史上海へ」(南京卅日発同盟)で、「見事漢口一番乗りをしたペン部隊の紅一点林芙美子女史は……」と記すのみで、その後の動静については一切伝えていない。
(40)その行程を整理した陳亜雪によれば、林芙美子は石川達三より五日も早い一二月三一日に南京に到着している。陳亜雪「林芙美子の南京視察旅行」『内海文化研究紀要』第四二号、二〇一四年三月、一五頁。
(41)前掲、『the 座』二五頁。カッコ内は取材者の注。
(42)「武漢陥落戦況　本社主催　第三回報告大講演会」『大阪朝日新聞』一九三八年一一月二日朝刊。
(43)宇野千代『生きて行く私』上、毎日新聞社、一九八三年、二四一頁。
(44)長谷川よね・西村幸子『日記の中の長谷川テル　明治４５年〜昭和１４年』朝日新聞出版サービス、一九九九年、一六八頁。
(45)前掲、長谷川テル「中国の勝利は全アジアの明日へのカギである」(一九三七年一〇月)一〇九頁。
(46)前掲、馬淵逸雄『報道戦線』一九五頁。

第九章　林芙美子の戦場

はじめに

林芙美子自身は自分の従軍とその戦場を一体どのように描いているのか。それを探ることのできるまとまった資料が『北岸部隊』と『戦線』である。そのほかに『朝日新聞』に随時発表された現地報告や雑誌に掲載された文章もいくつかあるが、それらは咀嚼されたうえでこの二書に取り込まれていると思われる。

このふたつの従軍記については研究の蓄積が進みつつある。まず、この両著作を通して林芙美子の戦争責任を追及する立場がある。そして、そのような責任が存在することを前提としつつ、とりわけ『北岸部隊』にかんしてさらに一歩踏み込んで、そこに芙美子の無常観、虚無感、絶望感を読み取ることが、ひとつの共通した研究の流れを形作っている[1]。これにたいして野村幸一郎は、日本での自分の日常を「虚無と不安と絶望が広がる」ものと意識したうえで、それとは対照的な「戦場の兵士たちが見せる友愛の情に接した喜び」を芙美子は描きたかったのだとする。(2)『北岸部隊』に現れている兵隊賛美と無常観、虚無感、絶望感とを総合的に理解しようとする試みといえよう。

先行研究の以上の論点は妥当なものと思われるが、ただしいずれも、一定の構成をもつ物語として『北岸部隊』を捉えようとはしていない。そのため兵隊賛美、無常観、中国人にたいする認識等々をめぐって、同書のあらゆる箇所から順不同に随時、関連した記述を集め、それによって論証を進めるという論述スタイルになっている。『北岸部隊』をあたかも『放浪記』と同じようなものと見なすのである。『放浪記』は、そのなかに時間の流れがないわけではないが、どこから読みはじめても同じような作りになっている。それがまた、いつまでも変わらない生活のなかでもがく主人公をかえって浮き彫りにする。しかし『北岸部隊』が起承転結に類した構成を持つことを、まず理解すべきである。

本章では、主に『北岸部隊』の構造を分析しながら、『戦線』ともからめて、従軍作家としての林芙美子が石川達三や火野葦平に比して文学的に何を達成しているのかを、考えてみたい。

1　別の「私」

前章で見たように、林芙美子は戦場のスターの地位に押し上げられたのだが、一方で、「漢口一番乗り」という役割に違和感を抱いていたものと思われる。この点をまず確認しておこう。まず漢口に到着した当日に、「私は一ヶ月位はゐたいものだと思ふ。帰りたくない気持もある」（『北岸部隊』二二三頁）と記し、一刻も早く帰国するよう要請する無電が漢口に届いたときは、「ご飯をたべながら私は急に激しい動悸が打つて来た。（誰が帰るものか、どんな事があつたつて、いま戻つてなんか行けない・・・）何だか子供がすねるやうなそんな気持も湧いた」（二三二頁）と言う。漢口にもう少し留まりたい気持ちがあったようだ。あれほど苦労してたどり着いた漢口に、わずか二泊しかできなかったのである。

さらに注目すべきは、帰国後の次のような言葉である。「私は今、さうざうしいもの一切に「厭々」と首をふる気持でをります(3)」、「私は戦線から戻つて参りまして、九州講演を済ませますと、すぐ山の中へ躯をやすめに参りました。山の中から見てゐる「私」は別の人のやうに、ラヂオだの、雑文だのにしじとしてゐるやうですが、私の少しもあづかり知らぬ世界で、別の「私」が、私の云はないことまで、喋りまくつてゐる……実に淋しい気持でをります。私は戻って来て、この「戦線」と「北岸部隊」を書いた以外は何も書きません(4)」。

「私の少しもあづかり知らぬ世界」とはどのような世界なのか。「別の「私」」とは誰なのか。今川英子は『戦線』「後記」のこの一文について、「国内での自分の騒がれ方と、戦地での兵隊の過酷な現実とのギャップに言いようのない無力感がおそう(5)」、「従軍作家というより講演芸人みたいな感じだったのかもしれません。……そのへんから自分の内部では齟齬を感じるようになる」と述べるが(6)、それ以上の分析は試みていない。このときの林芙美子の心情を理解するために、帰国後の講演会、座談会等で彼女が何を語ったと報道されているのか、その報道内容をまず整理してみよう。

東京、大阪両『朝日新聞』に報道、掲載されたものは、次の五種類である（いずれも朝刊。ただし煩瑣になるのを避けるため、見出しは省略する。）。

(1)　一一月一日（三一日帰国時のインタビュー）〔東京〕〔大阪〕

(2)　一一月二日（一日の大阪での報告講演会）〔大阪〕
　　　三日（二日の東京での報告講演会）〔東京〕

(3)　一一月二、三、四日（三一日帰国時の座談会、全三回）〔大阪〕

（4）　一一月五、七、八、九、一〇、一一、一二日（一二日に行われた座談会、全七回）〔東京〕
（5）　一二月五、六、七、八日（読者に答える紙上座談会、全四回）〔東京〕

これらのなかで以下のような事柄が繰り返し言及された。

a．現地の様子。苦労している兵隊の姿を知ってもらいたい（特に縁の下の力持ち的兵隊、その素朴さ、人情）。

b．兵隊たちに内地のことを知らせてあげたい。

c．兵隊たちは、女性の愛情を求めている（具体的には慰問袋や慰問文）。

d．男ばかりに戦争を任せず、女性も情熱を持ってほしい（看護婦、ミシン部隊などへの参加、また銃後の仕事をしっかり行うこと）。

e．現地では、女性は足手まといにならないよう、気をつける必要がある。

このうちaは、『北岸部隊』、『戦線』のいずれにも繰り返し描かれている。それ以外で注目すべきは、c～eだろう。すべて女性に向けてのものである。一例をあげれば、「日本の若い女性方に望みたいことはもっと戦地に接近して女でなければ出来ない傷病兵士の御世話や慰問やその他に活発に働きこの国家の重大時期に際してもっと愛国の情熱を燃やして戴きたいと思ひましたわ、少くともパーマネントをかけたりアイスクリームを頂く前に……」と言う。[7]このような、女性に向けて何かを訴えるという姿勢は、『北岸部隊』『戦線』のいずれにも見られない。そこで、新聞紙上に収録された報告会、座談会という限られた史料からではあるが、林芙美子が違和感を感じたのは、ことさら女性に向けて語ることだったと考えざるを得ない。

かつて台湾総督府の招きで台湾を講演旅行したとき、全島へ「良妻賢母」を説いてくださいと言われて、彼女は場違いな気詰まりな思いをしたという。[8]彼女に同行していた朝日新聞特派員の渡辺正男も、「林芙美子は思想的には中間だね。別に愛国主義者ではない。無思想で天性的なわがままな女の人。思想家ではないですね」と述べているように、[9]芙美子は本来、ある種の高みに立って倫理や義務を説くような作家ではないだろう。

さらに、座談会は全三回行われているが、そのうち（3）、（4）の対談相手はいずれも女性である。また、（5）は読者からの質問に林芙美子が答えるという企画なのだが、質問の投稿者は「婦人に限る」とされている。[10]ここから、朝日新聞社が「漢口一番乗り」として杉山平助ではなく林芙美子を選んだ理由のひとつが「女性」であったことを、あらためて推測できる。

朝日新聞社は「女性」と「漢口一番乗り」というふたつのラベルを使って林芙美子を売り出し、一方で彼女は、そのうち「女性」の面に反発した可能性が高い。

2　「私」と戦場

以上の「私」が「別の「私」」だというのなら、ほんとうの「私」はどこにいるのか。それを理解する手掛かりになるのが、『戦線』と『北岸部隊』との違いである。通常、この二書は内容的には同じだとされるが、決してそのようなことはない。第一に、扱う時期に大きな違いがある。書簡の形で構成されている『戦線』冒頭の「第一信」は、一〇月一九日に書かれたもの、という設定になっている。[11] 以下、一日で数信書かれることもあるが、一部確認不可能なものを除いてすべて時間順に続き、最後の「第二十三信」で漢口に入る。これは二七日ということになる。一方、『北岸部隊』の記述は「第一信」のちょうど一ヵ月前、九月一九日から始まり、一〇月二八日に終わる。つまり『北岸部隊』の全四〇日ほどの行程のうち、『戦線』はその最後のわずか一〇日分ほどしか扱っていない。

『北岸部隊』を最初から読み進めてみれば、その理由はすぐにはっきりする。[12]「夕方、トラックは界嶺街と云ふところへ着いた。ここが最前線である」というように、一九日に最前線に、つまり従軍の山場に入ったのである。そしてこの日、逃げていく「支那兵」、「血を噴いた紅槍隊の死体」、眼の前で撃たれる「支那人」、「晴れた空に凄じい裂音をたてゝゐる」「野砲」、流れてくる「敵の散弾」、納屋の土間で「呆んやり私の方を見てゐる」「胸をぐちやぐちやにやられた支那兵」などを、一度に体験する。林芙美子は、事実としてはこれ以前にこうしたものを見ていたかもしれない。しかし少なくとも『北岸部隊』では、一〇月一九日以降にこうした記述が現れはじめる。物語が新しい段階を迎えたのであり、これ以降の部分のみを描いたのが『戦線』である。書名の『戦線』は、彼女自身が付けたものではないが、内容をよく体現しているといえよう。

ここで『戦線』を一旦離れ、『北岸部隊』の一〇月一九日以前と以降の違いをもう少し考えてみたい。まず彼女の足取りを整理すると、次のようになる。

九月一九日　南京から九江に向けて出発
　二二日　九江着
　二九日　九江から南京に向けて戻る
一〇月一日　南京着
　七日　九江への飛行機を依頼

一五日　南京を飛行機で発ち、九江着
一六日　武穴着
一七日　広済着
一八日　広済にもう一泊
一九日　最前線の界嶺街着

『北岸部隊』の「北岸」とは、もちろん長江の北岸のことである。上海から南京を経て長江をさかのぼると、安徽、江西、湖北の三省が交わる省境付近に九江の町がある。湖北省の漢口にかなり近づいた地点である。芙美子は九月一九日から一〇月一五日まで、一ヵ月近く、この九江と南京のあいだを行きつ戻りつし、特に二度目の南京には二週間も滞在している。九月二九日に一旦南京へ引き返したのは直接には腹痛が原因だが、九江で静養することもできただろう。南京と九江のあいだを往復しているのは、とりもなおさず、前線へ向かう方向と後方とのあいだでうろうろしたということである。そこで、前線に向かうことを芙美子がどのように考えていたのか、時間を追って抜き出してみると興味深いことが明らかになる。

『北岸部隊』の第一日目、九月一九日に、「最前線は男の作家の人達がみんな行くだらう。私は、後方にゐて、傷病兵を見舞ひたい」と記す（二〇頁）。これは、日本を発つ前に、野戦病院で看護婦の生活を見て長編小説を書きたいと言っていたことと、基本的には同じである。[13] しかしすぐ続けて、「私はここまで来て、どんなにしていいかすこしも解らない」（二〇頁）と、目的を定めかねている心情をもらす。二三日もさらに、「私はいったいどんな風な運命になるのか、少しも見当がつかないのだ」（三三頁）、翌二四日にまた「さて、これから、どの方向に向って行っていいのか、少しも見当がつかない」と繰り返したあとで、「こんな処に何時までもとどまってゐる位なら、最前線に出た方がよいのだ」と言う（三八頁）。最前線に出たいという意識が、ここで初めて示される。それと同時に、自分の向かうべき方向が少しもわからないという言葉がここで終わり、これ以降は現れない（後述）。

だが、最前線に出ることを決心したのではない。翌二五日には、星子という所で野戦病院を訪れたあと、「私はこのまま星子にとどまって、あの傷病兵士を慰めたい思ひも湧いた」（四九頁）と言いつつ、すぐに続けて、「私は何と云ふこともなく、前線へ行ってみたいと思ふ」（五〇頁）と記しながら、しかし二九日には、前述のように南京に戻ってしまう。ところが一〇月四日、南京で夜明けに地図を広げつつ、ふたたび、「野戦病院をみることもいいけれど、私は、何だか砲撃の激しい前線へ行ってみたくて仕方がないのだ」と言う（七〇頁）。

一旦ここまでを整理すると、最初は、後方の野戦病院を見たいとしつつも目的が定まらない。次に、野戦病院にするか前線に向かうかで、また迷う。この段階でのこうした心の揺れは、南京と九江のあいだを行きつ戻りつした芙美子の足取りそのものである。

だが、一〇月七日からは、心情にはっきりとした変化が見られる。その日、九江への飛行機を依頼しているのである（七三頁）。しかしなかなか飛行機が見つからない。その間、「私は前進してゆきたい。どんな事があっても」（九日、七五頁）と言い、漢口で掲げるための日の丸の旗を買い（一〇日、八〇頁）、一四日には、「戦線以外にはいまの私に何の熱情もないのが不思議だ」とまで述べる（八七頁）。そして九江に戻ってからは、「どんな運命に逢っても、私は兎に角、広済まで行ってみます」（一五日、九〇頁）、「さあ、私はいよいよ前線へ向ひます」（一六日、九一頁）、「［漢口へ］本当に行くのよ」（一八日、一一二頁）と書き記す。特に最後のふたつの言葉は、その決然とした響きが、九江から広済へ向かう行軍のスピード感に即応している。一〇月七日からこの時点まで、前線に向かうべきかどうかについて、迷いの言葉は見られない。

こうして、一〇月一九日、いよいよ最前線の界嶺街に入った。実はこのあと、芙美子は最後にもう一度だけ迷う（一三九～一四〇頁）。しかし結局、九江へ戻ることはなかった。その後、二二日には、もしものことがあったらどうすると聞かれ、「その時は殺して行って下さい」「……

引きかへさなかつた私の運命もまた運命なのである」（一四六頁）、二三日にはさらに、「もう、ここまで来れば、どんな事があつても後方へは戻れない」と言う（一五六頁）。後方に帰るべきかどうかについての言及は、この日で終わる。

ここまでを再び整理してみると、一〇月七日以降は意識が後方ではなく前線に向かい、九江に再度戻ってからはそれが加速し、さらに一〇月一九日に最前線に入ってからは、一度だけ迷いが現れるものの、それを振り切るかのように、たとえ死んでも戻らない、これも運命なのだ、という強い言葉になる。以上、後方から前線へ向けて、意識が逡巡から決意へと変化していく過程を、芙美子ははっきりと描いているといえよう。

3　前線、後方、内地

こうした、後方と前線をめぐる意識のゆらぎとその変化を検討しようとするとき、そこに分かちがたく結びついてくるもうひとつの要素のあることがわかる。それは、究極の後方としての日本内地への志向である。結論を先取りすれば、この内地への志向の変化こそが、一〇月一九日の最前線到着につぐ次のクライマックスがどこにあるのかを示してくれる。以下にまとめてみよう。

芙美子は、野戦病院か前線かで迷っていたころ、「もう東京へなんか帰れなくともいいと思つた。あんな生活なんか何のみれんもない」（九月二五日、五〇頁）、「東京の家のことなんかどうだつていい」（二九日、六三頁）と言い、心がはっきりと前線に向かいはじめて以降も、「日本へ帰れなくなるかも知れない、それもいいだらう」（一〇月一四日、八七頁）、「東京へ帰つて、高邁な志と云ふものが何であろうか・・・いまはそんな事はどうでもいいのだ」（一六日、九七頁）、さらに最前線に入ってからも、「東京の生活なんか、私にはもう遠い遠い昔の夢の一節にしか過ぎない。酢つぱくなつた生活にはみれんなんかないのだ」（二二日、一五一頁）と記す。これらがすべて、未練はないと言いつつ、東京の暮らしへの強い思いを断ち切れないでいることを表現しているのは、あらためて説明するまでもないだろう。

ところが、東京へのこの意識が、一〇月二四日を境に急転する。「人間の生活に苦悶する私の苦悶は、内地へ戻つてから痛烈に始まるのだ」（二四日、一七四頁）。林芙美子のなかで内地が、いわばプラスイメージからマイナスイメージへと変化し、むしろ帰りたくない場所になってしまった。漢口へ入った二七日も「私は、内地へ戻つてからの自分に吐気がしさうだつた」（二一八頁）、「ここまで来てみれば、私は段々内地の現実が近くなつたやうな気持になり、再び苦しい生活と、苦しい世間のつきあひが、私を妙な不安におとして来る。戦場を歩いてゐる時は、そんな不安なんか微塵もなかつた」（二二二頁）、「帰つて行けば、何か怖いものが私を待つているやうな気がしてならない」（二二三頁）と繰り返し、帰国を要請された二八日にも、すでに紹介したように、「誰が帰るものか、どんな事があつたつて、いま戻つてなんか行けない」（二三二頁）と言う。

一〇月二四日とは、何があった日なのか。この夜、芙美子は日記代りの葉書にこのようなことを書き付けた。「明日はいよいよ黄陂（こうひ）県城を突破して漢口へ向ひます」（一八一頁）。実際、すでに見たように翌二五日には日本軍は漢口市内に突入した。彼女を乗せたアジア号も漢口北の大賽湖畔に到着し、記者や写真班は夜を徹して漢口側へと渡河していった。渡辺正男特派員が漢口に入ったのは二六日、(14) 芙美子はさらに一日遅れて二七日になったが、その事実はここでは関係ない。二四日は、いよいよ明日は漢口に入ると、芙美子が考えた日なのである。

その時彼女には、漢口入りはもはや動かしがたい現実となり、その先が見えてしまったのだろう。日本軍の目標は漢口だった。そこに到着すれば芙美子も目的を達したことになり、遅かれ早かれ、日本に戻らねばならない。その日本で何が彼女を待ち受けているのかについては、先に紹介した野村幸一郎の研究に詳しい。いよいよ漢口へ入ることが確実となった一〇月二四日より以前は芙美子にとって懐かしむべきものだった内地が、ここに至ってなぜ厭うべきものへと劇的に転換してしまうのか、という大きな問題は残るが（後述）、ここではひとまず、以上の議論をかさねて整理しておこう。キーワードは前線、後方、内地、そして芙美子の意識である。

芙美子は最初、目的地として後方の野戦病院を考えていたが、一方で目的を決めかねていた。まもなく前線への思いが現れ、そして、後方かそれとも前線かという選択になる。それが九月二五日のことだが、内地日本への未練が初めて言及されるのも、この日である。つまり、目標がある程度具体化するとともに、内地への意識が出現している。次に、後方が選択肢からはずされ、前線への志向がしだいに高まるなかで、一〇月一九日に最前線に入る。ここが、物語のひとつ目の山場である。続いて、相変わらず内地への未練を残しつつ、前線に向う決意が示される。ところが、漢口入城が現実のものとして感じられた一〇月二四日、前線という目標が事実上達成されると同時に、突如、内地のイメージが反転する。これが、第二の山場である。

ここで最後に、『北岸部隊』からさらにふたつの部分を引用しておきたい。漢口に入った二七日に、「私は兎に角、漢口へ着いたのだ。さて、これから、どうするのだらう」（二二三頁）と言い、翌二八日にも、「この空漠とした気持を持つて、私は内地へ戻り、何を喋り、何を云へばいいのかさつぱりわからない」（二三三頁）と繰り返す。これからどうすればいいのか自分でもわからない、というこの言い方を、私たちは先ほどすでに見た。すなわち、『北岸部隊』のはじめの、逡巡する姿が描かれた部分と、そしてこの最後の部分にのみ、これが現れるのである。従軍を終え、芙美子の意識はまた振り出しに戻った。後方と前線、内地と前線のあいだを揺れ動きながら、自らが定めた目標を達成するとともに、もう一度、方向を見失い、いわば無のなかへ放り出されてしまう。その意識のゆらぎと志向性を軸として、『北岸部隊』の物語は構成されている。

このように仮定した場合、『北岸部隊』の随所に見られるとりとめもない悲しさや不安、兵隊賛美などは、どのように位置づけられるのだろうか。まず前者については、そうした心情を表現している言葉をすべて抜き出してみると、実は『北岸部隊』全体にわたって満遍なく散在しているのではないことがわかる。「不思議な哀しさ」（九月一九日、四頁）、「何と云ふこともなく空漠とした気持」（二一日、二七頁）、「何か空漠とした退屈さ」（二二日、三三頁）、「絶望的な気持」（一〇月四日、七一頁）、「空漠たる人生」、「いまは漠とした哀しみのみ」（八日、七四頁）、こうした言葉が語られるのは、前半ではこの一〇月八日までである。そして次に現れるのが一〇月二七日、つまり漢口に入った日である。「たうとう漢口まで来たと云ふよろこび、空漠とした寂しさ、……」（二一八頁）とある。

冒頭部分と最後に現れるという形は、先ほど指摘したばかりの、「これからどうすればいいのか自分でもわからない」という意識の現れ方と基本的に同じである。さらに、一〇月八日というのは、やはりすでに見たように、その前日が、南京から前線の九江へ飛ぶための飛行機を依頼した日だった。つまり、前線への意識がしだいに高まる時期である。それ以降は、とりとめもない悲しさや空漠さをいう言葉は、まったくなくなるわけではないが、ごくわずかになる。そして、それにかわって頻繁に出てくるのが、「清々した気持だつた」（一〇月一五日、九〇頁）、「晴々したものを感じる」（一七日、九九頁）、「私はだんだん頭の中が爽かになつて来る」（一九日、一二七頁）、「胸のすくやうな爽快な気持になつて来る」（二二日、一四八頁）等々であり、そして二三日には、「かうして最前線に出てみると、色々な個々の雑念は吹き飛んで跡かたもなく消えてしまふのだ。自我と云ふものが、段々雲散霧消して来るのだ」（一五九頁）と言うに至る。『北岸部隊』の冒頭部分と最後に漠とした意識を配し、その中間の、前線への志向が高揚していく部分に、雑念のない爽やかな気分を置く。この配置は、先に検討した前線、後方、内地をめぐる芙美子の意識を補強しているといってよいだろう。

では、兵隊賛美はどうだろうか。これは、全編に渡って満遍なく出てくるが、ただ一ヵ所、一〇月一日ごろから一五日ごろまでの部分には、見られない。これはまさに、九江から一旦南京に戻り、途中から前線への気持ちを強めながらも、飛行機がないために九江に帰れず、無為に日を過ごした南京の二週間である。この部分に兵隊賛美が見られないのは、直接的には、芙美子が興味を持つような底辺の兵隊と接する機会がなかったためだろう。ただし、むしろ注目したいのは、兵隊賛美がこの二週間を除いて偏在せず、その内容にもとりたてて変化がない、という点である。たとえば、前線や、とりわけ漢口に近づくにつれて賛美の程度が高まる、ということはない。「吾民族の為に」（九月二五日、四九頁）とか、「国を愛する気持」（九月二九日、六三頁）といった調子の高い言葉は、むしろ前線に出る前の部分に現れている。

このように、兵隊賛美の内容には変化がなく、似たものが散らばっているだけである。つまり、兵隊賛美は物語の展開を牽引する要素にはなり得ていない。『北岸部隊』を首尾整ったひとつの物語としてみるとき、その物語の向かう方向を規定しているのは、やはり前線、後方、内地をめぐる「主人公の意識」だろう。

4　戦線へ来て思ふこと

次に、以上のように理解される『北岸部隊』を『戦線』と比べてみよう。

すでに見たように、『戦線』は一〇月一九日に最前線へ入った日から始まっているため、後方から前線へという意識の動きを描くことは、最初から放棄されている。「一人で後方へ戻って行かうかと云ふ思ひも一分位は心に湧いて来るのでした」という表現も見出せるが（『戦線』

おそらく一〇月二〇日、二八頁)、そのような迷いが生じたこともあった、ということを意味するにとどまり、『戦線』全体のなかで特別な位置を持つものではない。

それでは「内地」はどうだろうか。「様々な肉身や友人の表情を私はおもひ浮べてみるのです」(一九日、七頁)、「故郷も遠くなり、私のいままでの生活ももう、何だか嘘のやうに信じられなくなり」(二二日、四九頁)といった言葉が出てきたのち、二三日に、「実に空漠とした気持になつてをります。……正直を云ひますと、私は、内地へ戻つてからの生活の方に何とない不安を持つやうになつたのですが、どうした事でせう……」(五六~五七頁)と述べる。これを『北岸部隊』と比較すると、違いがふたつある。ひとつは、内地へ戻ってからの不安を口にするのは、『北岸部隊』では、二四日、つまり翌日には漢口に入ることが確実視された日だった。しかし前日の二三日は、特に大きな転換点になるような日ではない。そしてもうひとつの違いは、『戦線』ではさらに、「兵隊の中にも同じやうな事を云つてゐたひとがありました。一年も内地を留守にしてゐるのですから、凱旋して帰つて行つた時、当分は、自分の職業に不安を持つやうになりはしないかと思ひますと云ふことでした」(五七頁)と文章が続き、内地に戻ることの不安が他の人にも一般化されていることである。『北岸部隊』では、これは芙美子のみの「苦悶」だったはずである。

内地への不安は、さらに繰り返し描写される。「やがて私は、内地へ再び帰へつて行つたならば、戦場の話とか、私の今後の作品への気持とかを色んな人達から問はれる事だらううと思ひます」（二四日、一一〇頁）、「従軍作家なんて、酸つぱくつて、何と云ふ厭な名前だらう。……これからさき、何を書き、何を喋ればいいですか。ごみつぽい智恵や知識だけでものを批評する人間がうようよしてゐる、どうにもならない人種を相手に、私は何を書き、何を喋ればいいのか少しもわからないし、厭なことです」（二五日、一三六頁）。

先の二三日のものも含め、まず書かれた日に注目したい。二三、二四、二五日である。これにたいして『北岸部隊』では、内地への同様の不安が現れるのは、次のような日だった。

一〇月二四日　翌日には漢口へ入ることを意識した日

二七日　漢口に入った日

二八日　日本へ帰ることが知らされた日

節目となる日に、内地への不安がきちんと配置されている。実際にどうだったのかは、林芙美子の『昭和十三年漢口戦従軍日誌』にも記載がないため確認できない。しかし少なくとも『北岸部隊』のなかでは「内地への不安」が周到に処理されており、『戦線』とは異なる。同様のことは、すでに紹介した『戦線』二三日の、「実に空漠とした気持になつてをります」という言葉にもあてはまる。不安、悲しさ、空漠の意識は、『北岸部隊』にあっては後方で逡巡している部分と、最後の漢口入城以降に偏在するものだった。それが、ここでは二三日に出てきてしまう。これもやはり、『北岸部隊』が芙美子の意識の流れを軸とした物語であることを意味すると同時に、『戦線』はそのように構成されていないことを示している。なお、『戦線』の二五日の部分に批評家にたいする批判が出てくるのは興味深い。芙美子の「内地への不安」の一端が、これによって具体的に示されている。

次に、彼女の従軍記の大きな特徴のひとつになっている兵隊賛美、戦争賛美の側面を見ておきたい。『北岸部隊』と同じく、『戦線』においても兵隊・戦争賛美は同質のものが全体に散らばっているのみで、これといった特徴はない。ただし、それらとは少し異なった表現が『戦線』にはしばしば現れている。「ねえ、この戦争の使命は、老いたる大陸に一つの新しいバイブレイシヨンを捲きおこすのですよ」（七三頁）、「日本の歴史家よ！　この漢口攻略戦は、東洋だけの短い歴史にとどめないでおいて下さい。……支那事変なんて、遠慮深いちつぽけな言葉で、今度の戦ひを謙遜しなくてもいいと思ひますが、あなたはどうお考へになりますか。……「戦争」

でいいではありませんか」（一〇八～一〇九頁）、「私達は戦つて戦つて、最後の血の一滴まで悔ひなく祖国の為に働きおほせる、そんな民族であることに、私は実に輝かしい自信とほこりを持つのです」（一四三～一四四頁）、「愛する日本の為には、いま、国民はどんな危険に晒されても国土はしつかりと守らなければならないと思ひます」（「附記」一六八頁）。賛美ではなく国民への扇動ともいうべき以上の言葉は、『北岸部隊』にはまったく見られない種類のものである。

林芙美子は、「支那事変」などと遠慮した言い方をする必要はなく、「戦争」でいいではないか、と言う。あらためて説明するまでもなく、日本政府が「事変」という言葉を使い続けたのには理由があった。正式に宣戦布告して「戦争」状態となれば、第三国は中立を保たねばならず、それらの国から軍需物資を輸入することが難しくなるなど、国際法上その他のさまざまな問題が生じてしまうのである。資源の乏しい日本にとっては、物資の輸入途絶はとりわけ死活問題である。彼女は、そのような事情を何も知らなかったのだろう。日本政府が「事変」から「戦争」へと呼称を変更するのは、真珠湾攻撃直後の昭和一六（一九四一）年一二月一〇日である。芙美子は、政府より一歩も二歩も先走って国民を扇動した。

『北岸部隊』と比較した場合の『戦線』の特徴は、主人公の意識の推移をめぐる物語ではなく、また戦争賛美を通り越した「扇動」が頻出する、という二点にまとめることができる。その他の、行軍や兵隊の描写は共通している。

5　希望としての漢口

言い換えれば、『戦線』（一九三八年）は、ペン部隊に何が求められているのかをかなり忠実に汲み取り、その要求に応えた作品といえよう。それにたいして『北岸部隊』（一九三九年）は、戦場ではなく自分自身の意識の変遷の物語となっている。板垣直子が『北岸部隊』を「感傷旅行記」と評しているとおりである。漠とした意識と高揚感の内実にかんしては、「中国奥地の戦場で、「日本」という「想像の共同体」の中に、一時的であるとはいえ、自分の居場所を発見するドラマである」とする野村幸一郎の見解が有益である。すなわち、日本での自分の日常が「虚無と不安と絶望が広がる」ものであるのにたいして、「戦場の兵士たちが見せる友愛の情に接した喜び」を描いたのだとする。(15)

ただし、大きな問題が残されたままになっている。本来、兵士とも戦場とも無関係なはずの林芙美子が戦場のなかに「自分の居場所」を見つける物語とは、一体何なのか。ここで想起されるのが、鹿地亘が上海や漢口で、長谷川テルが漢口で、さらには日本の従軍画家たちも戦場でそれぞれに自分の居場所を見つけていたことである。

なかでも林芙美子と似た軌跡をたどったのが長谷川テルである。まず、内地の日常について見てみると、そこにつらなる意識を芙美子は繰り返し「漠」や「空漠」といった言葉で表現する。期せずして長谷川テルも、中国人と結婚して日本で受け入れられなかっただけでなく、中国へ渡ったあとも、広州での自分たちの住まいを「荒ばくとした部屋」と言う。[16]

次に高揚感もしくは「喜び」については、芙美子は、「私の頭は、いまでは、見たまま聞いたままのことが、子供のやうに素直にすぐ表情に浮ぶやうになつて来た」（『北岸部隊』一五六頁）、「かうして最前線に出てみると、色々な個々の雑念は吹き飛んで跡かたもなく消えてしまふのだ。自我と云ふものが、段々雲散霧消して来るのだ。……私の露営の夢は、まるで子供のやうに単純になつて来てゐる」（一五九頁）。そして兵士たちにたいしては、しばしば「素朴」であるという。「私は沁みるやうなものを素朴な兵士に感じるのだ」（一六四頁）、「私達の兵隊は実に素朴です」（一八四頁）、「北岸部隊の兵隊は実に素朴で、……」（一九六頁）等々。不安にさせるようなものを、兵士たちが彼女につきつけることはない。最前線の行軍のなかで芙美子は、兵士とのあいだに、余計なことは何も気にする必要のない、自分をとりまく世界との融合感を手に入れていた。

テルもまた、中国に到着したころの気持ちを同想し、「私の情熱は一時も止むことなく前線へ飛んでいるのです」と、前線をめざし、[17]前線としての漢口へ実際に到着した後に、対象はまったく異なっているものの、芙美子と同様の融合感を感じた。

だが、疎外感や不安を超えてそれぞれの一体感を得たテルと芙美子であったが、漢口陥落とともに、いずれもそれを喪失する。テルが次に赴いた重慶は、もはや漢口のような抗日の熱情はなかった。国民党と共産党との対立が影を落としていたのである。彼女は重慶時代をこのように回想する。「それは一九三八年の冬に始まった。この時代の終わりがいつやってくるのか私にはわからない。その冬は、毎日のように、深い霧が重慶の町全体を包んだ。……その霧の下に、戦う中国にあってはならない多くのものを私は目撃した」[18]。芙美子も漢口の街で、「〔日本へ〕帰つて行けば、何か怖いものが私を待つてゐるような気がしてならない」[19]と、ふたたび不安を口にする。

漢口は、すみやかに戦争を終結させようとする日本軍部にとっても、ひとつの希望のありかだった。ところが武漢三鎮を占領したものの、中国軍の主力を捕捉することはできず、長期戦に入ってしまったことが明らかとなる。一方、中国は漢口を失った。漢口攻略戦は、どこにも決定的な勝者のいない戦いとなった。

小結

林芙美子は、漢口陥落という歴史的事件のなかで、「漢口一番乗り」を達成した「女性」というイメージを付与され、帰国後、特に女性に語りかけることを期待された。だが、ことさら「女性」に向かってあれこれを説くことには、違和感があったと思われる。そうではなく、ひとつには、ほかでもなく自分自身が何を感じ何を意識したのかを軸として、従軍体験をまとめようとした。

ペン部隊に参加した林芙美子は、戦争や民族主義を鼓吹した責任が問われているが、それはつまるところ、漢口へ向かうなかで、日本軍兵士との一体感のなかに希望を見出すような物語をなぜ作ってしまったのか、その意味を問うことに帰着するだろう。戦争賛美の具体的な言辞をひとつひとつ取り出して批判することは、二次的な問題である。

漢口攻略戦に同行した林芙美子は、従軍記『北岸部隊』を、国家の物語でも軍隊の物語でもなく、自分自身の心の動きの物語として構成した。具体的には、内地、後方、前線のあいだをめぐる意識のゆらぎと志向性の物語であり、これは『放浪記』の作者としては当然の試みだろう。そして、日本軍兵士との一体感のなかに自分の居場所を見出す。

ただし、そのような方法では収まりきらないものを彼女は中国の戦場で確かに感じたように思われる。それが、もうひとつの従軍記である『戦線』に現れる。すなわち、国民に向かって語りかけたい気持ちを抑えることができないなかでの、あの扇動的な言葉である。林芙美子は、このように『北岸部隊』と『戦線』とを書き分けたのだろう。

より林芙美子らしいのは、やはり『北岸部隊』である。日本軍兵士との一体感のなかに希望を見出すというのは、この戦場が、そこから最も遠い存在のひとつである「女性」としての林芙美子にさえも、ある大切なものを与えてくれたことにほかならない。この点において『北岸部隊』は決して軍部の期待を裏切っていない。

注

（1）森英一『林芙美子の形成――その生と表現』有精堂、一九九二年／川本三郎『林芙美子の昭和』新書館、二〇〇三年／家森善子「林芙美子――戦争迎合作家の反戦感情」『国文目白』第四五号、二〇〇六年二月。

（2）野村幸一郎「都市漂流民のナショナリズム――林芙美子と日支事変」『女性歴史文化研究所紀要』第一五号、二〇〇六年。

（3）前掲、林芙美子『北岸部隊』二四八頁「後書き」（一二月二日）。

（4）林芙美子『戦線』朝日新聞社、一九三八年、二一三頁「後記」。以下、『戦線』は一九三八年版を使用する。
(5) 今川英子「林芙美子のアジア」『アジア遊学』第五五号、二〇〇三年九月、一四六頁。
(6) 前掲、『the 座』四一頁。
(7) 「"見せたい灰色の兵隊　愛に飢うる現地"　林女史　けふ大阪で講演」『東京朝日新聞』一九三八年一一月一日朝刊。
(8) 前掲、今川英子「林芙美子のアジア」一四二頁。
(9) 前掲、『the 座』二四頁。
(10) 「林女史と読者との紙上座談　"聴きたいこと"にお答へ」『東京朝日新聞』一九三八年一一月二五日朝刊。
(11) 『戦線』の各書簡は日付を明示しないものが多く、内容から判断することになる。
(12) 前掲、林芙美子『北岸部隊』一二五頁。
(13) 前掲、林芙美子「漢口従軍を前にして　行って来ます」。
(14) 「攻略戦の実感そぞろ　涙で語る芙美子女史」『大阪朝日新聞』一一月二日夕刊。
(15) 前掲、野村幸一郎「都市漂流民のナショナリズム」八〇頁。
(16) 前掲、長谷川テル『戦う中国で』(一九四五年)七九頁。原文は la ruina ĉambro〔廃墟の部屋〕。
(17) 前掲、長谷川テル「冬来たりなば春遠からじ」(一九三九年)一三八頁。
(18) 前掲、長谷川テル『戦う中国で』九五頁。
(19) 前掲、林芙美子『北岸部隊』二二三頁。

終章

本書では一九三七年、三八年段階、すなわち日中戦争の緒戦期における日本の戦争文学もしくは作家による現地報告を中国の状況も交えながら論じてきたが、それらは大きく次の三つの観点から整理することができる。

a. 新聞報道への違和感
b. 第一次世界大戦後に現れたヨーロッパの戦争文学との関係
c. 国策への同調

1　新聞報道

議論の糸口として、まず石川達三『生きてゐる兵隊』と火野葦平『麦と兵隊』を取り上げてみよう。前者は発禁、後者はベストセラーとして対照的な道をたどることになるものの、両著者には少なくとも共通点がふたつある。ひとつは、当時の新聞記事に見られた紋切り型の報道や型にはまった日本兵士像をいずれも強く批判していること。もうひとつは、かなり意欲的に、それまでにない形で戦争を描こうとしている点である。

日中戦争開戦期の新聞の戦場報道は武勇伝や美談に満ちていた。それは日清、日露戦争期の桜井忠温『肉弾』、水野広徳『此一戦』などにさかのぼることができ、同時期の新聞報道や、さらには講談や浪花節などの流れのなかにあるものだった。いずれも国民の士気を鼓舞するような内容と、それにふさわしい美文調の文体を備えていた。ところが近代以降、主に西洋の文化によって自己形成を行ってきた作家をはじめとする知識人階級にとって、こうした内容や文体は、にわかには受け入れ難いものだったに違いない。

小林秀雄、岸田国士、太宰治などに明らかなように、かれらはさらに一歩進んで、型にはまった報道形式によって隠されてしまっている部分、すなわち戦場の真実はもう少し別のところにあるのではないかと疑った。石川達三や火野葦平と同じ疑いである。しかし、一九三七年七月の日中開戦後すぐに戦地に派遣された尾崎士郎をはじめとする作家たちは、文体は近代的な小説に使用されるような口語体を採用していたものの、内容的には新たな戦争文学もしくは戦場報告を構築することができず、いわば戦地の小景というべきものを描くにとどまった。

　このような状況のなかで、明確な目的意識をもって自らの考える戦争の本質を正面から描き切ろうとして登場してくるのが（正確には、登場しようとしたのが）、石川達三である。かれは、戦争の真実の姿を国民に知らせようとした。戦争の真実の姿を伝えることがなぜ必要なのかといえば、新聞等がそれを伝えていないからであり、国民に知らせることがなぜ必要なのかといえば、国民が戦争の重大さを少しも認識せずに浮かれ騒いでいるからであった。中国で取材を終えた石川は、帰国後わずか一一日間で、「人力の限りを尽し」て三百三十数枚の原稿を書き上げたと言う。それほどまでに石川をつき動かしたのは、中国で実感した戦争のすさまじさと、銃後の国民のお祭り騒ぎのあいだに横たわる、恐ろしいほどの溝だったといえよう。

　このうち、国民のお祭り騒ぎを象徴する提灯行列の様子と、その日付に対応する『生きてゐる兵隊』の描写を比較していくと、きわめて興味深いことがわかる。「観衆はワッと総立ちになつて万歳の嵐」となり、「ドッと押し出した人々の軽い足どりはお正月気分」と伝えられた東京での提灯行列のさなかに、中国の戦場では、兵隊たちが「スパイの女」や「母親の死体につかまつて泣いていた」女を刺殺しながら「心の安定」を得はじめ、少女が日本軍の少尉を射殺し、その少女も日本兵に殺され、冷え込む紫金山山頂では笠原伍長が中国兵の死体を積みかさね、「死んで間もないからまだ温いです」と倉田少尉に勧めていたのだった。

提灯行列を経験していない現在のわたしたちにとっては、こうしたことは新聞記事と『生きてゐる兵隊』とを細かく比較対照してはじめて理解できるのだが、一九三七年の年末に提灯行列を目にし、あるいはそこに参加したばかりの人たちが、『中央公論』一九三八年三月号に掲載予定だった『生きてゐる兵隊』をもし目にしていれば、伏せ字の多さを割り引いたとしても、日本国内の雰囲気とのあまりの落差に衝撃を受けたに違いない。ただし、『生きてゐる兵隊』は発禁となって国民一般の目に触れることはなかった。

2 ヨーロッパの戦争文学

『生きてゐる兵隊』は、残虐な兵士像にどうしても目が奪われがちだが、それ以前に、紋切り型の戦争報道に見られる英雄的な兵士像を石川がはっきりと否定していることに、まず注意すべきだろう。すでに紹介したように、裁判の際、「日本軍人に対する信頼を傷付ける結果にならぬか」と問う判事に、石川自身が明確に、「それを傷付け様と思つたのです。大体国民が出征兵を神の如くに考へて居るのが間違ひで、もつと本当の人間の姿を見、……」と述べているとおりである。これにたいして火野葦平は、そうした残虐行為ではなく、もう少し日常的な場面に焦点を合わせてごく平凡な兵士を描く。その生活の典型的な一場面が、麦畑が延々と続くなかでの行軍だろう。だがどちらも兵士を生身の人間として描くことによって、「血湧き肉躍る壮烈な武勇伝や、忠勇鬼神を哭かしむる美談」（火野葦平）から明らかに決別している。

かれらがこのような方向に向かった背景には、板垣直子が指摘したように、レマルク『西部戦線異状なし』をはじめとするヨーロッパの戦争文学の影響があったと考えられる。とりわけ火野にそれが顕著であり、『麦と兵隊』に見られる「記録的な形式」は、まさに第一次世界大戦後のヨーロッパの戦争文学から学んだものだろう。『西部戦線異状なし』その他のヨーロッパの戦争文学は、「記録的な形式」を採用することによって第一次世界大戦のなかに新しい戦場を発見していた。それは、圧倒的な火力が飛び交う物量戦のなかで、かつての個人の英雄的な戦いが意味を失ってしまった戦場である。

ところが日本の新聞報道は一九三七年の日中戦争期になっても、「血湧き肉躍る壮烈な武勇伝や、忠勇鬼神を哭かしむる美談」から離れることができなかった。ただしこれは報道機関だけに責任があったのではなく、陸軍も一貫して白兵主義、精神主義をその軍事思想の基本としており、さらに、中国の戦場も第一次世界大戦で見られたような物量戦にはなっておらず、白兵戦が確かに一定の意味を持っていた。ここに、いわゆる「勇士」「軍神」のような超人的、英雄的兵士像が繰り返し出現する背景が認められよう。つまり、日本の戦争文学は、ヨーロッパから「記録的な形式」を借用することはできても、そこに描写される戦場はおのずと別のものにならざるを得なかったと思われる。

それでは、ヨーロッパの戦争文学が戦場で、圧倒的な火力をぐって塹壕のなかで展開する消耗戦を発見したのにたいして、石川や火野は中国でどのような戦場を見出したのか。『生きてゐる兵隊』は、民間人の殺害と、そこへと追い込まれる日本軍兵士を、戦争の「凄まじさ」の本質的部分として捉えたものと考えられる。そののち大規模化するこうした住民殺害こそ、今日に至るまで日中関係に禍根を残す最大の要因となる。『麦と兵隊』の場合は、戦争が長期戦に入りつつあることを麦畑の行軍に象徴させてあざやかに描く。日本軍は、白兵主義と表裏一体をなす戦術思想として短期決戦を考えていた。軍部のこの想定を裏切ったのが「持久戦」の発生であり、火野はその変化を的確に捉えた。石川と火野は、ヨーロッパの戦争文学から学びつつ、その「記録的な形式」によって中国でこのような新たな「戦場」を発見したのである。

ここで、非常に興味深い点に触れねばならない。中国側に目を転じてみると、日中戦争の緒戦期には「報告文学」の形式をとった戦争文学に優れたものがあり、その代表的な作者とされているのが、バルビュスに深く傾倒し前線の兵士を克明に描いた丘東平だったのである。つまり、中国の作家もヨーロッパの戦争文学から影響を受けていた。バルビュスは、中国では「バルビュス調査団」によって日本以上に知られていたと思われるだけでなく、レマルク『西部戦線異状なし』も日本と同様にすぐさま中国語に翻訳され、映画が上映され、演劇にもなった。さらに、「バルビュス調査団」の呼び寄せや『西部戦線異状なし』の演劇上演に当たっては、一部の日本人がそれに協力さえしていた。

3　国策

前節で、日本の戦争文学がヨーロッパの戦争文学から学んだことと、そこから離れて中国の戦場で独自に見出したことの二点を指摘したが、日本と第一次世界大戦後のヨーロッパの戦争文学には、大きな違いがもうひとつ存在する。やはり板垣直子が指摘しているように、この時期の日本の戦争文学には、反戦的もしくは厭戦的な要素が認められず、むしろ国策に同調しようとする志向が顕著だったことである。これは検閲によって強制された部分もあるが、それと同時に、作家の主体的なものだったと思われる。

『生きてゐる兵隊』と『麦と兵隊』は、両著作自体を読むかぎりでは必ずしも明瞭でないものの、政府の総動員体制に沿って「非常時」における「国民の自覚」を促すことにつながるものだったことは、本書で論じたとおりである。石川と火野は、日中戦争の転換点をそれなりに捉え、兵士を普通の人間のレベルにまで引き下げることによって、戦争の実態をよりリアルに描きつつ総動員体制に協力しようとしたのだった。

他方で、中国の抗日文学が基本的には救国のためのものであったことはいうまでもなく、国家あるいは民族への奉仕という点で、日本と中国は共通していたことになる。国際的なジャーナリズムの焦点となっていたスペイン内戦が収まりつつあるなかで、中国ではかつて激しく対立した国民党と共産党が手を携えていただけでなく、中国の戦時首都ともいうべき漢口には一流の文化人たちが集結し、「武漢＝マドリード論」によって自分たちを反ファシズム闘争の継承者と位置づけながら、官民が一体となってさまざまな宣伝活動を繰り広げた。中国でも、漢口を焦点として一種の精神総動員体制が構築されようとしていたのである。

漢口には、日本人の鹿地亘と長谷川テルさえ入っていた。ふたりはいずれも日本が仕掛けた戦争を明確に侵略戦争と認識しており、政府や戦争にたいする疑念を封印していた石川や火野をはじめとする当時の作家たちがいかに思考停止に陥っていたのか、もしくは陥らざるを得なかったのかを、はっきりと示している。このような鹿地と長谷川が中国人とともに反戦活動に従事した漢口には、欧米のジャーナリストも多数つめかけて中国寄りのニュースを配信し、とりわけアメリカの世論は中国の側に傾きつつあった。

こうした状況のもとで、漢口攻略戦をひかえた一九三八年のなかごろには、作家たちをより直接的な宣伝戦へと引き込むための「ペン部隊」がいよいよ構想される。従軍を要請されて中国へ渡るのは画家たちの「彩管部隊」のほうが若干早かったものの、当局の意図は、いずれも著名人や文化人を戦地に送ることによって国民の目を中国の戦場へ向けさせようとしたことにあったと思われる。

ただし、画家や文士たちは単に国家によって利用されたのではなかった。美術の分野ではかねてから「美術と大衆との乖離」が問題とされ、松本和也が論じたように、「文学（者）の社会性」を求める議論も昭和一〇年前後にすでに現れていた。一九三七年、三八年は、国民精神総動員運動に象徴される時局への同調圧力のなかで、文士と美術家のいずれも、芸術性と社会性（この場合は戦争、時局）という、場合によっては相反するふたつの課題を内部と外部の両面からつきつけられていたといえよう。戦争に直結した兵士という職務に就きながら高いレベルの戦争文学を生み出すことによって、そこにひとつの答えを提示したのが火野葦平だったのである。

しかし兵士ではない一般の作家や画家は、火野葦平のような形で芸術性と社会性を融合させることはできず、進むべき方向を試行錯誤するしかない。それが、ペン部隊の点描的な小品群となって現れたものと思われる。唯一、国民にたいする宣伝という面で大きな成果をあげたのが、林芙美子の「漢口一番乗り」だった。佐藤卓己が指摘するように、これは朝日新聞社の戦略だったが、それにとどまらず、真の文士一番乗りは杉山平助であり、芙美子の「漢口一番乗り」という認識自体も恣意的に作り上げられたものだった。

それでは、ペン部隊の一員としての林芙美子は文学的には何を達成しているのか。『北岸部隊』と『戦線』の二作品のうち、より林芙美子らしさを感じさせるのは前者だが、これはかなり特異な作品である。従軍記であるにもかかわらず、国家でも軍隊でもなく、前線、後方、内地のあいだをゆれ動く自分自身の心の動きの物語となっている。従軍看護婦を除き、本来女性は銃後にいるべきものであり、戦場とは直接の関係はない。『北岸部隊』では、そのような存在である作者が、逡巡の末に日本軍兵士との一体感のなかに希望を見出す。ここで、一部の画家も戦争画を描くことを通して国民との一体感を手に入れていたことが、想起される。すなわち、時局への同調圧力が単に外側から加わるだけでなく、作家たちはそれを自分自身の内面にかかわる事柄として受け止めはじめていたのである。総動員体制の内面化とでも呼ぶべき現象である。これはまた、日本を脱出した鹿地亘や長谷川テルが、上海や漢口で中国人との一体感を手にしていたのと好対照をなす。

戦争を扱ったいわゆる戦争文学のうち戦前のものは、その多くが戦争に協力した文学として、戦後になって厳しく断罪された。これは、戦後の民主化という課題のなかで避けて通ることのできない問題であり、むしろ批判が徹底しなかったとさえいえるだろう。だが、戦後七〇年を経過した現在では、戦争に協力した文学か、それとも反戦文学かという問題を提起する以前に、まず当時の戦争文学を丁寧に理解することが必要となる。

以上、主に、新聞報道への違和感、ヨーロッパの戦争文学との関係、国策への同調という三点から、一九二七年、三八年段階の戦争文学を考察してきた。そこには、新たな手法と視点によって戦争という深刻な事態を捉えようとする作家たちの確かな営為があるとともに、体制の内面化とでもいうべき事態が進行していたことを確認できる。

最後に、中国へ渡った鹿地亘と長谷川テルのその後について少しだけ触れておこう。一九三八年一〇月末に漢口が陥落したとき、鹿地夫妻は湖南省の衡山に疎開していた。その後、広西省桂林に移り、この地で日本人捕虜に反戦教育を施す活動を本格化させ、まもなく在華日本人反戦革命同盟会を結成する。そして戦後、一九四六年五月に夫婦そろって日本へ帰国した。

一方、陥落の直前に漢口を脱出したテル夫妻は一二月に重慶に到着し、テルはふたたび反戦放送にたずさわるが、一九三九年四月には肺結核が悪化して仕事を離れる。以後は反戦的な評論をエスペラントや中国語で執筆する生活に入り、一九四一年には石川達三『生きてゐる兵隊』のエスペラント訳も完成させた。ただし、重慶にはもはや漢口のような抗日の熱情はなかった。国民党と共産党との対立が影を落としていたのである。

日本敗戦後の一九四五年九月、夫妻は反内戦工作に従事するため上部の指示によって中国東北部に向い、一九四七年一月にようやく佳木斯(ジャムス)に到着する。しかしテルはほどなく妊娠中絶手術の感染症によって死亡する。三五年の短い生涯だった。四月には夫の劉仁も肺水腫で死亡し、あとにはふたりの子どもが残された。長男は早くに他界したが、長女は一九八〇年代に来日し、いまも日本で健在である。

参考文献

【未公刊史料】
外務省外交資料館「各国共産党関係雑件／反帝同盟関係（反戦運動）」第三巻。
『警視庁警部清水文二　聴取書』
『第一審公判調書』

【定期刊行物】
『大阪朝日新聞』
『the 座』
『申報』
『東京朝日新聞』
『武漢文史資料』
『読売新聞』
Life（『ライフ』）

【日本語文献】


青山和夫『反戦政略――中国から見た日本 戦前・戦中・戦後』三崎書房、一九七二年。

浅田隆「石川達三『生きてゐる兵隊』考――評価の妥当性にふれて」『奈良大学紀要』第九号、一九八〇年一二月。

アジア歴史資料センター「『写真週報』とは――政府広報宣伝活動担当機関の変遷と『写真週報』」(https://www.jacar.go.jp/shuhou/towa02.html ~ towa05.html)。

イヴェンス、ヨーリス『カメラと私――ある記録映画作家の自伝』未来社、一九七四年。

家森善子「林芙美子――戦争迎合作家の反戦感情」『国文目白』第四五号、二〇〇六年二月。

石川捷治・中村尚樹『スペイン市民戦争とアジア――遥かなる自由と理想のために』九州大学出版会、二〇〇六年。

石川達三『生きてゐる兵隊』河出書房、一九四五年。

――『心に残る人々』文藝春秋、一九六八年。

――『経験的小説論』文藝春秋、一九七〇年。

――『石川達三作品集』第二五巻、新潮社、一九七四年。

――『不信と不安の季節に』文藝春秋、一九七七年。

石川保昌・小柳次一『従軍カメラマンの戦争』新潮社、一九九三年。

板垣直子「従軍文士に与ふ」『東京朝日新聞』一九三八年一〇月一〇日朝刊。

――「戦争文学の結実　聖戦第三年を迎へて（九）」『東京朝日新聞』一九三九年一月一〇日朝刊。

――「戦争文学批判」『文芸年鑑　一九三九年版』第一書房、一九三九年。

――『事変下の文学』第一書房、一九四一年。

――『現代日本の戦争文学』六興商会出版部、一九四三年。

――『欧洲文芸思潮史』巌松堂書店、一九五〇年。

――『林芙美子の生涯――うず潮の人生』大和書房、一九六五年。

井上學『日本反帝同盟史研究――戦前期反戦・反帝運動の軌跡』不二出版、二〇〇八年。

井上桂子『中国で反戦平和活動をした日本人――鹿地亘の思想と生涯』八千代出版、二〇一二年。

今川英子「林芙美子のアジア」『アジア遊学』第五五号、二〇〇三年九月。

ウィーラン、リチャード『キャパ――その青春』文藝春秋、一九八八年。

上泉秀信「作家動員の用意」『東京朝日新聞』一九三八年一〇月一七日朝刊。

――「ペン部隊に望む」『東京朝日新聞』一九三八年八月二九日朝刊。

内ヶ崎作三郎「事変と美術雑感」（『塔影』一九三七年一二月）河田明久編『戦争美術の証言』上。

宇野千代『生きて行く私』上、毎日新聞社、一九八三年。

エリス、ジョン『機関銃の社会史』平凡社、一九九三年。

大阪朝日新聞社編『人物画伝』有楽社、一九〇七年。

大島義夫・宮本正男『反体制エスペラント運動史』三省堂、一九八七年。

尾崎士郎『八達嶺』春陽堂、一九三八年。

――「漢口従軍を前にして　戦に臨む心理」『東京朝日新聞』一九三八年九月五日朝刊。

尾崎秀樹『上海１９３０年』岩波書店、一九八九年。

尾西康充「出版検閲とリアリズム――石川達三「生きてゐる兵隊」」『人文論叢（三重大学）』第三二号、二〇一五年三月。

カー、Ｅ・Ｈ『コミンテルンとスペイン内戦』岩波書店、一九八五年。

笠原十九司「日中戦争とアメリカ国民意識」中央大学人文科学研究所編『日中戦争――日本・中国・アメリカ』中央大学出版部、一九九三年。

鹿地亘『中国の十年』時事通信社、一九四八年。

――『回想記「抗日戦争」のなかで』新日本出版社、一九八二年。

鹿地亘資料調査刊行会編『日本人民反戦同盟資料』全一二巻・別巻一、不二出版、一九九四～九五年。

蒲豊彦「一九三八年の漢口（一、二）林芙美子と長谷川テル」『言語文化論叢』第二、三巻、二〇〇八年九月、二〇〇九年八月。

――「一九三八年の漢口――ペン部隊と宣伝戦」『言語文化論叢』第四巻、二〇一〇年八月。

――「一九三八年の漢口（四）火野葦平と石川達三」『言語文化論叢』第五巻、二〇一一年八月。

――「一九三八年の漢口（五）丘東平とラマルク、バルビュス」『言語文化論叢』第七巻、二〇一三年九月。

――「一九三八年の漢口（六）提灯行列と石川達三」『言語文化論叢』第八巻、二〇一四年九月。

――「一九三八年の漢口（七）プロレタリア作家・鹿地亘」『言語文化論叢』第一〇巻、二〇一六年九月。

――「一九三八年の漢口（八）日中開戦初期の戦地報告」『言語文化論叢』第一一巻、二〇一七年九月。

――「一九三八年の漢口（九）従軍画家」『言語文化論叢』第一三巻、二〇一九年九月。

神子島健『戦場へ征く、戦場から還る――火野葦平、石川達三、榊山潤の描いた兵士たち』新曜社、二〇一二年。

カロッサ『ルーマニア日記』建設社、一九三六年。

河田明久編『戦争美術の証言』上、ゆまに書房、二〇一七年。

河田和子「報道戦線下における戦争の表象――火野葦平『麦と兵隊』の表現戦略」『昭和文学研究』第四五集、二〇〇二年九月。

川成洋編著『資料・三〇年代日本の新聞報道――スペイン戦争の受容と反応』彩流社、一九八二年。

川本三郎『林芙美子の昭和』新書館、二〇〇三年。

菊池寛「何を考え何を書く？　漢口戦従軍の文壇人」『東京朝日新聞』一九三八年八月二五日朝刊。

岸田国士『北支物情』白水社、一九三八年。

岸本亜季「日露戦争以前の提灯行列――日露戦争下の社会の再考に向けて」『早稲田大学大学院文

学研究科紀要』第五六輯、第四分冊、二〇一一年二月。

貴司山治「『麦と兵隊』の意義」『読売新聞』一九三八年八月三日夕刊。

龔佩康編『みどりの五月――緑川英子記念』中国旅遊出版社、一九八三年（?）。

倉田喜弘『明治大正の民衆娯楽』岩波書店、一九八〇年。

栗原信「徐州→帰徳→蘭埠→開封→」（『美術』一九三八年八月）河田明久編『戦争美術の証言』上。

厳安生『陶晶孫　その数奇な生涯――もう一つの中国人留学精神史』岩波書店、二〇〇九年。

呉恵升『石川達三の文学――戦前から戦後へ、「社会派作家」の軌跡』アーツアンドクラフツ、二〇一九年。

児島喜久雄「事変下の文展（2）」『東京朝日新聞』一九三八年七月二四日朝刊。

――「美術近情」『アトリエ』第一五巻第一五号、一九三八年一一月。

近衛文麿『戦時下の国民におくる近衛首相演説集』東晃社、一九四〇年。

小早川篤四郎「軍事絵画への犠牲――岩倉具方君を悼む」（『美術』一九三八年一月）河田明久編『戦争美術の証言』上。

――「戦争時代と画家」『アトリエ』第一五巻第五号、一九三八年四月。

小林多喜二「戦争と文学（二）　レマルクの反動性」『東京朝日新聞』一九三二年三月八日朝刊。

小林秀雄「戦争について」『改造』一九三七年一一月号。

五味渕典嗣「文学・メディア・思想戦――〈従軍ペン部隊〉の歴史的意義」『大妻国文』第四五号、
二〇一四年三月。

――『プロパガンダの文学――日中戦争下の表現者たち』共和国、二〇一八年。

相良徳三「戦時下に於ける美術の方向」『読売新聞』一九三八年七月二三日夕刊。

桜井忠温『肉弾』英文新誌社、一九〇六年。

――「『西部戦線異状なし』を読みて」『東京朝日新聞』一九二九年一〇月二五日朝刊。

櫻本富雄『文化人たちの大東亜戦争――ＰＫ部隊が行く』青木書店、一九九三年。

迫内祐司「戦争美術史概説」『画家と戦争』（別冊太陽220）平凡社、二〇一四年。

佐藤一樹「国民使節胡適の対米宣伝活動に関する考察――１９３７年～１９３８年」『中国研究
月報』第六〇巻第五号、二〇〇六年五月。

佐藤卓己解説「林芙美子の「報告報国」と朝日新聞の報道戦線」林芙美子『戦線』中央公論社、
二〇〇六年。

佐藤春夫「漢口従軍を前にして　征つて参ります」『東京朝日新聞』一九三八年八月三〇日朝

刊。

柴野中佐「戦争画に対する質疑に答ふ」（『読売新聞』一九三八年八月一二日）河田明久編『戦争美術の証言』上。

白井喬二『従軍作家より国民へ捧ぐ』平凡社、一九三八年。

白石嘉彦『石川達三の戦争小説』翰林書房、二〇〇三年。

白山眞理『〈報道写真〉と戦争・１９３０‐１９６０』吉川弘文館、二〇一四年。

杉山平助「漢口入城記　胸詰る乾杯」『東京朝日新聞』一九三八年一〇月三〇日夕刊。

――「火野葦平論」『改造』一九三九年一〇月号。

――『文芸五十年史』鱒書房、一九四二年。

鈴木庫三「漢口従軍を前にして　従軍文士に期待」『東京朝日新聞』一九三八年九月三日朝刊。

高崎隆治「ペン部隊に関する覚え書」『日本文学誌要』第一八号、一九六七年。

――『ペンと戦争――その屈辱と抵抗』成甲書房、一九七六年。

――『戦争と戦争文学と』日本図書センター、一九八六年。

高島米峯『広長舌』丙午出版社、一九一〇年。

高杉一郎『大地の娘――アグネス・スメドレーの生涯』岩波書店、一九八八年。

高田保「「戦争映画」について」『東京朝日新聞』一九三〇年一二月七日朝刊。

太宰治『皮膚と心』竹村書房、一九四〇年。

田中仁『１９３０年代中国政治史研究』勁草書房、二〇〇二年。

田中励儀「従軍する作家たち」有精堂編集部編『講座昭和文学史』第三巻、有精堂、一九八八年。

田辺耕一「時局と文化現象（1）映画、放送、ルポルタァヂュ」『東京朝日新聞』一九三七年九月五日朝刊。

谷川徹三「現代日本の文化的状況」『文芸年鑑　一九三九年版』第一書房、一九三九年。

丹尾安典・河田明久『イメージのなかの戦争――日清・日露から冷戦まで』岩波書店、一九九六年。

千葉宣一「外国の戦争文学との比較」『近代戦争文学』（新批評・近代日本文学の構造　6）国書刊行会、一九八一年。

中央公論社編『中央公論社の八十年』中央公論社、一九六五年。

陳亜雪「林芙美子の南京視察旅行」『内海文化研究紀要』第四二号、二〇一四年三月。

津金澤聡廣・佐藤卓己編『内閣情報部情報宣伝研究資料』第三巻、柏書房、一九九四年。

塚原渋柿園『幕末の江戸風俗』岩波書店、二〇一八年。

土田哲夫「中国抗日戦略と対米「国民外交工作」」石島紀之・久保亨編『重慶国民政府史の研究』東京大学出版会、二〇〇四年。

都築久義『戦時下の文学』和泉書院、一九八五年。

桃中軒雲右衛門（原著者田所成恭、脚色者河原杏子）『嗚呼田中支隊』宮崎書店、一九二〇年。

等々力巳吉「戦場を行く」（『アトリエ』一九三八年一月）河田明久編『戦争美術の証言』上。

トマス、ヒュー『スペイン市民戦争』1・2、みすず書房、一九六二年。

中正夫『航空日本翼の勝利』偕成社、一九四二年。

永井荷風『断腸亭日乗』第四巻、岩波書店、一九八〇年。

中川紀元「槍騎兵　題材の問題」『東京朝日新聞』一九三八年八月六日朝刊。

――「美術と戦争」（『塔影』一九三八年一〇月）河田明久編『戦争美術の証言』上。

仲田勝之助「新文展日本画評（2）」『東京朝日新聞』一九三七年一〇月二四日朝刊。

――「文展日本画（1）　事変の影響稀薄」『東京朝日新聞』一九三八年一〇月一九日朝刊。

中田崇「中国国民党中央宣伝部と外国人顧問――一九三七～四一」『軍事史学』通巻第一六三号、二〇〇五年一二月。

中村江里『戦争とトラウマ――不可視化された日本兵の戦争神経症』吉川弘文館、二〇一八年。

中村義「スペイン内戦と中国」『東京学芸大学紀要』第三部門第三三集、一九八一年一二月。

中村みどり「陶晶孫のプロレタリア文学作品の翻訳」『中国文学研究』第三三期、二〇〇七年一二月。

西川秀和「フランクリン・ローズヴェルト大統領の「隔離」演説」『南山考人』第三四号、二〇〇六年三月。

野村幸一郎「都市漂流民のナショナリズム――林芙美子と日支事変」『女性歴史文化研究所紀要』第一五号、二〇〇六年。

萩原朔太郎「鎗騎兵　大衆の無邪気さ」『東京朝日新聞』一九三八年二月二日朝刊。

――「文士の従軍行」『東京朝日新聞』一九三八年九月三日朝刊。

『長谷川テル』編集委員会『長谷川テル――日中戦争下で反戦放送をした日本女性』せせらぎ出版、二〇〇七年。

長谷川テル「中国の勝利は全アジアの明日へのカギである――日本のエスペランチストへの手紙」（一九三七年一〇月）宮本正男編『長谷川テル作品集』。

――「全世界のエスペランチストへ」（一九三九年）宮本正男編『長谷川テル作品集』。

――「冬来たりなば春遠からじ」（一九三九年）宮本正男編『長谷川テル作品集』。

――『戦う中国で』（一九四五年）宮本正男編『長谷川テル作品集』。

長谷川よね・西村幸子『日記の中の長谷川テル　明治45年～昭和14年』朝日新聞出版サービス、一九九九年。

秦郁彦『旧制高校物語』文藝春秋、二〇〇三年。

畑正吉「文展彫塑評　意充ちて技不足　事変下頼もしき緊張の心」『東京朝日新聞』一九三八年一〇月三一日朝刊。

林房雄「上海戦線」『中央公論』第五九九号、一九三七年一〇月。

林芙美子「漢口従軍を前にして　行って来ます」『東京朝日新聞』一九三八年九月二日朝刊。

――「行って来ます」『大阪朝日新聞』一九三八年九月六日朝刊。

――『戦線』朝日新聞社、一九三八年。

――『北岸部隊』中央公論社、一九三九年。

針生一郎等編『戦争と美術　1937-1945』国書刊行会、二〇〇七年。

バルビュス「砲火」『生長する星の群』一九二一年九月～二二年六月。

――『砲火』下巻、岩波書店、一九五六年。

美当一調講演『日露戦争談　新講談音曲入』第九編、此村欽英堂、一九一〇年。

――『北清事変実況談』第一編、集英堂、一九〇三年。

火野葦平『麦と兵隊』改造社、一九三八年。

――『河童昇天』改造社、一九四〇年。

兵藤裕己『〈声〉の国民国家――浪花節が創る日本近代』講談社、二〇〇九年。

平井征夫『バルセロナ日記――カタルーニャとエスペラント』リベーロイ社、二〇〇三年。

平野謙「解説」『戦争文学全集』第二巻、毎日新聞社、一九七二年。

深田久弥「「ペンの陸軍部隊」の出動」『大阪朝日新聞』一九三八年九月一二日朝刊。

藤田嗣治『随筆　地を泳ぐ』書物展望社、一九四二年。

ベンソン、F・R『武器をとる作家たち』紀伊國屋書店、一九七一年。

防衛教育研究会編『統帥綱領・統帥参考』田中書店、一九八二年。

防衛庁防衛研修所戦史室『支那事変陸軍作戦〈一〉』（戦史叢書）朝雲新聞社、一九七五年。

――『支那事変陸軍作戦〈二〉』（戦史叢書）朝雲新聞社、一九七六年。

星山一男『新聞航空史』私家版、一九六四年。

摩寿意善郎「絵画に於ける時代性と社会性」（『美之国』一九三七年九月）河田明久編『戦争美術

の証言』上。

松岡映丘「日本画に於ける戦争画」（『塔影』一九三七年一一月）河田明久編『戦争美術の証言』上。

マッキンノン、ジャニス、スティーヴン・マッキンノン『アグネス・スメドレー――炎の生涯』筑摩書房、一九九三年。

松林伯知「改良講談　平壌包囲攻撃」『読売新聞』一八九六年。

松本和也『昭和一〇年代の文学場を考える――新人・太宰治・戦争文学』立教大学出版会、二〇一五年、一六九頁。

――『日中戦争開戦後の文学場――報告／芸術／戦場』神奈川大学出版会、二〇一八年。

馬淵逸雄『報道戦線』改造社、一九四一年。

水野広徳『此一戦』博文館、一九一一年。

宮本正男編『長谷川テル作品集――反戦エスペランチスト』（日本平和論体系17）日本図書センター、一九九四年。

三輪鄰「従軍画への考察――陸軍従軍画展を観て」（『美之国』一九三八年八月）河田明久編『戦争美術の証言』上。

――「戦争画への期待」（『美之国』一九三八年九月）河田明久編『戦争美術の証言』上。

向井潤吉「従軍画家私義」（『美術』一九三八年八月）河田明久編『戦争美術の証言』上。

森岩雄「新映画評「西部戦線異状なし」」『東京朝日新聞』一九三〇年一〇月一九日朝刊。

森英一『林芙美子の形成――その生と表現』有精堂、一九九二年。

安田宗生『国家と大衆芸能――軍事講談師美當一調の軌跡』三弥井書店、二〇〇八年。

安永武人『戦時下の作家と作品』未来社、一九八三年。

山田朗『軍備拡張の近代史――日本軍の膨張と崩壊』吉川弘文館、一九九七年。

山田敬三・呂元明編『十五年戦争と文学――日中近代文学の比較研究』東方書店、一九九一年。

山室建徳『軍神――近代日本が生んだ「英雄」たちの軌跡』中央公論新社、二〇〇七年。

吉川英治「漢口従軍を前にして　単に筆の一兵士」『東京朝日新聞』一九三八年八月三一日朝刊。

吉田熈生「戦争文学の思想――石川達三「生きてゐる兵隊」、火野葦平「麦と兵隊」など」『国文学
：解釈と教材の研究』昭和五〇年七月号。

淀矢瑳平「内閣情報部と『週報』の内幕」（一九三八年二月）『マス・メディア統制2』（現代史
資料41）みすず書房、一九七五年。

ルマルク『西部戦線異状なし』中央公論社、一九三九年。

渡辺考『戦場で書く――火野葦平と従軍作家たち』NHK出版、二〇一五年。


【中国語文献】

意霞「作家伝略　関於雷馬克」『書報評論』一九三一年第一巻第二・三期。

夏炎徳「致敬於反帝国主義作家巴比塞先生」『読書雑誌』一九三三年第三巻第五期。

郭沫若「東平的眉目」許翼心・掲英麗編『丘東平研究資料』。

――『抗日戦回想録』平凡社、一九七三年。

許翼心・掲英麗編『丘東平研究資料』復旦大学出版社、二〇一一年。

姜建「士兵与戦争」許翼心・掲英麗編『丘東平研究資料』。

龔佩康編『緑色的五月――紀念緑川英子』生活・読書・新知三聯書店、一九八一年。

金欽俊「丘東平――現代戦争文学的推動者与傑出代表」許翼心・掲英麗編『丘東平研究資料』。

胡春恵『韓国独立運動在中国』中華民国史料研究中心、一九七六年。

章紹嗣等『武漢抗戦文芸史稿』長江文芸出版社、一九八八年。

蒋曙晨「宋慶齢主持的上海反戦大会」『瞭望周刊』一九八六年三月。

皮明庥主編『近代武漢城市史』中国社会科学出版社、一九九三年。

傅紹昌「宋慶齢対建立国際反戦反法西斯統一戦線的特殊貢献」『歴史教学問題』二〇一二年第五期。

文天行『国統区抗戦文学運動史稿』四川教育出版社、一九八八年。

凌梅「雷馬克与”西線無戦事“」『読書月刊』一九三一年第一巻第一期。

楼適夷「関於遠東反戦大会」『新文学史料』一九八四年第五期。

楊淑賢「丘東平生平年表」許翼心・掲英麗編『丘東平研究資料』復旦大学出版社、二〇一一年。

楊昌渓「雷馬克与戦争文学」『現代文学評論』一九三一年創刊号。


【英語その他】

HasegawaTeru, *Verkoj de Verda Majo*, Ĉina Esperanto-Eldonejo, 1982.
Lins, Ulrich. Esperantistoj en la Hispana Intercivitana Milito（http://www.delbarrio.eu/civilmilito-lins.htm）.
MacKinnon, Stephan R. and Oris Friesen, *China Reporting*, University of California, 1987.
MacKinnon, Stephen R. *Wuhan, 1938 : War, Refugees, and the Making of Modern China*, University of California Press, 2008.
Tong, Hollington K. *China and the World Press*, [s.n.], c1948.

あとがき

本書は、二〇〇八年以来『言語文化論叢』に連載してきた論文を整理し直し、首尾一貫した著作として再構成したものである。連載が今年で全一〇回になり、主要な論点もおおむね取り上げることができたため、一旦ここで区切りを付けることにした。

私の専門領域は日本文学ではなく、中国の近現代史である。そこで日中戦争史にかんしても日本の戦友会、中国の現地住民などへの聞き取り調査を重ねてきた。その過程で非常に多くのものを学ぶことができたが、個々の日本人が戦争をどのように考えていたのかについては、あまり具体的なイメージを得ることができなかった。それを埋めるべく取り組んだのが、本書の元となった一連の研究である。

その際、『言語文化論叢』の主催者である野村幸一郎先生には連載の場の提供とともに、日本近現代文学にかんしてさまざまな助言をいただき、また新典社の田代幸子氏には原稿の不備を細かに点検していただいた。いずれもあらためてお礼を申し上げたい。なお本書は京都橘大学の「二〇二〇年度学術刊行物出版助成」を得て刊行するものである。

二〇二〇年一〇月

蒲　豊　彦

蒲　豊彦（かば　とよひこ）
1957年　岐阜県に生まれる
1981年3月　富山大学文理学部史学科卒業
1986年3月　京都大学大学院文学研究科博士後期課程修了
学位　文学修士
現職　京都橘大学教授
主著・主要論文
『闘う村落――近代中国華南の民衆と国家』（2020年，名古屋大学出版会），『三竈島事件――日中戦争下の虐殺と沖縄移民』（共著，2018年，現代書館），「宣教師が見た一九世紀の潮州人」（志賀市子編『潮州人――華人移民のエスニシティと文化をめぐる歴史人類学』2018年，風響社），「義和団事件前夜のキリスト教会」（『東洋史研究』第75巻第2号，2016年9月，東洋史研究会），「長江流域教案と"子ども殺し"」（森時彦編『長江流域社会の歴史景観』2013年，京都大学人文科学研究所），「庶民のための書き言葉を求めて」（森時彦編『20世紀中国の社会システム』2009年，京都大学人文科学研究所）

戦場（せんじょう）を発見（はっけん）した作家（さっか）たち
――石川達三から林芙美子へ
新典社選書98

2020年11月25日　初刷発行

著　者　蒲　　豊彦
発行者　岡元　学実

発行所　株式会社　新　典　社

〒101－0051　東京都千代田区神田神保町1－44－11
営業部　03－3233－8051　編集部　03－3233－8052
FAX　03－3233－8053　振　替　00170－0－26932

印刷所　惠友印刷㈱　製本所　牧製本印刷㈱

ISBN978-4-7879-6848-7 C1395
https://shintensha.co.jp/　E-Mail:info@shintensha.co.jp